Dale Bailey
Die verschwundenen Mädchen

DALE BAILEY

Die verschwundenen MÄDCHEN

Roman

Aus dem amerikanischen Englisch
von Elisabeth Mahler

PIPER

Mehr über unsere Autorinnen, Autoren und Bücher:
www.piper.de

Wenn Ihnen dieser Roman gefallen hat, schreiben Sie uns unter Nennung des Titels »Die verschwundenen Mädchen« an *empfehlungen@piper.de*, und wir empfehlen Ihnen gerne vergleichbare Bücher.

Inhalte fremder Webseiten, auf die in diesem Buch (etwa durch Links) hingewiesen wird, macht sich der Verlag nicht zu eigen. Eine Haftung dafür übernimmt der Verlag nicht.

ISBN 978-3-492-70624-7
© 2018 by Dale Bailey
Titel der amerikanischen Originalausgabe:
»In the Night Wood« bei John Joseph Adams/
Houghton Mifflin Harcourt, New York, 2018
© Piper Verlag GmbH, München 2022
Redaktion: Ingrid Mahler
Satz: Eberl & Koesel Studio, Altusried-Krugzell
Gesetzt aus der Minion Pro
Druck und Bindung: CPI Books GmbH, Leck
Printed in the EU

Für Pam und Sally

Die spezifische Existenzweise des Menschen bringt
für ihn die Notwendigkeit mit sich, zu begreifen,
was in der äußeren Welt um ihn herum und in seiner
inneren Welt geschieht, und vor allem, was alles
geschehen *kann*. Dieses Grundbedürfnis der conditio
humana äußert sich *inter alia* in der *existenziellen
Notwendigkeit*, dass sich die Menschen, selbst unter
den tragischsten Umständen, Geschichten und
Märchen erzählen.

Mircea Eliade, *Der verbotene Wald*

Gretel begann zu weinen und fragte: »Wie kommen
wir jetzt aus dem Wald heraus?«

Die Brüder Grimm, *Hänsel und Gretel*

Es war einmal …

Präludium

Es war Nacht, der Mond ging auf und ließ seine goldenen Röcke fallen. Laura hatte große Angst. Im fahlen Licht stolperte sie durch einen Kreis aus unheimlichen Eiben auf eine Lichtung, auf der eine einzelne bärtige Eiche stand, alt und nicht unfreundlich.

»Ich bin dir einmal im Traum begegnet«, sagte Laura.

»Und ich dir in meinem langen Baumschlaf«, antwortete Großvater Eiche (denn so hieß er).

»Ist das nicht seltsam?«, sagte Laura zu dem Baum.

»Ganz und gar nicht«, sagte Großvater Eiche und nickte weise. »Dieses Märchen ist reich an Zufällen.«

»Und was für ein Märchen ist das?«, fragte Laura.

In diesem Augenblick fegte der Nordwind durch die Bäume, und Großvater Eiche ließ seine Äste zittern und einen Vorhang aus goldenen Blättern herabrieseln. »Es ist kein fröhliches Märchen«, sagte er. »Aber das sind die wenigsten.«

Caedmon Hollow, *Im Nachtwald*

1

Hollow House fiel ihnen wie durch ein Wunder zu. Wie zwei armen Waisenkindern im Märchen, unerwartet und in der Stunde größter Not. Die Erlösung kam in Form eines großen blauen Umschlags, der irgendwo in der täglichen Ladung von Pizzadienst-Flyern, Werbekatalogen und Kreditkarten-Anfragen steckte. So zumindest wollte Charles es Erin gegenüber erklären, wenn er ihr abends in der Küche gegenübersitzen und der Umschlag mit der leicht exotisch anmutenden Briefmarke der Royal Mail zwischen ihnen auf dem Tisch liegen würde. Für Charles Hayden fühlte es sich an wie der Höhepunkt einer obskuren Kette von Ereignissen, die sich Glied für Glied durch die sechsunddreißig Jahre seines Lebens gezogen hatte – durch Jahrhunderte sogar, obwohl er sich das zu diesem Zeitpunkt noch nicht hätte vorstellen können.

Denn wie beginnen alle Märchen?

Es war einmal …

In den folgenden Monaten hallten diese Worte – und die Märchen, an die sie ihn erinnerten – in Charles' Kopf nach. *Rotkäppchen* und *Dornröschen* und *Hänsel und Gretel*, die von ihrem geizigen Vater und seiner bösen zweiten Frau im dunklen Wald ausgesetzt wurden. Vor allem an sie musste Charles denken, wie sie sich die Füße wund liefen und furchtbare Angst hatten, bis sie endlich, erschöpft und völlig ausgehungert, auf das Lebkuchen-häuschen mit allerlei Zuckerwerk stießen und sich daran gütlich tun wollten, ohne zu ahnen, dass darin eine Hexe lauerte, die selbst einen Bärenhunger hatte.

Es war einmal ...

So beginnen alle Märchen, jedes in seiner eigenen misslichen Zeit. Doch wie viele Schicksale – Ausgangs-punkte für ganz andere Geschichten – warten im Erd-reich jeder Geschichte darauf, sich zu entfalten, wie Samen, die zwischen den Wurzeln eines ausgewachse-nen Baumes keimen? Wie kam es, dass der Vater so treulos wurde? Was ließ seine Frau so grausam werden? Wie kam die Hexe in den Wald, und was bescherte ihr so grausige Essgelüste?

So viele Glieder in der Kette. So viele Geschichten in Geschichten, die darauf warten, erzählt zu werden.

Es war einmal ...

Es war einmal ein Junge namens Charles Hayden. Er war das einzige Kind seiner Mutter, dürr und bebrillt und immer ein wenig ängstlich. Bei der Totenwache sei-nes Großvaters, den er nie kennengelernt hatte, suchte er Zuflucht in der Bibliothek des weitläufigen Hauses, in dem seine Mutter aufgewachsen war. »Der Stammsitz der Ahnen« hatte Kit (sie war diese Art von Mutter) es genannt, als sie ihm erzählt hatte, dass sie dorthin fah-ren würden, und selbst im Alter von acht Jahren hatte er den bitteren Unterton in ihrer Stimme registriert.

Charles hatte so etwas noch nie gesehen – nicht nur das Haus, sondern auch die Bibliothek selbst, ein Raum, der zwei- oder dreimal so groß war wie die ganze Woh-nung, die er mit Kit teilte, mit dunklem, glänzendem

Holz und weichem Leder, mit Bücherregalen an jeder Wand. Die Plüschteppiche verschluckten jedes Geräusch, das seine Turnschuhe hätten verursachen können, und während er sich staunend umsah, drang das laute Geschrei seiner Cousins und Cousinen auf dem Rasen im Garten durch die von der Sonne beschienene klassizistische Fensterfront.

Charles war seinen Cousins noch nie zuvor begegnet. Er war noch nie auch nur einem dieser Leute hier begegnet; er hatte nicht einmal gewusst, dass es sie gab. Als er mit seiner Mutter an jenem Morgen in ihrem keuchenden alten Honda die kurvenreiche Auffahrt hinaufgefahren war, hatte er sich wie ein Kind in einem Märchen gefühlt: Eines Morgens wacht es auf und stellt fest, dass es ein Prinz ist, der sich versteckt, und dass seine Eltern (oder vielmehr sein Elternteil) gar nicht seine Eltern sind, sondern treue Gefolgsleute eines verbannten Königs. Ob Prinz oder nicht, die Cousins – ein rabaukenhaftes Trio älterer Jungs in eleganter Kleidung, neben denen seine schlecht sitzenden Cordhosen und der getragene Gehrock richtig schäbig aussahen – hatten sofort eine Abneigung gegen den Hochstapler in ihrer Mitte entwickelt.

Auch sonst schien niemand von Charles' Anwesenheit besonders angetan zu sein. Auch hier konnte er die Erwachsenen in den eleganten Gemächern jenseits der offenen Tür hören, Kits quengelige und flehende Stimme und die seiner beiden Tanten (Regan und Goneril, wie Kit sie nannte), hart und unnachgiebig.

Erwachsenenangelegenheiten. Charles richtete seine Aufmerksamkeit auf die Bücher. Er schlenderte an einem Regal entlang und fuhr mit einem Finger müßig neben sich her, der dumpf von Buchrücken zu Buchrücken hüpfte, wie bei einem Kind, das einen Stock an einem Zaun entlangzieht. Irgendwann drehte er sich zu einem Regal und tippte per Zufall auf ein Buch, das in glänzendes braunes Leder gebunden war und dessen Rücken rote Querstreifen zierte.

Draußen vor der Tür erhob sich die Stimme seiner Mutter. Eine der Tanten schnauzte eine Antwort.

In der darauffolgenden Stille – selbst die Cousins waren verstummt – nahm Charles das Buch in näheren Augenschein. Auf den geschmeidigen Ledereinband war ein komplexes Muster geprägt. Er studierte es und fuhr das Muster – ein Labyrinth aus Rillen und Schnörkeln – mit seinem Daumenballen nach. Dann schlug er das Buch auf. Das Frontispiz spiegelte das Motiv auf dem Einband wider, das er hier deutlich erkennen konnte. Es war eine stilisierte Waldszenerie: knorrige Bäume mit verschlungenen Wurzeln und Ästen, die sich umeinanderwanden. Verdreht und mit Flechten bewachsen, verströmten die Bäume eine bedrohliche Aura, als wären es lebendige Wesen – Äste wie klammernde Finger, eine Höhle gleich einem schreienden Mund. Skurrile Gesichter, scheinbar zufällige Kreuzungen von Blättern und Zweigen, blickten ihn aus dem Laub an: eine grinsende Schlange, eine bösartige Katze, eine Eule mit dem Gesicht eines verängstigten Kindes.

Auf der gegenüberliegenden Seite prangte der Titel:

Im Nachtwald
von Caedmon Hollow

Während er auf diese Zeilen und das Titelbild blickte, spürte Charles sein Herz schneller schlagen. Die altersdunklen Seiten rochen wie ein Keller voller exotischer Gewürze, und ihre Textur, die unter seinen Fingern leicht geriffelt und von blassen, gleichmäßig verteilten Linien durchzogen war, fühlte sich an wie die Breitengrade einer noch nicht kartierten Welt. Die schlauen, fuchsartigen Gesichter, die ihn überall aus dem Gewirr von Blättern und Dornengestrüpp heraus anblickten, schienen sich untereinander zu beraten, wie ein Flüstern, das zu schwach war, um es ganz zu erkennen, das noch im selben Atemzug wieder verstummte. Sein Finger kroch langsam hervor, um die Seite umzublättern.

»Charles!«

Er sah erschrocken auf.

Kit stand in der Tür, ihren schmalen Mund zu einer blutleeren Linie zusammengepresst. Charles starrte sie an und erkannte zum ersten Mal – mit den Augen eines Erwachsenen –, wie alt sie aussah, wie müde, wie anders als ihre makellosen, bis in den letzten Winkel ihres Lebens gelackten Schwestern. Er dachte an seinen toten Großvater – ein Fremder im Sarg, der Kits markante Wangenknochen und tiefblaue Augen hatte. Dieses Bild traf ihn wie ein Schlag. Es brachte ihn fast zum Taumeln.

»Wir fahren, Charles. Hol deine Sachen.«

Er schluckte. »Okay.«

Sie hielt seinem Blick noch einen Moment stand. Dann war sie weg.

Charles wollte das Buch wieder ins Regal schieben,

aber er zögerte. Wieder spürte er dieses Gefühl von beunruhigender Bedeutsamkeit, als sei der Fluss der Ereignisse in einen neuen und ungeahnten Kanal gelenkt worden. Als wären Throne und Königreiche, die mächtiger waren, als er sich vorstellen konnte, für einen Wimpernschlag hinter einem verborgenen Vorhang hervorgetreten. Der Raum schien fast zu summen von ihrer Anwesenheit.

Charles konnte das Buch nicht aus der Hand geben, dieses Artefakt eines Lebens, das ohne Kit sein eigenes hätte sein können: ein Leben auf gepflegten Rasenflächen, in riesigen Zimmern und vor allem in dieser gewaltigen Bibliothek. (Von nun an sollten Bibliotheken ihn magisch anziehen.)

Er musste es in seinen Rucksack packen und aus dem Haus schmuggeln.

Er musste es stehlen.

Als sich dieser Entschluss in ihm verfestigte, spürte Charles eine Welle der Panik. Schrecken und Erregung schwangen in ihm wie ein greller Akkord.

Er wollte alldem entfliehen, das Buch loswerden und zum ersten Mal an diesem Tag die Nähe eines Menschen suchen. Sogar die Nähe seiner unerträglichen Cousins. Aber Charles konnte seine wie festgefrorenen Finger nicht von dem Buch lösen. Wie von selbst lag der Band plötzlich wieder in seinen Händen, und der Junge blätterte über das Titelbild und die Titelseite hinweg zum eigentlichen Text: Kapitel eins.

Das Initial des ersten Satzes war kunstvoll verwoben in Ausläufer von Blättern und Ranken. Einen Moment lang konnte sein ungeübtes Auge ihn nicht entziffern.

Doch dann stand der erste Satz plötzlich klar und deutlich da.

Es war einmal ...

2

Wäre das Buch nicht gewesen, hätte Charles die ganze Episode vielleicht vergessen. Nach allem, was Kit dazu zu sagen hatte, war der ganze Tag vielleicht nur ein kunstvolles Hirngespinst, befeuert von ihrem Wanderleben in einer Aneinanderreihung von billigen Apartments, die von diversen Mindestlohnjobs (»Schon wieder gefeuert«, gestand sie ihm immer reumütig, wenn sie weiterziehen mussten) und wohlmeinenden, aber unbrauchbaren Liebhabern unterhalten wurden, von denen die meisten einen süßlichen Dunst verströmten, den Charles viele Jahre später als den Geruch von Gras erkennen sollte.

Aber das gestohlene Buch im Ledereinband tauchte bei jedem neuen Umzug wieder auf – in einer Schachtel mit durchgescheuerten Socken oder zwischen den zerlesenen Taschenbüchern in Kits Schlafzimmerregal. Irgendwann, als er eines Nachmittags krank zu Hause lag – sie waren gerade erst nach Baltimore gezogen, er musste damals neun oder zehn Jahre alt gewesen sein –, begann Charles schließlich es zu lesen.

Tagelang träumte er von der Geschichte: eine halluzinatorische Montage großer Bäume, die sich dicht an einen Waldweg drängten, ein verängstigtes Kind, ein Gehörnter

König, dessen bleiches Pferd in der Mitternachtskälte aus den Nüstern dampfte. Im Nachhinein war sich Charles nicht ganz sicher, ob er die Detailtreue dieser Bilder dem Buch selbst oder dem fiebrigen Zustand zuschreiben sollte, in dem er selbst sich beim Lesen befunden hatte. Am liebsten wäre er in die Geschichte zurückgekehrt, wollte das Buch noch einmal lesen, aber der Druck als Neuer in der Schule (er war immer der Neue in der Schule, ein Bücherwurm und ein fleißiger Schüler noch dazu) kam ihm dazwischen.

Als er es dann zwei oder drei Umzüge später wieder zur Hand nehmen wollte, war das Buch verschwunden. Und schließlich vergaß er es.

Vielleicht wäre es auch dabei geblieben, hätte Charles nicht fünfzehn Jahre später ein Seminar über viktorianische Nonsens-Literatur belegt. Zu diesem Zeitpunkt war er schon seit Jahren allein (manchmal kam es ihm so vor, als wäre er schon immer allein gewesen, als hätte er mehr Zeit damit verbracht, Kit zu erziehen, als umgekehrt), ein Stipendiat, der im Grundstudium der Anglistik gut genug abgeschnitten hatte, um einen Lehrauftrag an einer der großen staatlichen Doktorandenschmieden zu bekommen. Dort teilte er seine Zeit auf zwischen einer heruntergekommenen Wohnung im Studentenghetto, engen Seminarräumen, in denen er gelangweilten Studienanfängern, die nur vier oder fünf Jahre jünger waren als er, die Vorzüge einer Dissertation erläuterte, und den von ihm besuchten Kursen, in denen die Luft von intellektuellem Gehabe und beruflichen Ängsten erfüllt war. Aus der Not heraus hatte er sich für das Nonsens-Seminar eingeschrieben, da der Kurs bereits voll war, den er eigentlich belegen wollte – ein Literaturtheorie-Seminar, das von einem verblassenden *Enfant terrible,* irgendeinem Ivy-League-Typen, gehalten wurde, der nur einmal in der Woche zum Unterrichten erschien und dann sofort wieder verschwand.

So kam es, dass sich Charles – fünfundzwanzig Jahre alt, immer noch dürr und bebrillt, immer noch ein wenig schüchtern und befangen – an einem kalten Februarabend in der Universitätsbibliothek wiederfand, um über Edward Lear zu lesen. Er war gerade im Begriff einzunicken, als sein Blick auf eine Fußnote fiel, in der ein obskurer viktorianischer Fantast namens Caedmon Hollow erwähnt wurde. Charles las, dass der fast völlig vergessene Schriftsteller nur ein einziges Buch geschrieben habe: *Im Nachtwald.*

Der Titel rüttelte Charles schlagartig wach. Die Bibliothek war still, kühl und zu dieser vorgerückten Stunde beinahe menschenleer. Schnee prasselte gegen die Fenster, aber trotz der Kälte stieg ein Strom von Wärme in Charles auf.

Als er die Fußnote noch einmal las, wurde er zurück in die Vergangenheit katapultiert. Er war wieder ein Kind, allein in der riesigen Bibliothek seines Großvaters, während die Schreie des schrecklichen Dreigestirns von Cousins weit entfernt hinter den großen Bogenfenstern ertönten. Scheinbar längst vergessene Details aus jener späteren einzigen fieberhaften Lektüre durchfluteten ihn: ein Vollmond, der durch die Nebel des Nachtwaldes lugte; ein Teich, schwarz in mitternächtlicher Lichtung; das Kind, das eine Allee flüsternder Bäume entlangläuft; der Gehörnte König auf seinem bleichen Pferd.

»Verflucht«, flüsterte er und legte das Buch beiseite. Er stand auf, ging durch den Lesesaal zu einer Reihe von Terminals und tippte den Titel in das Suchfeld des Katalogs ein. Mit dem Nummernzettel in der Hand nahm Charles wenig später den Aufzug in ein höher gelegenes Stockwerk. Als er dort die Regalreihen entlanglief, fuhr er die Regalreihen müßig mit einem Finger entlang, der dumpf von Buchrücken zu Buchrücken hüpfte.

Beinahe hätte Charles den Band übersehen. Er hatte ein schönes, in Leder gebundenes Exemplar erwartet, wie er es aus dem Regal seines Großvaters kannte. Das Exemplar in der Bibliothek aber war viel nüchterner ausgestattet: ein dünner, stabiler Band, in zwei blaue Pappdeckel eingebunden. Neu gebunden, vermutete Charles, als er das Buch aufschlug und das vertraute barocke Frontispiz erblickte. Er sah, dass es sich um einen Holzschnitt handelte, die Linien waren klar und deutlich.

Hinter den Stämmen der uralten, von Flechten überwucherten Bäume, deren große, gespreizte Wurzeln sich in die reiche, feuchte Erde bohrten, funkelten ihn verschlagene Gesichter an. Während er sie betrachtete, schienen sich die Gesichter zu verschieben und ins Laub zurückzuziehen, um dann wieder an anderer Stelle hervorzukommen und ihn aus hölzernen Höhlungen heraus anzustarren. Er stellte sich vor, dass er ihren geflüsterten Gesprächen lauschen könnte.

Mit dem Buch in der Hand ging er zurück zum Aufzug und blätterte zum ersten Kapitel, dem beschwörenden ersten Satz:

Es war einmal …

der in seinem Kopf nachklang. Als er um die Ecke bog, stieß er mit jemandem zusammen, der ihm entgegenkam. Charles hatte kurz den nicht unangenehmen Eindruck, in eine Wolke von Weiblichkeit gehüllt zu sein, die nach Lavendel duftete.

»Pass doch auf!«, rief die junge Frau und sprang zurück. Charles stolperte und fiel auf den Boden, seine Brille flog in die eine Richtung, sein Buch in die andere. Während er nach dem Buch tastete, hüllte ihn die Parfümwolke erneut ein.

»Ganz ruhig«, sagte die junge Frau. »Bist du okay?«

Er blinzelte sie eulenhaft an. »Ja, ich ...« Seine Finger schlossen sich um seine Brille. Er versuchte, sich die Brille aufzusetzen, und die Frau erschien kurz in seinem Blickfeld, eine kleine, schlanke Brünette Mitte zwanzig mit einem markanten Gesicht und weit auseinanderliegenden haselnussbraunen Augen, die amüsiert leuchteten – nicht wirklich attraktiv, aber ... *auffallend,* hätte Kit sie genannt. Jedenfalls war sie außerhalb seiner Liga, so viel stand fest. »Ich schätze, ich habe nicht darauf geachtet, wo ich hinlaufe.«

»Das schätze ich auch.« Sie nahm seine Hand und hob ihn auf die Füße, was ihn irritiert zurückzucken ließ. »Ganz ruhig«, sagte sie, als er nach dem nächsten Regal griff. Er war immer noch damit beschäftigt, seine Brille zurechtzurücken – wahrscheinlich war das Gestell verbogen –, als sie mit seinem Buch auftauchte. »Womit hast du's denn so eilig?«

»Mit nichts«, stotterte er. »Es war ... ich ...«

Sie winkte ab und blätterte in dem Buch. Dann musste sie laut lachen. »Die Welt ist klein.«

»Was?«, fragte Charles, der immer noch an seiner Brille herumfummelte. »Du kennst das Buch?«

»Es war einmal … vor langer Zeit.«

»Dieses Buch kennen, glaube ich, nicht viele.«

»Zumindest nicht so wie ich«, sagte sie.

»Wie meinst du das?«

»Das würdest du mir eh nicht glauben«, sagte sie und schob ihm das Buch zu. »Hier. Halt endlich still.« Kopfschüttelnd streckte sie die Hand aus und rückte seine Brille zurecht. Vielleicht war sie ja doch nicht verbogen. »Besser?«

»Ja, ich denke schon. Danke.«

»Sehr gerne.« Sie streckte erneut die Hand aus – Charles zwang sich, nicht zurückzuzucken – und tätschelte ihm sacht die Schulter. »Alles wieder im Lot?«

»Ja, ich meine … Ja.«

»Gut.«

Lächelnd schlüpfte die Frau an ihm vorbei zwischen die Bücherregale.

»Warte!«, rief Charles. »Ich wollte …«

Aber schon war sie weg und hinterließ nur den Duft ihres Parfüms. »Mist«, sagte Charles und drehte sich um, um ihr nachzusehen, aber die Bibliothek war kalt und leer, ein Wald von meterhohen Regalen, die sich verzweigten, so weit das Auge reichte.

Dann traf er eine der wenigen mutigen Entscheidungen seines damaligen Lebens und nahm die Verfolgung auf. Er bog um eine Regalreihe und lief schneller.

»He!«, rief er. »Warte mal!« Und als er fast im Laufschritt das Ende der nächsten Regalreihe erreichte, wäre er um ein Haar wieder mit ihr zusammengestoßen. Sie wartete an ein Regal gelehnt, die Arme verschränkt, ein verschmitztes Lächeln im Gesicht.

»Du hast heute Lust auf eine Gehirnerschütterung, oder?«, sagte sie. »Als du hingefallen bist, hat es sich angehört wie eine Herde Gnus. Ich dachte, du hättest dir den Schädel gebrochen.«

»Ich wollte dich was fragen«, sagte er. »Was hast du eben gemeint, als wir über das Buch gesprochen haben?«

»Das ist kompliziert.«

»Ich gebe einen Kaffee aus.« Kaum war der Satz über seine Lippen gekommen, schien es plötzlich so still zu sein, dass man eine Stecknadel hätte fallen hören. Er war nicht der Typ Mann, der fremde Frauen auf einen Kaffee einlud. Eigentlich war er überhaupt nicht der Typ Mann, der Frauen einlud – nicht aus mangelndem Interesse, sondern aus mangelndem Selbstvertrauen. Ehe er einen Korb bekam, sparte er sich lieber die Mühe. Als sie aber sagte: »Klar. Kaffee klingt gut«, atmete er erleichtert aus.

3

Ihr Name war Erin, ihr Geheimnis überraschend (um es vorsichtig auszudrücken).

Zufall, nannte Charles es. Zufall, dass er dieses Buch in der Bibliothek seines Großvaters gefunden hatte (sie tat das alles als Zufall ab). Zufall, dass er später einen Doktortitel in Englisch anstrebte. Zufall, dass er an einem späten Abend in der Bibliothek, als Schnee aus dem schwarzen Februarhimmel fiel, (buchstäblich) dem

Urururur-irgendetwas von Caedmon Hollow selbst begegnete, der auf subtile Weise Charles' Weg an diesen Ort beeinflusst haben könnte.

Schicksal, dachte er. Der Wurm Ouroboros. Die Schlange, die sich in den eigenen Schwanz beißt. Der Kreis hatte sich geschlossen. Und für einen Moment erblickte Charles eine riesige, geheime Welt, sich kreuzende Machtlinien, die gerade jenseits der Grenzen der menschlichen Wahrnehmung verliefen – eine große Geschichte, in die sie alle eingebettet waren und die auf ein unvorstellbares Ende zusteuerte.

Was Geheimnisse angeht, so war es kein großes, vertraute Erin ihm an. Der Zweig der Familie, der nach Amerika ausgewandert war, hatte vor Generationen den Kontakt zum Rest der in England zurückgebliebenen Familie abgebrochen – vielleicht hatte es irgendeinen Konflikt gegeben, einen formellen Bruch. Sie wusste es nicht, und es interessierte sie auch nicht besonders. Aber Caedmon Hollow war bei ihnen geblieben, wenn auch nur als Legende: eine exzentrische Figur aus der fernen Vergangenheit, die einen großen Teil ihres kurzen Lebens mit Alkohol und Ausschweifungen vergeudet hatte, und die auch das Talent vergeudet hatte, das es ihm ermöglicht hatte, nur einen einzigen Band Belletristik herauszubringen.

»Jeder in der Familie liest es irgendwann einmal. Es ist wie ein Ritual«, sagte sie. »Ist nicht wirklich eine Geschichte für Kinder, oder? Eigentlich überhaupt kaum eine Geschichte, eher das Geschwätz eines Mannes, der vom Trinken halb verrückt geworden ist.«

»Vermutlich«, sagte er und erinnerte sich an die seltsam lebhaften Albträume, die seine eigene Lektüre hervorgerufen hatte. »Aber es hat eine gewisse Kraft, nicht wahr?«

»Ich denke schon. Ich habe es jedenfalls nicht vergessen.«

»Gibt es noch mehr, was meinst du? Etwas Unveröffentlichtes?«

»Mir scheint, ich höre dein Doktorandenherz höher schlagen«, sagte sie. »Auf der Jagd nach einem Dissertationsthema, was?« Und als er errötete – er spürte, wie ihm die Hitze ins Gesicht kroch –, berührte sie seine Hand, und er errötete noch mehr. »Ein Scherz«, sagte sie. »Du kannst meinen verrückten alten Ururur-Was-auch-immer haben. Es spielt für mich keine Rolle.«

So begann ihre Einführung in den Treibstoff, von dem sich die Liebe ernährt: Geschichten.

An diesem Abend erzählten sie sich ihre Geschichten – zumindest den Anfang, so wie sie sie damals verstanden. Sie begannen an der Oberfläche, wie es alle guten Geschichten tun. So sprachen sie über ihr Studium (ihr *graduelles* Studium, sagte er und wagte einen seltenen Scherz), über ihre schäbigen Apartments und ihre noch schäbigeren Autos. Er sprach über den Druck, etwas veröffentlichen zu müssen, sie über ihr Examen.

Und dann, wie es alle guten Geschichten tun, gingen sie tiefer.

Sie *unterhielten sich.* Erin war eine Waise, allein auf der Welt. Ihre Eltern waren vor drei Jahren bei einem Autounfall ums Leben gekommen. In gewisser Weise war auch Charles ein Waisenkind. Kit war nie wirklich eine Mutter für ihn gewesen, und in seinem ersten Jahr am College war sie in eine Kommune in Nova Scotia gezogen. Scitdcm hatte er sie nicht mehr gesehen.

Träume und Sehnsüchte, zwei Tassen Kaffee, dann drei. Sie waren beide zu aufgedreht, um zu schlafen, also gingen sie zu Erin, um noch ein wenig weiterzureden. Sie untersuchte seinen Kopf, um sich zu vergewissern, dass er sich nicht verletzt hatte, als sie zusammenstießen, seine Lippen berührten ihre, und eins führte zum anderen, wie es eben so läuft.

Alles Wichtige, was ihm je passiert war, hatte sich in Bibliotheken abgespielt, dachte Charles und zog sie zu sich aufs Bett. Dann hörte er auf, überhaupt zu denken. Sechs Monate später heirateten sie.

Und lebten glücklich bis an ihr Lebensende.

I

Hollow House

Um Mitternacht kroch Laura zwischen unzähligen Bäumen hindurch, die sich vor ihr teilten, um ihr den Weg zu weisen, hinunter, um in das Seelenmeer zu schauen, in das der Sylphe sie geschickt hatte. Es gab eine Zeit, in der man Dinge im Wasser sehen konnte, so hatte es Laura in der Geschichte des Sylphen gelernt, und sie ging auf die Knie. Aber egal, wie sie den Kopf neigte oder die Augen zusammenkniff, sie konnte nichts anderes sehen als Laubklumpen, die in der Tiefe des Wassers verrotteten.

Dann begann das Wasser zu kochen, und der Djinn des Teichs stieß seinen Kopf aus der Oberfläche. Unkrautartige Haare kringelten sich um sein Gesicht. Seine Augen waren schmal, blau und kalt.

»Was führt dich an diesen Ort?«, sagte er in einem Ton, in dem das Donnern des fernen Wassers zu hören war.

Laura nahm ihren Mut zusammen und sprach mit zittriger Stimme: »In einer Geschichte habe ich gelernt, dass man sein Schicksal im Teich sehen kann, wenn man nur fest genug daran glaubt. Und ich glaube sehr fest daran.«

»Manche Dinge bleiben besser ungesehen«, polterte der Djinn, »und das Seelenmeer mag lügen.«

Caedmon Hollow, *Im Nachtwald*

1

Sie hatten seit fast einer Stunde nicht mehr miteinander gesprochen – nicht seit Harrogate, wo er Probleme in einem Kreisverkehr bekommen hatte und das Auto des Anwalts im Verkehr verschwunden war –, als Charles Hayden zum ersten Mal einen Blick auf Eorl Wood erhaschte.

In den Tagen vor ihrer Abreise aus Ransom, North Carolina, mit dem damit verbundenen Kummer und Leid, hatte Charles sich vorgemacht, dass vielleicht, nur vielleicht, doch noch alles gut werden würde – dass die stille Fremde, die seinen Tisch und sein Bett teilte, das äußere Gesicht einer neuen Erin war, einer traurigeren, weiseren Erin, gedämpft, aber nicht mehr gelähmt durch das Wissen um die unzähligen Möglichkeiten, wie die Welt einen betrügen konnte. Er hatte sich vorgemacht, dass er mit genügend Zeit und Mühe, mit genügend Geduld, den Kern der Wärme in ihr erreichen könnte. Er hatte angenommen, dass der Kern der Wärme noch da war.

Gestern Abend, beim Abendessen im Hotel, war diese angenehme Illusion um Charles herum zerbröckelt. Und heute Morgen beim Frühstück mit der Anwältin – ihr Name war Merrow, Ann Merrow – war Erin nachdenklich und mürrisch gewesen. Während des Chaos am Kreisverkehr, als Charles zum zweiten Mal vergeblich im Kreis herumgefahren war, hatte Erin sich aufgerappelt, um auf eine der abzweigenden Ausfahrten zu zeigen.

»Ich glaube, das ist es«, hatte sie gesagt, und Charles hatte den Wagen über drei Fahrspuren geschleudert. Er erhaschte einen Blick auf das hoch oben angebrachte Schild. *Ripon und Points North,* stand da. Dann brauste ein Lastwagen mit einem wütenden Hupen vorbei, und er lenkte seine Aufmerksamkeit wieder auf die Straße. Es gab eine Zeit, in der eine solche Aktion bei Erin eine Orgie der Empörung ausgelöst hätte. Jetzt blinzelte sie kaum noch. Charles vermutete, dass es ihr lieber gewesen wäre, wenn der Lastwagen das Auto wie eine Aluminiumdose zerdrückt hätte. Wenn man es genau nimmt, hätte es ihm selbst nicht viel ausgemacht.

Vor ihnen lichtete sich der Verkehr, und der staubige blaue Saab der Anwältin kam in Sicht. »Tut mir leid«, sagte Charles, aber Erin hatte nicht geantwortet. Die letzten Reste von Harrogate verschwanden im Rückspiegel, und um sie herum tauchte die fremde Landschaft Yorkshires auf, ein zerklüfteter Flickenteppich aus handgestapelten Steinmauern, hügeligem Weideland und Bauernhäusern aus dem 18. Jahrhundert mit schmalen Fenstern, hinter denen sich immer wieder die abweisenden Umrisse der Moore abzeichneten wie die Schultern schlafender Riesen, die mit Erde bedeckt waren.

Selbst an diesem klaren Aprilmorgen war die Aussicht düster, und Charles musste an die Brontë-Kinder denken, die tuberkulös und seltsam waren, mehr als nur halb in Fantasien versunken, die dieser unerbittlichen Landschaft, dem abgelegenen Pfarrhaus von Haworth und dem mit Toten überfüllten Friedhof davor, durch die schiere Kraft der Verzweiflung abgerungen wurden. Die Gegenwart schien sich hier auf das Land zu legen, als ob der schmale Streifen grauen Pflasters, auf dem das Auto der Anwältin bei jedem neuen Hügelkamm kurz in Sicht kam, einfach dahinschmelzen könnte wie frischer Schnee, um die Knochen einer älteren, strengeren Welt freizulegen.

Dieser Gedanke erinnerte ihn an Caedmon Hollow und seine eigene seltsame Fantasie, die er vor all den Jahren – vor mehr als anderthalb Jahrhunderten – demselben feindlichen Terrain abgerungen hatte; Caedmon Hollow hätte die Brontës beinahe kennen können, und Charles verspürte einen Anflug von Erregung bei der Aussicht auf das Hollow House, das sie erwartete. In diesem Moment der Vorfreude konnte er fast Erins grüblerisches Schweigen, den Ärger mit Syrah Nagle und alles andere vergessen. Er konnte fast alles vergessen.

Vor ihnen bog Merrow in eine noch schmalere Straße ein. Sie führte etwa eine halbe Meile lang zwischen Stützmauern aus aufgeschichteten Steinen bergab. Dann wurde die Straße breiter, die Mauern entfernten sich, und sie befanden sich wieder in der Zivilisation, oder zumindest in dem, was hier draußen als Zivilisation galt.

Und plötzlich waren sie in Yarrow. Das Dorf war alt und steil und drängte sich in einen Graben zwischen den Hügeln. Händler drängten sich an der Hauptstraße – ein Zeitungshändler mit einer weißen Katze, die im Schaufenster döste; eine Kneipe, deren Platz vom

Mittagsansturm überfüllt war; ein Eisenwarengeschäft und ein Blumenladen (Petal Pushers, wie Charles mit einem humorlosen Schnauben feststellte). Am anderen Ende der Stadt, vor einem bröckelnden Steinhaus, sah Charles ein Schild mit der Aufschrift *Yarrow Historical Society.* Er notierte sich in Gedanken, dass er zurückkommen und sich den Ort ansehen würde. Es war zwar unwahrscheinlich, dass sie etwas Brauchbares hatten, aber man konnte nie sicher sein.

Er warf einen Blick auf Erin, aber wenn die Veränderung der Landschaft einen Eindruck auf sie gemacht hatte, so war das nicht zu erkennen. Merrow nahm zwei schnelle Kurven, jede Straße war enger als die andere. Wenn sie auf ein entgegenkommendes Auto trafen, würden sie anhalten müssen, um es passieren zu lassen. Charles hatte den flüchtigen Gedanken, dass sie beim Verlassen von Yarrow den letzten Außenposten der modernen Welt passiert hatten.

Das Gelände hier war schärfer, unwirtlicher, die Hügel stiegen zu beiden Seiten steil an. Der Bürgersteig schlängelte sich durch schroffe Felsen und drahtige Büsche. Charles klappte das Fenster auf und ließ den Fahrtwind hereinströmen, der den Duft von Heidekraut und blühenden Blumen verströmte und kühler war, als es zu Hause gewesen wäre.

Aber das war jetzt ihr Zuhause, nicht wahr? Ein Zuhause und ein Neuanfang. Er warf einen Blick auf Erin. Sie schien eingenickt zu sein. Sie hatte den Kopf gegen die Lehne des Sitzes gelehnt und die Augen geschlossen, und für einen einzigen herzzerreißenden Moment, als das morgendliche Sonnenlicht ihr Profil versilberte, sah sie aus wie das Mädchen, das er vor fast einem Jahrzehnt geheiratet hatte. Dann tauchte das Auto in den Schatten ein, und die Traurigkeit um ihre Augen und auf ihren Lippen wurde deutlicher.

Charles runzelte die Stirn und schaute weg, während der Gedanke in seinem Kopf nachhallte: ein Neuanfang. Gott weiß, dass sie ihn brauchten. Er trommelte mit den Fingern auf das Lenkrad und betrachtete die Straße, die einen steilen Hügel hinaufführte. Das Auto der Anwältin blieb einen Moment auf der Kuppe stehen, dann verschwand es außer Sichtweite. Die Spitzen der Eiben, die sich gegen den Himmel abzeichneten, waren gerade noch über dem Kamm zu sehen.

Erneut flackerte die Vorfreude in ihm auf.

Neben ihm öffnete Erin die Augen. »Sind wir da?«, murmelte sie.

Und dann erreichten sie den Kamm. Das Tal senkte sich vor ihnen ins Unendliche, und plötzlich lag der Eorl-Wald vor ihnen, größer, als Charles erwartet hatte, und bedrohlicher. Die Bäume begannen auf halber Höhe des Hangs, wie die Mauer einer alten Festung, eine Palisade aus riesigen Erlen, Ulmen und knorrigen Eichen. Der Wald erstreckte sich, so weit das Auge reichte – lindgrün, olivgrün, jadegrün, in tausend Schattierungen, die hier und da in glänzende, smaragdgrüne Flecken der Dunkelheit übergingen.

Bei diesem Anblick war Charles' erster Gedanke, dass er die Umgebung, die der Nachtwald des geheimnisvollen Buches von Caedmon Hollow geformt hatte, verstand, wirklich verstand. Sein zweiter Gedanke, der dem ersten schnell folgte, war, dass der Wald lebendig war, ein einziger riesiger Organismus, der sich in wilder Fülle über das Tal ausbreitete, größer, als das Auge erfassen konnte, dass er empfindsam war, wachsam, und irgendwie … auf sie gewartet hatte.

»Himmel«, flüsterte Erin, und Charles konnte nur mit Mühe und Not dem Impuls widerstehen, nicht auf die Bremse zu treten und den Wagen herumzuschleudern, zurück in Richtung Yarrow.

Jetzt war es zu spät, um umzukehren.

Der Schwung erfasste sie, der graue Asphalt verschwamm, als der Wagen an Geschwindigkeit gewann. Am Fuß des Abhangs blinkte Merrow nach links und verschwand zwischen den Bäumen. Hätte Charles das nicht bemerkt, hätte er die Abzweigung völlig übersehen.

Trotzdem hätte er sie fast verpasst. Er bremste hart – die Straße endete in einer Kurve etwa zwei Dutzend Meter hinter dem Eingang –, und die Kraft der Verzögerung drückte ihn in die Polsterung. Er wendete den Wagen und fuhr auf die Einfahrt zu.

Unter den Bäumen klaffte ein Tunnel, der in das Fleisch des Waldes selbst gehauen war, flankiert von Steinsäulen, die von Ranken umwuchert waren. Auf dem Pfeiler zur Rechten sah er die eingravierten Worte, die fast bündig mit dem Stein abgetragen waren: *Hollow House,* und darunter: *1848.* Früher hatte dort ein Tor gestanden, aber das gab es offenbar nicht mehr.

Ein Rücklicht blinkte tief in der smaragdgrünen Dämmerung. Charles griff nach Erins Hand.

»Wir sind da.«

»Das sind wir.« Sie schenkte ihm ein gezwungenes Lächeln, aber ihre Finger blieben starr in seinem Griff.

Charles seufzte. Er schaltete die Scheinwerfer ein, gab Gas und steuerte den Wagen zwischen die Säulen hindurch. Der Wald trug sie. Als das Geräusch des Motors in den Bäumen hinter ihnen verklang, gab es keinen Hinweis mehr darauf, dass sie gerade hier durchgefahren waren.

Vielleicht wären sie gar nicht so weit gekommen.

2

Die Bäume um das Auto herum wurden immer dichter, und Erin Hayden wurde von einem unheilvollen Gefühl der Klaustrophobie ergriffen. Einen Moment lang war ihr alles zu viel – die Dunkelheit, die sich über sie senkte, die unaufhörlichen Geräusche auf dem von der Zeit zerbröckelten und mit totem Laub bedeckten Makadam.

Vor allem aber waren es die uralten Eichen, die sich dicht an die Straße drängten, wie alte Männer, flechtenbärtig und ein wenig taub, die sich dicht über sie beugten, um zu lauschen. Sie stellte sich vor, wie sie sich aufrichteten, als das Auto vorbeifuhr, wie sie ihre grauen Köpfe zusammensteckten, um die Neuigkeiten weiterzugeben, und wie sich die Blätter und Äste vor ihnen kräuselten.

Der Gedanke hatte etwas Beunruhigendes an sich, etwas Wachsames und Beständiges in der Dunkelheit unter den Bäumen. Es war zu viel, zu nah.

Sie blickte zu Charles, dessen Gesicht von Licht- und Schattenspielen verdeckt war. Er sah müde aus, ausgezehrt nicht nur vom Jetlag. Fast hätte sie die Hand nach ihm ausgestreckt, vielleicht hätte sie es getan, aber ein überhängender Ast klatschte gegen die Windschutzscheibe und ließ sie aufschrecken, sodass sie sich stattdessen abwandte.

In diesem Moment sah sie das Kind: ein kleines Mädchen in einem einfachen weißen Kleid, vielleicht im Kindergartenalter ...

– Lissas Alter –

... oder vielleicht ein Jahr älter. Sie stand auf dem mit Laub bedeckten Randstreifen der Straße und starrte auf die beiden, so nah, dass sie das Auto hätte berühren können, als es vorbeifuhr.

»Charles?«

»Hmm?«

»Hast du ...?« Sie brach ab. Sie wollte es nicht sagen. Da war nichts, ein Sonnenblitz durch das Blätterdach des Waldes oder ein Nebelfleck, der aus dem feuchten Boden aufstieg. *Wir sehen, was wir sehen wollen,* hatte der Therapeut ihr gesagt. Als ob das helfen würde.

»Habe ich was?«, sagte Charles.

»Nichts«, sagte sie.

Sie war es leid, Dinge zu sehen.

In den Monaten nach der Beerdigung hatte sie zu Hause in Ransom immer wieder flüchtige Blicke auf Lissa erhascht, durch die Regentropfen auf der Windschutzscheibe, als sie an der Bushaltestelle an Kindern vorbeifuhr, oder im grellen Neonlicht des Supermarktes, als sie gerade um die Ecke eines Ganges bog. Irgendetwas Vertrautes an ihrem Mund oder das Aufblitzen ihrer schulterlangen Haare.

Dann blinzelte sie und sah, dass Lissa gar nicht da war. Das Mädchen an der Bushaltestelle änderte den Blickwinkel, und ihr Gesicht würde in ungewohnte Züge fallen. Als Erin dem Gespenst im Supermarkt zwischen den Tiefkühlprodukten erneut begegnete, sah sie, dass sie jünger war, als sie gedacht hatte, dass sie dunkles Haar und einen kantigen Kiefer hatte, dass sie Lissa überhaupt nicht ähnlich sah.

Sie hatte es Charles gegenüber einmal erwähnt, und er war zusammengezuckt, als ob sie ihn geschlagen hätte. Danach hatte sie es nie wieder erwähnt.

Bis gestern Abend.

Gestern Abend, beim Abendessen im Hotel, hatte sie Lissa wieder einmal gesehen.

Eben noch hatte Erin am Tisch gesessen, unter Jetlag leidend und schweigend, und sich gleichgültig eine Suppe in den Mund gelöffelt. Im nächsten Moment hatte sie aufgeschaut, nach ihrem Wasserglas gegriffen, und das Mädchen war da gewesen: Lissa, eine schlanke blonde Erscheinung, die stumm in der Esszimmertür stand. Erin keuchte, und das Wasser kippte mit einem Krachen um.

»Verdammt«, hatte sie gezischt und sich halb erhoben, als sie das Glas aufstellen wollte. Als sie wieder aufblickte, war das Mädchen …

– *Lissa* –

… weg.

»Hier, lassen Sie mich das machen«, sagte eine Stimme an ihrer Schulter. Die Vermieterin – eine freundliche, schwergewichtige Frau, die ihr graues Haar aus ihrem runden, lächelnden Gesicht zurückgestrichen hatte –

beugte sich über sie und tupfte den Tisch mit einem Tuch ab.

»Was ist passiert?«, sagte Charles, aber Erin ignorierte ihn.

»Dieses Mädchen«, sagte sie und ließ sich in ihren Sitz zurücksinken.

Die Wirtin hielt inne, den feuchten Lappen in der einen Hand. »Mädchen?«

»Da. Sie stand in der Tür.«

»War *sie* das?« Die Vermieterin richtete sich auf und wurde plötzlich streng. »Sarah!«, rief sie. »Sarah, du kommst jetzt sofort hierher. Die treibt sich immer rum«, fügte sie hinzu und wischte über die verschüttete Flüssigkeit, eine sich ausbreitende Insel der Nässe im Leinentuch. »Sarah!«

»Hör zu«, begann Charles, aber Erin überging ihn.

»Nein, es war nicht die Schuld des Mädchens. Wirklich nicht. Sie hat mich nur erschreckt, das ist alles. Sie sah so sehr aus wie ...«

Dann war das Mädchen da, die Augen niedergeschlagen, die Hände hinter dem Rücken verschränkt, und die Worte ...

– *meine Tochter* –

... erstarben auf Erins Lippen.

Das Mädchen, klein und pummelig, mit einer dunklen Haarsträhne, die ihre Augen verdeckte, sah Lissa überhaupt nicht ähnlich. Ganz und gar nicht. Lissa war ätherisch gewesen, wie ein Luftgeist, der sich auf unerklärliche Weise unter ihnen niedergelassen hatte. Dieses Mädchen – Sarah – sah mürrisch und grobschlächtig aus, ganz und gar erdgebunden.

»Sarah«, sagte die Vermieterin, »schleichst du wieder herum?«

»Nein, ich bin nur an der Tür vorbeigegangen. Ich hab's nicht böse gemeint.«

Die Vermieterin wischte ein letztes Mal über das verschüttete Wasser. »So.« Sie schnappte den Lappen an der Servierstation. »Bring mir den Krug, Kind. Und zwar schnell.«

Charles starrte auf seinen Teller, den Mund zu einem schmalen Strich verzogen, während das Mädchen nachgab. Sie bewegte sich langsam, den Krug in ihren kleinen Händen haltend. Sie betrachtete Erin unter ihrem Pony, während sie das Glas füllte.

Die Vermieterin lächelte. »Tut mir sehr leid.«

»Sie brauchen sich nicht zu entschuldigen«, sagte Charles. »So was passiert schon mal.«

»Seit dem Tod ihrer Mutter ...« Die Vermieterin schüttelte den Kopf. »Kann ich Ihnen noch etwas bringen?«

»Nein danke«, sagte Charles.

»Sie melden sich, wenn Sie was brauchen.« Die Hausherrin wandte sich wieder der Küche zu und scheuchte das Mädchen vor sich her. Kurz, bevor das Kind verschwand, blickte es zurück zu dem Tisch, und für einen Augenblick – für einen Herzschlag – erinnerte sie Erin wieder an Lissa. Es war wie das Blinzeln eines Kameraverschlusses: Sarah, pummelig und mürrisch; dann Lissa. Lissa starrte sie an, ihre Augen vorwurfsvoll und furchtlos.

Du hast mich sterben lassen, sagten diese Augen.

Dann blinkte der Auslöser erneut, und Lissa war verschwunden.

»Charles …«

Er hantierte mit dem Silberbesteck.

In seinem Schweigen lag etwas Verletztes, etwas Belastendes und Trauriges. Er sah aus wie ein kleiner Junge, der auf seine Schuhe starrte, um nicht bei einem weiteren Anflug von Intimität aufgestaute Tränen über seine Wangen laufen zu lassen. Erin hatte ihn damals auch berühren wollen, und in diesem Moment der Schwäche hatte sie ein Beicht-Impuls gepackt. Ein Neuanfang, hatte er gesagt. Und warum auch nicht? Mit Lügen fängt man nicht neu an.

»Charles …«

Sein Messer klapperte gegen den Rand seines Tellers. Ein stumpfer Widerschein erschien zitternd auf der flachen Seite der Klinge. Er starrte auf den Tisch.

»Ich habe sie gesehen, Charles. Sie war es. Ich meine … ich weiß …«

Dann blickte er auf, sein Gesicht war blass und kalt, sein Blick starr. »Sie ist weg, Erin. Sie ist …« Er holte tief Luft, schüttelte den Kopf und seufzte. »Sie ist … weg.« Er starrte sie noch einen Moment länger an. »Es tut mir leid«, sagte er. Er zögerte, als wolle er noch etwas hinzufügen, und dann, sich auf die Unterlippe beißend, schob er seinen Stuhl zurück und verließ das Esszimmer.

»Ma'am?« Die Vermieterin stand in der Küchentür und wischte sich die Hände an einem Handtuch ab. »Ist etwas mit dem Essen nicht in Ordnung?«

»Nein«, hatte Erin gesagt. »Das Essen war gut. Alles in Ordnung.«

Aber es war nicht alles in Ordnung. Nichts war in Ordnung. Nichts würde jemals wieder in Ordnung sein.

Erin lehnte den Kopf gegen das kühle Fenster und konzentrierte sich auf das Dröhnen der Reifen, das Brummen des Motors. Es wird alles gut werden, sagte sie sich. Alles würde wieder gut werden.

Doch der Wald, weit und grün und wachsam, bedrückte sie immer noch.

Weg, hatte Charles gesagt.

Er hatte natürlich recht. Das war das Schlimme daran. Gestern Abend beim Abendessen hatte sie nicht Lissa gesehen, sondern ein anderes Kind, ein dunkles, schwerfälliges Kind mit eigenen Sorgen und Nöten. Wenn Erins Herz beschlossen hatte, etwas anderes zu sehen, dann war das eine Illusion, nichts weiter.

Vielleicht war sie verrückt geworden. Normale Frauen sahen beim wöchentlichen Einkauf keine toten Kinder im Gang mit den Obstkonserven. Gesunde Frauen sahen keine geisterhaften Gestalten in den Schatten unter den Bäumen.

Charles schaltete einen Gang zurück, und der Ton des Motors wurde tiefer, als er in eine Kurve einfuhr. Ein Bollwerk aus uralten, moosfeuchten Steinen – mindestens zehn Fuß, vielleicht auch höher – ragte vor ihnen aus dem Waldboden wie das versteinerte Rückgrat eines begrabenen Drachen. Als das Auto darauf zuraste, beschleunigte sich Erins Herzschlag.

Dann senkte sich die Straße, und eine schmale Öffnung, kaum breiter als das Auto, erschien im Stein. Der Wagen schoss unter einem Torbogen hindurch. Die erdrückende Allgegenwart des Waldes, das Gefühl der eingeschlossenen Energien, die gerade jenseits des Wahrnehmungsbereichs brodelten, wich zurück. Es folgte ein Augenblick rasender Dunkelheit – wie dick muss die Wand sein! –, und dann tauchten sie auf der anderen Seite auf, auf einer baumlosen Wiese, und das Sonnenlicht brach sich auf der Windschutzscheibe.

Charles verlangsamte das Tempo, als die Straße in eine tiefe, runde, in den Wald gehauene Schale abfiel. Er lenkte den Wagen bis zu einer zweiten, vielleicht hüft-hohen oder etwas höheren Steinwand und stellte den Motor ab.

Erin griff nach ihrer Tasche. »Ich schätze, wir sind da«, sagte sie.

3

Sie stiegen aus dem Auto aus und standen schweigend da, wie gebannt.

Etwa hundert Meter entfernt thronte Hollow House – drei Stockwerke aus grauem, burgartigem Stein – auf einer leichten Anhöhe, umrahmt von einem Land-schaftsgarten, einer Wiese und einer Mauer. Wie ein Stein, der in ein Becken geworfen wurde, dachte Charles. *Axis mundi,* das ruhende Zentrum einer sich drehenden Welt.

»Das ist schon was, nicht wahr?«, sagte Merrow.

In der Tat war das was. Die Fotografien hatten der unerbittlichen Anmutung des Hauses nicht gerecht werden können – seiner grimmigen Festigkeit, seinem Turm und seinen Türmchen, seinen Gauben und dem Treppengiebel.

Merrow sagte: »Die ursprüngliche Struktur brannte …«

»… 1843 ab«, beendete Charles den Satz. »Alles, außer der Bibliothek.«

Merrow schenkte ihm ein flüchtiges Lächeln. »Sie haben gut recherchiert.«

»Das macht Charles am liebsten – recherchieren«, sagte Erin und rückte ihre Tasche zurecht. »Die Heizkosten müssen die Hölle sein.«

Merrow lachte. »Es ist Jahrzehnte her, dass das gesamte Haus genutzt wurde. Mr Hollow – Edward, also Ihr unmittelbarer Vorgänger, lebte in einer kernsanierten Zimmerflucht. Sie befindet sich in unmittelbarer Nähe zur Bibliothek – praktisch für Ihre Recherchen, Mr Hayden. Auf jeden Fall werden Sie feststellen, dass man im Hollow House recht gut wohnen kann, denke ich.« Merrow führte sie an der Mauer entlang. »Wollen wir?«

»Wo ist das Tor?«, fragte Charles.

Merrow stieß etwas aus, das ein Lachen hätte sein können. »Hinten gibt es ein Tor für Lieferanten. Ansonsten ist die Mauer nicht unterbrochen, eine der Eigentümlichkeiten dieses Hauses. Ich dachte, die Vorderansicht wäre geeigneter – als formelle Einführung, sozusagen. Hier entlang, bitte.« Sie deutete auf eine Reihe von Steinsockeln, die in die Mauer eingelassen waren.

»Sie können sich bei mir stützen«, sagte Charles, aber Merrow ignorierte ihn und huschte allein die Treppe hinauf, sodass er gezwungenermaßen auf die Rundung ihres Hinterteils starrte, das sich unter dem eng anliegenden Rock abzeichnete.

Sie schaute von der Mauerkrone zu ihm herunter, und Charles wandte den Blick ab. Hitze stieg ihm in die Wangen. »Seien Sie vorsichtig«, sagte sie. »Es ist ziemlich steil.« Bevor er etwas erwidern konnte, stieg sie auf der anderen Seite hinunter.

Charles folgte ihr die glatten Stufen hinauf. Oben angekommen, hielt er inne und reichte Erin die Hand.

»Ich komm schon klar«, sagte Erin.

Die Stufen auf der anderen Seite waren breiter und mit Moos bewachsen. Er war gerade unten angekommen und drehte sich um, um nach ihr zu sehen, als Erin ausrutschte. Charles machte einen Satz auf sie zu – zu spät. Sie rutschte Hals über Kopf die Treppe hinunter, der Inhalt ihrer Tasche verteilte sich auf dem Boden, wo Erin selbst mit einer Schulter aufschlug. Der Atem entwich mit einem tonlosen Grunzen aus ihrer Lunge.

»Ist alles okay?«, fragte er, aber sie winkte ab.

»Mir geht's gut.« Sie stemmte sich auf die Beine und griff nach ihrem Knöchel. »Bring mir nur meine Sachen.«

Aber Merrow sammelte bereits alles ein: Make-up und Lippenstift, Reisepass, eine Auswahl an Stiften und Tablettenröhrchen. Ein Skizzenbuch. Ein gerahmtes Foto. Merrow stand auf und betrachtete es. »Ihre Tochter?«, fragte sie und wischte etwas Dreck vom Rand des Rahmens. »Ein wunderhübsches Mädchen. Das Glas ist gesprungen, aber das lässt sich bestimmt leicht reparieren. Sind Sie sicher, dass alles in Ordnung ist?«

»Ich habe mir nur den Knöchel verstaucht. Das wird schon wieder.«

Aber Erin sah nicht so aus, als wäre alles in Ordnung. Ihre Jeans waren mit Schlamm verschmiert, die Wangen gerötet. Als sie einen Schritt machte, erwischte sie den verletzten Knöchel.

»Komm, ich helfe dir«, sagte Charles.

»Wirklich, Charles, es geht mir gut.« Und dann, nachsichtig, mit einem kleinen Lächeln, fügte sie hinzu: »Am besten ignorieren, stimmt's?«

»Wenn du meinst«, sagte er.

»Dann lassen Sie mich wenigstens Ihre Tasche nehmen«, sagte Merrow. »Na los.«

Langsam – Charles und Merrow sprungbereit zu Erins Seiten – bewegten sie sich auf das Haus zu. Als sie die sechs Stufen erreicht hatten, die zu einem quadratischen Säulengang hinaufführten, wurde die Tür von innen geöffnet. Eine stämmige Frau um die fünfzig in voller Dienstmädchenmontur – schwarzer Rock, weiße Schürze, sogar mit einer schwarzen Haube, unter der sie ihr graues Haar hochgesteckt hatte – kam ihnen entgegen.

»Ah, Mrs Ramsden«, sagte Merrow.

Mrs Ramsden lächelte. »Kommen Sie herein, ich helfe Ihnen«, sagte sie, griff nach Erins Arm, und gemeinsam humpelten sie die Treppe zum Hollow House hinauf.

4

Sie standen unter dem Gewölbe in der Eingangshalle, wie Kinder in einem Märchen, die nach langer Irrfahrt endlich zurückgekehrt waren, um den Bann zu brechen, der über das Haus ihrer Vorfahren gelegt worden war. Ein großer Kronleuchter beleuchtete die Wandteppiche und gerahmten Porträts, die die Wände schmückten. Die Türen zur Linken und zur Rechten waren geschlossen. Der hohe Torbogen gegenüber rahmte einen langen, luxuriös eingerichteten Salon.

»Ich habe gesehen, wie Sie gestürzt sind«, sagte Mrs Ramsden. »Diese Treppe ist gemeingefährlich. Ich weiß nicht, wie oft ich Mr Harris schon gesagt habe, dass wir etwas unternehmen müssen.« Sie seufzte verärgert über Mr Harris, während sie die drei durch den Salon führte, vorbei an zwei Eichentreppen, die sich wie Schwanenhälse zur darüberliegenden Galerie wanden. Die Geländerpfosten waren mit verschlungenen Blättern und Ranken verziert, aus denen listige, fuchsähnliche Gesichter hervorlugten. »Wie auch immer«, fügte sie hinzu, »willkommen daheim. Das Haus ist nicht immer so beleuchtet, aber wir wollten es für Sie von seiner besten Seite zeigen. Ich wollte eigentlich die große Runde mit Ihnen drehen, aber ich glaube nicht, dass Sie in der Verfassung sind, Mrs Hayden. Gehen wir nach oben, und ich schaue, ob wir nicht etwas Eis für Ihren Knöchel auftreiben können.«

Über eine Hintertreppe gelangten sie in die ehemaligen Wohnräume von Mr Hollow. Ein Haus im Haus, dachte Charles, und zwar ein luxuriös ausgestattetes: polierte Böden und plüschige Orientteppiche, Möbel aus der viktorianischen Ära, maßgefertigte Regalwände mit ordentlichen Reihen ledergebundener Bücher. Großzügige Räume mit hohen Decken – Arbeitszimmer, Wohnzimmer, Esszimmer – gingen von dem großen zentralen Foyer ab, von dem aus eine Treppe zu einer offenen Galerie hinaufführte. »Oben liegen vier Suiten und ein Dienstmädchenzimmer«, erklärte Mrs Ramsden und führte sie durch einen breiten Flur in einen Frühstücksraum, der von Fenstern gesäumt war und einen Panoramablick auf den Rasen bot. Dort unten befand sich ein weiteres Gebäude – ein Cottage, um genau zu sein, mit nur einem Stockwerk und schmalen Fenstern.

»Das ist das Haus von Mr Harris«, sagte Merrow und stellte Erins Tasche auf den Tisch. »Er ist der Verwalter des Anwesens.«

»Wir hoffen, dass Sie sich hier wohlfühlen werden«, sagte Mrs Ramsden, nachdem sie Erin einen Platz angeboten hatte. »Ich bringe Ihnen etwas Eis.«

Merrow holte ihr Telefon heraus. »Mal sehen, ob ich einen Arzt für Sie auftreiben kann.«

»Bitte bemühen Sie sich nicht. Ich hab mir doch nur den Knöchel verstaucht.«

»Es macht keine Mühe«, sagte Merrow und wandte sich ab, wobei sie sich das Telefon ans Ohr hielt. Als Mrs Ramsden mit einem Geschirrtuch und einem großen Plastikbeutel mit Eis zurückkam, sagte Merrow: »Ja, ich erwarte von dir, dass du hierherkommst, John. Wir sprechen hier von der neuen Hausherrin von Hollow House.

Ja, drei sollte in Ordnung sein. Ja, ich bin sicher, sie wird bis dahin überleben. Ja, gut. Dann danke ich dir.« Sie beendete das Gespräch und lächelte – ein wenig angespannt, dachte Charles. »Dr. Colbeck wird um drei Uhr hier sein«, sagte sie. »Können Sie es ein paar Stunden aushalten?« Als Erin nickte, wandte sich Merrow an Mrs Ramsden: »Beabsichtigt Mr Harris, irgendwann zu uns zu stoßen?«

Mrs Ramsden zögerte. »Also, wir dachten, Sie kämen etwas später an. Mr Harris hat sich in Yarrow getroffen. Aber er muss gleich zurück sein.«

»Nicht unbedingt der Tag, den ich für einen Ausflug ins Dorf gewählt hätte«, sagte Merrow. »Tja.« Sie sah Erin an. »Sie scheinen in guten Händen zu sein. Wenn ich sonst nichts für Sie tun kann …«

»Sie haben mehr als genug getan.«

»Dann verabschiede ich mich jetzt.« An der Tür drehte sie sich noch einmal um. »Die Schlüssel! Ich darf die Schlüssel nicht vergessen.« Sie griff in ihre Handtasche und holte einen schweren Schlüsselbund heraus. »Ich habe die wichtigen markiert. Bei den anderen wird Mr Harris helfen müssen.«

Im Foyer läutete die Türglocke.

»Das wird er sein«, sagte Mrs Ramsden.

»Kein Zweifel«, sagte Merrow. »Ich werde ihn auf dem Weg nach draußen briefen. Und wenn Sie irgendetwas brauchen, rufen Sie mich bitte an. Sie haben ja meine Karte.« Dann lächelte sie Erin an: »Ich bin sicher, dass Sie in kürzester Zeit wieder auf den Beinen sind.«

5

»Das Haus arbeitet mit einer dünnen Personaldecke, Sir«, sagte Cillian Harris, als er Charles durch den Salon führte. »Mr Hollow hat gerade genug Leute eingestellt, um das Anwesen instand zu halten – Hausmeister und Hausmädchen. Es wird eine ziemliche Umstellung sein, Sir.«

Charles betrachtete Harris. Er sah eher aus wie ein Verteidiger im Football als ein Hauswart: Mitte dreißig, mit einer widerspenstigen dunklen Mähne und einer krummen Nase – nicht unansehnlich auf eine grobschlächtige Art und Weise. Seine Augen waren blutunterlaufen, und obwohl der Mann nüchtern wirkte, war Charles fast sicher, dass er den Geruch von Whisky in seinem Atem wahrnehmen konnte.

Es war kurz nach zwei Uhr.

»Mrs Ramsden kümmert sich um die Wohnräume und beaufsichtigt die Hausmädchen«, sagte Harris. »Sie kommt meistens gegen sieben Uhr morgens. Ich bin quasi immer verfügbar. Ich wohne im Cottage. Sie haben es vielleicht schon vom Frühstücksraum aus gesehen. Ich verwalte das Anwesen.« Und dann sagte er, fast als wäre es ihm gerade noch eingefallen: »Natürlich unter Ihrer Leitung.«

»Also, dann verzichten wir doch auf einen allzu förmlichen Umgang – nennen Sie mich Charles.«

»Auf keinen Fall, Mr Hayden. Mein ganzes Leben lang habe ich Mr Hollow gedient, und mein Vater vor mir, und nie habe ich ihn bei seinem Vornamen genannt.

Sie sind für mich Mr und Mrs Hayden, aus Tradition oder sonst was.«

Charles gemahnte sich, dass er ein Eindringling in einem fremden Land war. Die Gepflogenheiten des Landes und so weiter. »Wenn Sie darauf bestehen.«

Harris nickte. »Sie beabsichtigen also, hier zu forschen.«

»Ja, Caedmon Hollow, sein Buch …«

»Ich kenne sein Buch.« Dann fügte er zögernd hinzu, als befürchte er, seine Grenzen zu überschreiten: »Er hätte es nie schreiben sollen, wenn Sie mich fragen.«

Nicht wirklich, dachte Charles, aber er sagte nichts.

»Schön – Sie wollen bestimmt zurück sein, bevor der Arzt kommt«, sagte Harris. »Lassen Sie uns nur noch schnell einen Blick in die Bibliothek werfen.«

6

»Tee?«, fragte Mrs Ramsden.

»Warum nicht?«, sagte Erin.

Mrs Ramsden machte sich daran, den Tisch zu decken: Kekse auf einem Tablett, Zuckerwürfel und Sahne, geblümte Teetassen und Untertassen. Alles hatte den perligen, durchsichtigen Schimmer von Knochenporzellan. »Das war eine lange Reise von Amerika, Sie müssen müde sein.«

»Erschöpft.«

»Sobald ich Ihnen den Tee gebracht habe, lasse ich Sie in Ruhe.«

»Leisten Sie mir stattdessen doch lieber Gesellschaft, das würde mich freuen.«

»Es tut mir leid, Ma'am. Ich fürchte, die Unterschiede im gesellschaftlichen Rang verbieten solche Intimitäten.«

»Oje, Mrs Ramsden, ich bin absolute Mittelschicht, das versichere ich Ihnen.«

»Mr Harris würde das nicht gutheißen.«

»Tja, Mr Harris arbeitet jetzt für mich.«

Mrs Ramsden schenkte ihr ein unsicheres Lächeln.

»Ich bestehe darauf«, sagte Erin. »Wir sind bestimmt fertig, bevor er zurückkommt. Charles wird allein in der Bibliothek eine halbe Stunde verbringen.«

»Ich muss noch eine Tasse holen.«

»Nehmen Sie die.«

»Aber nein, die ist für Mr Hayden, Ma'am.«

»Wir können ihm eine besorgen, wenn er zurückkommt«, sagte Erin. »Bitte, setzen Sie sich. Wie heißen Sie eigentlich mit Vornamen?«

»Helen, Ma'am.«

»Dann also Helen.« Erin zuckte kurz vor Schmerz zusammen, als sie sich vorlehnte und ihre Hand ausstreckte. Mrs Ramsdens – Helens – Hand war trocken und kühl. »Ich bin Erin. Es ist mir ein Vergnügen, Sie kennenzulernen.«

»Gleichfalls, Ma'am. Lassen Sie mich nur den Tee einschenken.«

»Sicher. Wenn Sie mir auch meine Tasche reichen würden, wäre ich Ihnen sehr dankbar. Ich würde sie selbst holen, aber …« Sie lachte freudlos über ihre missliche Lage.

»Ich besorge Ihnen frisches Eis.«

»Ist schon in Ordnung. Wirklich. Geben Sie mir einfach die Tasche. Und bitte, setzen Sie sich. Im Ernst.«

»Ja, Ma'am.«

Das »Ma'am« würde auch verschwinden müssen, dachte Erin. Schritt für Schritt. Aber sie waren auf dem richtigen Weg. Die Tasche hingegen war ein einziges Chaos: ihr Skizzenbuch dreckverschmiert, die Stifte und Bleistifte im Inneren verstreut. Und das Foto, natürlich – das Glas zerbrochen, wie Merrow gesagt hatte. Es war unerträglich, es anzuschauen, unmöglich, es nicht zu tun. Sie musste sich zwingen, es beiseitezulegen und ihre Medikamente herauszukramen, fast zwei Dutzend Plastikflaschen im Großformat. Um sicherzugehen, zählte sie alle durch. Sie war von einem Arzt zum nächsten gerannt, hatte alles gehortet, aus Angst, in diesem gottverlassenen Land nicht das zu bekommen, was sie brauchte – oder wollte, wie ihr Therapeut gesagt hätte. Venlafaxin gegen die Depression. Trazodon und Zolpidem, um ihr beim Einschlafen zu helfen. Ihre Hausapotheke, wie Charles sie nannte. Ihre persönliche Apotheke.

Manchmal hasste sie Charles.

Sie schüttete eine Clonazepam – sie hatte ein halbes Dutzend Rezepte für Angstzustände: Lorazepam, Alprazolam, alles Mögliche – und schluckte die Pille trocken hinunter; dann schüttete sie intuitiv eine weitere heraus.

In einem Punkt hatte Mrs Ramsden recht: Die Reise war zu viel gewesen. Das Mädchen im Hotel. Diese kleine Gestalt, die sie vom Straßenrand aus beobachtet hatte. *Wir sehen, was wir sehen wollen*, hatte ihr Therapeut gesagt und hinzugefügt: *Seien Sie vorsichtig, sonst lernen Sie, Ihre Ketten zu lieben.*

Das wollte sie nicht. Sie wollte frei sein.

Aber sie würde niemals frei sein.

Mrs Ramsden – Helen – setzte sich endlich. Zucker und Sahne und ein schüchternes Lächeln über den Tisch hinweg. Sie ignorierte die Fläschchen mit den Medikamenten und räusperte sich. »Sie wollen bestimmt mehr über den Haushalt erfahren«, sagte sie. »Mr Harris kümmert sich um die meisten Angelegenheiten, aber im Allgemeinen lässt er mir in häuslichen Dingen freie Hand. Außer mir gibt es noch sieben Dienstmädchen. Sie halten den größten Teil des Hauses in Schuss. Ich werde Sie bald mit ihnen bekannt machen. Ich wollte das eigentlich heute schon tun, aber Sie werden sich ausruhen wollen. Ich kümmere mich selbst um den Wohnbereich, Sie werden mich also quasi täglich sehen.«

»Ich hoffe, wir sehen uns oft. Ich stelle mir vor, dass es hier draußen ganz schön einsam werden kann.«

Mrs Ramsden zögerte. »Ich bin sicher, Sie werden viel Gesellschaft haben, sobald Sie sich von Ihrem Sturz erholt haben.«

Was schwer vorstellbar war. Sie und Charles hatten sich seit fast einem Jahr nicht mehr unterhalten. Selbst die üblichen Besuche nach … nach Lissa … waren für alle Beteiligten eine schwierige Angelegenheit geworden. Zwar waren alle rücksichtsvoll und freundlich gewesen – ihr Mitgefühl war sicherlich aufrichtig gewesen –, aber die Geister von Charles und Syrah Nagle hatten jedes Gespräch heimgesucht und sie am Ende sogar von ihren engsten Freunden entfernt. Es war nicht leicht, darüber zu sprechen, aber man konnte das Thema auch nicht ignorieren. Nach den anfänglichen Besuchen – mit mehr mitgebrachtem Essen, als sie und Charles jemals hätten essen können, den darauffolgenden Telefonanrufen, den zwei oder drei Einladungen zum Mittagessen, die sie abgelehnt hatte – war ihr gesellschaftliches Leben auf ein Minimum geschrumpft.

»Und was das Kochen angeht …«

»Wir werden für uns selbst kochen, Mrs Ramsden.«

»Aber ich habe immer für Mr Hollow gekocht.«

»Charles und ich haben immer für uns selbst gekocht«, sagte Erin. Auch das war allerdings ein heikles Thema. Ihre Eltern waren beide funktionierende Alkoholiker gewesen. Der Autounfall, bei dem sie ums Leben gekommen waren – Erin war damals im zweiten Jahr am College gewesen, und der Alkoholkonsum war eskaliert, sobald sie ausgezogen war –, war kein zufälliger Unfall gewesen. Als Erin zwölf war, kümmerte sie sich bereits selbst um ihr Essen. Sogar in den ersten Tagen ihrer Ehe hatten sie und Charles, die beide mit ihrer Karriere beschäftigt waren, öfter allein als gemeinsam gegessen. Erst, nachdem Lissa geboren war, bemühte sich Erin, zum Abendessen zu Hause zu sein. Sie trank auch nicht, zumindest damals nicht. Sie würde die Fehler ihrer Eltern nicht wiederholen – das hatte sie sich geschworen.

Das spielte natürlich keine Rolle mehr.

Jetzt war alles egal.

Sie warf einen Blick auf das Foto von Lissa, ohne sich dagegen wehren zu können, aber falls Mrs Ramsden es bemerkt hatte, sagte sie kein Wort. Sie bemerkte nur:

»Sie sind gerade nicht in der Lage zu kochen, nicht wahr? Und ich würde wetten, dass Ihr Mann in der Küche bestenfalls keinen Schaden anrichtet. Das trifft auf die meisten Ehemänner zu. Und Sie könnten etwas mehr Fleisch auf den Knochen gebrauchen, wenn ich das so sagen darf.«

»Mrs Ramsden ...«

»Das Abendessen wird pünktlich um fünf serviert. Keine Widerrede, Mrs Hayden.«

»Können wir wenigstens noch einmal darüber sprechen, wenn ich wieder auf den Beinen bin?«, fragte Erin und amüsierte sich darüber, dass Mrs Ramsden sie trotz all ihrer Ehrerbietung bereits dazu gebracht hatte, um Erlaubnis zu bitten. Sie hatte das Gefühl, dass sie nicht viel kochen würde. Und das war wahrscheinlich auch gut so, dachte sie.

Mrs Ramsden ließ die Frage unbeantwortet. Sie lächelte. »Sie sind Künstlerin.«

»Ich zeichne«, sagte Erin. Sie hatte erst vor Kurzem damit begonnen, aber es lag ihr. Schon als Kind hatte sie gerne gezeichnet. »Ich bringe es mir selbst bei.«

»Darf ich mal sehen?«

Erin zögerte.

»Ich will nicht neugierig sein.«

»Nein, ist schon gut.« Erin schob ihr das Skizzenbuch über den Tisch zu.

Während Mrs Ramsden die Seiten durchblätterte, drehte Erin ihre Tasse in der Untertasse und starrte auf das Wappen darauf, das sie während der letzten Monate auf so vielen Briefen aus dem Hollow-Anwesen gesehen hatte: ein großes H, umrankt von grünem und goldenem Laub. Es erinnerte sie an die erste Ausgabe von *Im Nachtwald*, die von Generation zu Generation in ihrer Familie weitergereicht wurde, an das barocke Initial jedes neuen Kapitels. Eines Tages hätte sie es wohl an Lissa weitergegeben.

»Die sind sehr gut gemacht«, sagte Mrs Ramsden und blätterte eine Seite um. »Sie haben einen guten Blick.« Sie sah auf. »Es ist immer dasselbe Mädchen, nicht wahr?«

Erin biss sich auf die Lippe. Sie nickte.

»Das Mädchen auf dem Foto dort?«

Sie brachte es nicht über sich zu antworten.

7

»Erin?«

Allein im Frühstücksraum – Mrs Ramsden war ihren Pflichten nachgegangen, was auch immer das sein mochte –, schloss Erin das Skizzenbuch und blickte auf. Das Clonazepam hatte gewirkt. Sie war distanziert von ihren eigenen Gefühlen, eine Beobachterin ihres eigenen Innenlebens. Die Medikamente isolierten sie von ihrem Kummer und ihrer Wut, mehr nicht.

»Dr. Colbeck ist da«, sagte Charles von der Tür aus.

Das war er in der Tat. Wie ein hagerer, rothaariger Riese – roter Bart, mit knorrigen Ellbogen und Knien – überragte er Charles mit seinen knapp zwei Metern. Und er war völlig unterernährt. Ichabod Crane, dachte sie. Ichabod Crane sollte ihr Arzt werden.

»Dr. Colbeck.«

Der rothaarige Fremde verbeugte sich leicht. Er stellte eine schwarze Medizintasche auf den Tisch und betrachtete ausdruckslos die Reihen von Pillenflaschen, die vor Erin aufgereiht waren.

»Sie werden entschuldigen, dass ich nicht aufstehe.«

Höflicherweise ignorierte Colbeck den platten Scherz. Stattdessen lächelte er. »Bitte, nennen Sie mich John«, sagte er. Und weiter: »Sie sind also die Amerikaner, die das Hollow House geerbt haben. Sie wurden hier schon mit Spannung erwartet.«

»Freudig erwartet, hoffe ich«, wagte Charles.

»Natürlich. Sie werden feststellen, dass die Eingeborenen recht freundlich sind, denke ich.«

»Sind Sie hier aufgewachsen?«, fragte Charles.

»Geboren und aufgewachsen. Meine Ausbildung hat meinen Akzent etwas verwischt; ob das gut oder schlecht ist, vermag ich nicht zu sagen.«

»Dann kannten Sie unseren Wohltäter?«, fragte Erin.

»Nur in beruflicher Hinsicht. Ich habe die Praxis von Dr. Marshall vor zehn Jahren übernommen, als er in den Ruhestand ging. Mr Hollow brauchte wenig Pflege. Er war ein zäher Kerl. Wurde siebenundneunzig Jahre alt, und ich bezweifle, dass er auch nur einen Tag davon krank war, bis ihn schließlich sein letztes Leiden ereilt hat. Er lebte ein zurückgezogenes Leben. Cillian Harris kümmerte sich um die meisten seiner Angelegenheiten.«

»Ich denke, wir werden etwas zugänglicher sein«, sagte Charles.

»Da bin ich sicher.« Colbeck räusperte sich. »Schauen wir uns mal den Knöchel an.«

Er kniete sich vor Erin nieder und nahm den fraglichen Knöchel in seine großen Hände. Erin zuckte zusammen, der Schmerz war kurz, aber deutlich. Dann sagte Colbeck: »Sie scheinen eine Verstauchung zu haben, Mrs Hayden, und zwar eine leichte. In ein oder zwei Tagen sollten Sie wieder auf den Beinen sein. Bis dahin …« Er öffnete seine Tasche, die trotz der vielen glänzenden Instrumente, die darin zu sehen waren, nichts Schlimmeres als eine Knöchelschiene enthielt. »… bis dahin scheinen Sie genau das Richtige zu tun: Ruhe, Hochlagern und Eis, aber nicht länger als zwanzig Minuten am Stück. Eine Kompression …« Er hielt die Schiene hoch. »… hilft ebenfalls, und Sie werden eine Stütze brauchen, wenn Sie wieder auf die Beine kommen. Keine große Affäre, oder? Ich kann Ihnen ein paar Krücken aus dem Auto holen, wenn Sie wollen.«

»Das klingt doch wie ein vernünftiger Vor…«, begann Charles, aber Erin überging ihn.

»Ich glaube, ich schaffe es ohne.«

»Das glaube ich auch. Die Schiene sollte ausreichen. Das Gewicht ist der Schlüssel. Was Ihr Knöchel braucht, ist Gewicht. Nach vierundzwanzig Stunden werden Sie versuchen, aufzustehen und umherzugehen, bitte. Etwa alle zwei Stunden können Sie abwechselnd Paracetamol und Ibuprofen gegen die Schmerzen einnehmen. Nach drei oder vier Tagen sind Sie so gut wie neu.« Er beugte sich vor, um seine Tasche zu schließen, da fiel sein Blick auf das Foto. »Ah, ein sehr hübsches Mädchen. Ihre Tochter, nehme ich an.«

»Ja«, sagte Charles. »Lissa. Unsere Tochter, zu Hause.«

Die Worte hingen in der Luft wie nicht gezündete

Bomben. Erin brachte kein Wort heraus, aber ließ sich nichts anmerken, falls es ihm überhaupt aufgefallen war. Er klappte einfach die Tasche zu, stand auf und sagte: »Niemand hat eine Tochter erwähnt.«

8

Charles begleitete Colbeck hinaus.

Im Vorgarten fragte der Arzt: »Was ist mit Ihrer Tochter passiert, Mr Hayden?«

»Wie bitte?«

»Ihre Tochter. Sie muss gerade mal fünf, höchstens sechs sein. Normalerweise lässt man ein Kind in diesem Alter nicht zurück, wenn man einen Auslandsaufenthalt auf unbestimmte Zeit plant.« Er drehte sich zu Charles um und sah ihn mit wissenden Augen an.

Charles starrte zurück, und in seiner Brust zog sich etwas zusammen. »Ich denke nicht, dass Sie sich über diese Angelegenheit Gedanken machen sollten, Doktor.« Eine grenzwertige Bemerkung, vielleicht eine Spur unhöflich.

Wieder ging Colbeck nicht direkt darauf ein und sagte: »Sie haben vielleicht bemerkt, dass Ihre Frau zweiundzwanzig Fläschchen mit Medikamenten auf dem Tisch hat, Mr Hayden. Sie haben vielleicht auch bemerkt, wie abgelegen Yarrow ist. Wenn Sie nicht vorhaben, bei jeder Erkältung in eine Praxis in Ripon zu fahren, werde ich wahrscheinlich Ihr Arzt sein. Es ist also sogar meine Pflicht, mich darüber zu informieren.«

Colbeck hielt Charles' Blick fest. Der sah weg und betrachtete die grüne Wand des Eorl-Waldes. »Sie ist gestorben«, sagte er.

»Und Ihre Frau?«

»Sie kommt nicht darüber hinweg. Sie gibt mir die Schuld. Es war ein Unfall.«

»Ein Unfall?«

»Und das geht Sie wirklich nichts an, Dr. Colbeck.«

Colbeck ging nicht weiter darauf ein, obwohl Charles, der immer noch auf den Wald starrte, seinen prüfenden Blick spüren konnte. Nach einiger Zeit fragte er: »Wie lange ist das her?«

»Fast ein Jahr. Ich könnte es Ihnen auf den Tag und die Stunde genau sagen, wenn Sie auch das wissen müssen. In Ihrer Rolle als mein Arzt.«

Colbeck ging nicht darauf ein. Er seufzte. Nach einer Weile sagte er: »Ich kann Ihnen natürlich nur wenig Trost spenden. Ihr Verlust tut mir leid. Unendlich leid. Man kann es mit Worten nicht ausdrücken. Aber Ihr Aufenthalt hier wird die Angelegenheit zwischen Ihnen und Ihrer Frau nicht heilen. Sie wird vielleicht gar nicht heilen, und wenn doch, wird eine Narbe zurückbleiben, eine ziemlich schlimme Narbe. Manchmal überleben Ehen den Verlust eines Kindes, meistens aber nicht. In Fällen, in denen ein Ehepartner dem anderen die Schuld gibt …« Colbeck zuckte mit den Schultern. »Jedenfalls könnte es helfen, darüber zu reden.«

»Erin war zu Hause bei einem Therapeuten.«

»Und Sie?«

»Nein.«

»Vielleicht sollten Sie das in Betracht ziehen.«

»Vielleicht.«

»Ich kann Ihnen die Namen von ein paar guten Leuten geben. Dafür müssten Sie zwar nach Ripon, aber ich denke, die Fahrt könnte sich lohnen.«

»Das wäre schön.«

»Aber Sie haben nicht vor hinzufahren.«

»Nein.«

»Ihre Frau ...«

»Das bezweifle ich.«

»Ich werde Sie trotzdem anrufen und Ihnen die Namen nennen«, sagte Colbeck.

Charles drehte sich zu ihm um. »Ich sollte jetzt nach Erin sehen.«

Colbeck nickte. »Eis, zwanzig Minuten drauf, zwanzig Minuten weg, Mr Hayden. Und morgen soll sie versuchen aufzustehen und sich zu bewegen. Der Knöchel wird noch eine Weile empfindlich sein.«

»Ja.«

»Dann noch einen schönen Tag.«

»Danke, dass Sie gekommen sind.«

»Gern geschehen.« Colbeck hielt inne. »Auf die Gefahr hin, dass ich meine Grenzen überschreite, Mr Hayden – darf ich Ihnen noch zwei Ratschläge geben, bevor ich gehe?«

»Warum nicht?«

»Was Ihre Frau betrifft, rate ich Ihnen zu Geduld. So etwas braucht Zeit. Anfälle und Anläufe. Zwei Schritte vorwärts, ein Schritt zurück in der Regel. Aber selbst ein solch stockender Fortschritt bringt einen am Ende ans Ziel.«

»Und der zweite weise Rat, Doktor?«

»An Ihrer Stelle würde ich mich vom Wald fernhalten.«

»Warum?«

»Menschen verirren sich, Mr Hayden.«

»Ich werde vorsichtig sein.«

»Gut. Und rufen Sie mich an, wenn Sie etwas brauchen.«

Damit drehte Colbeck sich um und lief mit langen
Schritten über den Hof zur Treppe in der Mauer. Auf der
anderen Seite wendete er einen verbeulten Pick-up – er
mochte einmal rot gewesen sein, war aber längst zu
einem stumpfen, farblosen Braun verblasst – und verschwand zwischen den Bäumen. Charles stand da und
wusste, dass er gehen und nach Erin sehen sollte. Aber
die letzten Worte des Arztes gingen ihm nicht aus dem
Kopf: *An Ihrer Stelle würde ich mich vom Wald fernhalten.*

Charles wandte den Blick wieder zum Wald. Er hatte
das unbestimmte Gefühl, dass ihn etwas von der Baum-
reihe aus beobachtete, aber als er die Wand aus Bäumen
absuchte, war dort nichts zu sehen.

9

Sonst geschah nichts an diesem Tag.

Nur, dass Charles und Erin in getrennten Schlafzim-
mern schliefen, wie jede Nacht seit Lissas Tod.

Aber irgendwann in der frühen Morgendämmerung
öffnete Charles die Augen.

Er stand am Bett und träumte von einem schwarzen Tal, wo ein seichter Bach durch ein Bett aus Steinbruch floss und grünes Moos wuchs. Das Fenster war aufgeschlagen, und ein Windhauch streichelte seine nackte Haut, lockte ihn zum tiefroten Himmel hinauf, an dem ein gehörnter Mond wie ein Kinderspielzeug hing. Und der nächtliche Wald, der das große Haus umgab, flüsterte grüne Gedanken in seinem grünblättrigen Schatten.

II

Yarrow

Als Laura ihm von den kleinen Wesen in den Bäumen mit ihren dämonischen Fratzen erzählte, sagte der Hilfsbereite Dachs: »Alle möglichen Kreaturen leben im Wald. Und alle sind im Mondschein unterwegs, denn in dieser Nacht müssen sie Buße tun.«

»Sie machen mir Angst.«

»Sie sind eher launisch als grausam«, sagte der Dachs. Er gähnte, kratzte einen Floh weg und fügte hinzu: »Es gibt nur einen, den du fürchten musst. Wenn du Ihm begegnest, musst du all deine Kraft und deinen Mut zusammennehmen und deinen ganzen Verstand einsetzen.«

»Muss ich ihm denn begegnen?«

»Das verlangt die Geschichte von dir«, sagte der Dachs.

»Aber wer ist Er?«

»Ich wage es nicht, Seinen Namen zu nennen. Doch vor langer Zeit verführte Er das Waldvolk zum Verrat und verletzte ihren rechtmäßigen Herrn schwer, den Er in die Äußere Dunkelheit verbannte. Und nun muss sich das Waldvolk vor Ihm verbeugen und seine Sünden im Geheimen beichten.«

»Wie werde ich Ihn erkennen, wenn Er kommt?«

»Er trägt eine Krone aus Hörnern.«

Caedmon Hollow, *Im Nachtwald*

1

Natürlich spukte es dort, im Hollow House.

Und sie hatten alle ihre eigenen Plagegeister, die sie heimsuchten – Erin und Charles, Cillian Harris und auch Mrs Ramsden. Und obwohl Mrs Ramsdens Sünden, ihr Versagen und ihr Bedauern, wie die von Ann Merrow oder Dr. Colbeck, in dieser Geschichte nur eine kleine Nebenrolle spielen, waren sie alle Protagonisten in anderen Geschichten, mit ihren eigenen Dramen, ihren Höhenflügen der Freude und ihren Abstürzen in tiefste Trauer. Es war einmal: Kein Leben ist zu bescheiden, kein Ereignis zu unbedeutend.

Jede Geschichte ist eine Spukgeschichte.

Es war das Foto, das Erin und Charles heimsuchte – oder genauer gesagt, der Verlust, den es bedeutete. Das Kindergartenporträt eines blonden Mädchens, im Dreiviertelprofil, die Hände ordentlich auf dem Tisch vor ihr verschränkt, aber ansonsten nicht gestellt – ihr kicherndes Lächeln (zweifellos hatte der Fotograf einen Scherz gemacht), die weiche Wölbung ihres Kiefers, ihr milchiger Teint –, all das gefangen hinter einem Spinnennetz aus zerbrochenem Glas.

Für Erin war das Foto wie ein seichter Brunnen in einer trockenen Jahreszeit. Sie wagte es nicht, zu oft daraus zu trinken – und doch konnte sie es nicht lassen. Immer wieder zeichnete sie das Bild in ihrem Skizzenbuch, zunächst die Konturen von Lissas Gesicht, und verlieh ihm dann mit jedem vorsichtigen Strich ihres Bleistifts Tiefe und Gestalt. Und schließlich drehte sie das Foto um und arbeitete weiter, als könnte sie durch diese obsessive Reproduktion das Bild in das Gewebe ihres Gehirns und ihres Herzens einritzen. Sie würde das Gesicht ihrer Tochter nicht vergessen.

Sie spürte bereits, wie er ihr entglitt.

Für Charles war das Foto wie ein Gefängnis, das den Kummer, der jederzeit auszubrechen und ihn zu überwältigen drohte, einsperrte. Solange Lissa hinter dem Glas gefangen war, bewältigte er den Tagesablauf beinahe mechanisch – nicht gänzlich unberührt, aber er funktionierte. Erin fürchtete das Vergessen, Charles sehnte sich danach. Die Last seiner Sünde (so dachte er) war zu schwer zu ertragen. Doch die Erinnerung ließ sich nicht zurückhalten. Das zerbrochene Glas machte die Metapher deutlich. Wenn er das Foto jetzt betrachtete, verspürte er eine untröstliche Sehnsucht, in der Zeit zurückzugehen, neu anzufangen und alles richtig zu machen.

Und Cillian Harris? Wer konnte das schon sagen? Aber er war erstarrt, wie ein Mann, der einen kleinen Stromschlag bekommt, als sein Blick an jenem ersten Tag im Frühstücksraum auf das Foto gefallen war. Kurz nur – ein Atemzug, nicht länger –, aber Charles hatte es dennoch bemerkt und sich gewundert.

Das Glas musste ersetzt werden, keine Frage.

»Ich kann den Anblick nicht ertragen«, sagte Erin. Die Erinnerung an den Tag, an dem Lissa gestorben war, war zu schrecklich. Und jetzt, da Lissa entkommen war, musste Charles sie wieder einfangen.

Er nahm das Auto und fuhr nach Yarrow, zu dem Eisenwarenladen, den er auf dem Weg nach Hollow House gesehen hatte. Aber Lissa war schon vor ihm angekommen. Er sah sie in einem kleinen Kind – war sie es? –, das die Hand seiner Mutter hielt, während es sich nach vorne beugte, um an den Frühlingsblumen zu riechen, die in den Töpfen vor einem Geschäft blühten. Und was noch schlimmer war, er sah sie auf der Titelseite der Zeitung, die vor dem Kiosk lag, der *Ripon Gazette*. Das Foto war verstörend, die Schlagzeile noch schlimmer: *DIE HÖLLENQUALEN EINER FAMILIE.* Er trat ein und drückte dem schroffen Mann, der ihn kaum beachtete und auf den Fernseher hinter dem Tresen starrte, seine Münzen mit zitternden Fingern in die Hand.

Draußen, im blutleeren englischen Sonnenlicht, senkte Charles den Blick auf die Zeitung:

Am Dienstag wurde die Suche nach einer vermissten Sechsjährigen in der Nähe von Yarrow fortgesetzt. Mary Babbing wurde zuletzt am vergangenen Sonntag in der Abenddämmerung mit ihrem Fahrrad vor dem Haus ihrer Familie gesehen. Die Ermittler ...

Das war zu viel. Charles wollte die Zeitung schon wegwerfen, aber er brachte es nicht über sich. Lissa starrte ihn von der Titelseite in grellen Farben an. Stattdessen faltete er sie zusammen, klemmte sie unter den Arm, nahm sich zusammen und blinzelte die Tränen zurück.

Also gut.

Mould's Hardware war gleich nebenan.

2

Charles holte tief Luft und trat ein. Der enge Raum fühlte sich klaustrophobisch an, obwohl es nicht voll in dem Laden war. Ein einziger Kunde, schlank, mit dunklem Haar, das ihm in die Stirn hing, studierte die Samenpäckchen auf einem Drahtgestell. Charles nickte, als er an ihm vorbei zum Tresen im hinteren Teil des Ladens ging.

Ein großer, fleischiger Mann stand dort und wischte sich die Hände an der Schürze ab.

»Ah, der Fremde in unserer Mitte«, sagte er mit starkem Akzent. Aber hier war Charles derjenige mit dem Akzent – der Fremde, wie Mould (war er der Mould von Mould's Hardware?) betont hatte, in einem fremden Land. Mould oder nicht, der Mann war schon älter, um die siebzig, und kräftig, kahl bis auf die widerspenstigen grauen Strähnen, die an den Seiten seines Kopfes klebten, dünne Lippen, knollige Nase, buschige Augenbrauen und Ohren. Augen von einem blassen, durchdringenden Blau blickten Charles über eine Halbbrille hinweg an. Charles war sich nicht sicher, ob er diese Augen mochte. Sie schienen mehr zu sehen, als sie eigentlich sehen durften. Der alte Mann streckte die Hand aus. Sie war schwielig, die dicken, kantigen Nägel waren mit Fettspitzen übersät.

Wie sich herausstellte, handelte es sich tatsächlich um Mould, Trevor Mould. Als er Charles die Hand gab und sich vorstellte, zuckte der zusammen, aber nicht wegen des Namens, sondern weil er seine Hand in einen Schraubstock gesteckt zu haben schien.

»Charles Hayden«, antwortete er.

»Zweifellos. Wir sind froh, dass Sie hier sind.«

»Das stimmt«, sagte der Mann mit den Samenpäckchen und trat zu ihnen an den Tresen. Er stellte sich als Edward Hargreaves vor und fügte hinzu: »Hollow House hat fast zwei Jahre leer gestanden. Eigentlich länger, wenn man bedenkt, wie Mr Hollow gegen Ende geworden ist.«

»Hat das Haus nicht mehr verlassen«, sagte Mould. »Als er gestorben ist, hatte ich ihn schon jahrelang nicht mehr gesehen.« Er streckte eine Hand aus. »Schauen wir uns das mal an, ja?«

Charles reichte das Foto über den Tresen.

»Das ist das schönste Alter, nicht wahr? Sechs, tippe ich.«

»Fünf. Fünfeinhalb, hätte sie gesagt«, sagte Charles und spürte ein Brennen in seinem Hals.

Mould neigte den Kopf zur Seite. »Und Sie haben sie zu Hause gelassen?«

»Zu Hause in den Staaten.« Das war keine Lüge, sagte er sich, sondern etwas anderes. Auch wenn er nicht genau sagen konnte, was. Eine Auslassung, nichts weiter. Dennoch eine Lüge im weitesten Sinne …

Er zögerte.

Die Wahrheit würde früher oder später ans Licht kommen. Wenn man bedachte, wie lange es gedauert hatte, Erin ausfindig zu machen, um sie über die Erbschaft zu informieren, wusste Merrow mit Sicherheit davon. Und jetzt wusste es auch Colbeck. Wie lange würde es dauern, bis ganz Yarrow davon wusste?

Unbewusst setzte er an: »Sie …«

»Wie bitte?« Mould hatte sich wieder hinter den Schalter zurückgezogen, um das Foto zu studieren.

»Ach, nichts«, sagte Charles. »Sie hat nicht mitkommen können«, sagte er, denn es laut auszusprechen bedeutete, es als wahr anzuerkennen – seine Rolle darin anzuerkennen. Er schluckte.

»Was ist mit dem Glas passiert?«

»Meine Frau. Sie hat das Bild fallen lassen. Sie ist auf der Steintreppe gestürzt.«

»Aber ihr geht es gut, hoffe ich?«

»Sie hat sich den Knöchel verstaucht. Aber in ein paar Tagen ist das bestimmt wieder gut.«

Hargreaves schüttelte den Kopf. »Komisches Ding, nicht wahr? Diese Mauer.«

»Beide Mauern«, sagte Mould. »Das muss eine Heidenarbeit gewesen sein. Schwer zu sagen, ob man damit etwas drinnen einsperren oder etwas aussperren wollte.«

»Es heißt«, fügte Hargreaves hinzu, »dass der alte Mr Hollow das Haus in seinen letzten Lebensjahren völlig verrammelt hat. Nicht mal ein Vorhang durfte offen sein.«

Ein Schauer durchlief Charles. Der Gedanke an den alten Mann, der dreifach, im Haus und hinter den großen, alles umschließenden Mauern, gefangen war, hatte etwas Gespenstisches an sich.

»Wir bringen das für Sie in Ordnung«, sagte Mould. »Sagen wir, am späten Nachmittag? Joey, der das Glas schneidet, ist zum Mittagessen im *King*. In einer halben Stunde oder so ist er zurück, und ich kann ihn gleich darauf ansetzen. Ach was, sagen wir, in einer Stunde.

Dann brauchen Sie den ganzen Weg nicht wieder zurückfahren.«

»Das wäre hervorragend. Ich wollte bei der historischen Gesellschaft vorbeischauen.«

»Yarrow ist ein ruhiges Dorf«, sagte Hargreaves. »Ich wette, dass Sie dort nicht viel finden werden.«

»Ich interessiere mich für Caedmon Hollow.«

Hargreaves zog eine Grimasse. »Keine Kinderlektüre, dieses Buch.«

»Lass den Mann in Ruhe, Ed.« Mould sah auf. »Wenn Sie genug von der historischen Gesellschaft haben, können Sie jederzeit im *King* auf ein Bier vorbeischauen. Wie auch immer, bis Sie zurückkommen, haben wir es fertig.« Er streckte die Hand aus, als wollte er eine komplizierte finanzielle Vereinbarung besiegeln, und ein weiteres Mal legte Charles widerwillig seine Hand in den Schraubstock.

»Also eine Stunde«, sagte er.

3

Charles wusste nicht, was er von der historischen Gesellschaft erwartet hatte: Broschüren, die für lokale Sehenswürdigkeiten werben, vielleicht? Indirekt beleuchtete Fotos in Rahmen und polierte Glasvitrinen?

Aber nichts dergleichen. Die Gesellschaft war noch sehr im Aufbau begriffen. Das Foyer war düster und eng, es roch muffig. In den dahinterliegenden Räumen – den beiden, die Charles ausmachen konnte und die von einem breiten Flur mit einer Treppe auf der rechten Seite abzweigten – waren jedenfalls keine derartigen Ausstellungsobjekte zu sehen. Eine Handvoll staubiger Vitrinen stand halb verdeckt hinter Stapeln von Pappkartons herum.

»Hallo?«, rief jemand aus dem Inneren.

»Hallo.«

Eine Tür öffnete und schloss sich. Im Schatten am Ende des Flurs erschien eine Gestalt – kantig und groß, weiblich, mehr konnte er nicht erkennen. Die Frau wischte sich mit einem Tuch über die Stirn.

»Sie wollen sich hier wahrscheinlich nur ein bisschen umsehen, richtig?«

»Ich dachte, es könnte vielleicht was Interessantes dabei sein.«

»Ah. Sie sind also der Amerikaner, der ins Hollow House eingezogen ist.«

»Das ist richtig.«

»Sie sind das Stadtgespräch.«

Er trat einen Schritt näher. »Ich hab's befürchtet.«

»Tja«, sagte sie. Und dann: »Sie können sich gerne umsehen. Aber wir haben leider nicht viel.«

»Sieht so aus, als hätten Sie einen ganzen Haufen«, konnte er nicht umhin zu sagen.

»Einen Haufen Müll. Deshalb bin ich hier, um alles auszupacken und herauszufinden, was sich lohnt zu behalten.«

»Ich dachte, Sie wären hier so was wie die Museumsführerin.«

»Das auch. Hören Sie, geben Sie mir eine Minute. Ich sortiere hier hinten schon den ganzen Tag Papiere.

Überall Papiere, Papiere und kein einziger Tropfen zu trinken.«

Plötzlich mochte er sie, diese schattenhafte Fremde am anderen Ende des Flurs.

»Dann führe ich Sie ein wenig herum«, sagte sie. »Wenn Sie nichts dagegen haben.«

»Und wenn doch?«

Hatte er gerade geflirtet? Ein Bild von Ann Merrows festem Hintern, dessen Muskeln sich anspannten, als sie den Tritt hinaufkletterte, schoss ihm durch den Kopf. Und dann, was noch schlimmer war, ein Bild von Syrah Nagle.

Er schob den Gedanken beiseite.

»Ich wasche es trotzdem«, sagte die Frau trocken, und weg war sie.

Charles schlenderte in den angrenzenden Raum. Er warf einen Blick auf eine Reihe von Fotos – die High Street aus einer längst vergangenen Zeit –, nahm ein steifes, vergilbtes Exemplar der *Ripon Gazette* in die Hand, legte es wieder hin, ohne sich die Mühe zu machen, die Schlagzeile zu lesen, und fuhr mit einem Finger über die staubige Oberfläche einer Glasvitrine, wobei er eine lange, saubere Schneckenspur hinterließ. Vor einer Vitrine mit Medaillen und verblassenden Bändern hielt er inne. Auf einer vergilbten Karteikarte, die darüber an die Wand gepinnt war, stand in verblasster Schrift: »*Yarrow hat seine Pflicht getan und eine Reihe junger Männer …*«

Charles wandte sich ab.

Was, um alles in der Welt, tat er hier, in einem Museum, das einem Ort gewidmet war, an dem fast nichts passiert war? Selbst Caedmon Hollow war nur eine obskure Figur in den Annalen der viktorianischen Literatur – eine Fußnote, weiter nichts.

Er hatte seine Zukunft an eine Fußnote gehängt.

Eine Welle des Zweifels überrollte ihn. Der gelehrte Abenteurer, dachte er und wandte sich dem nächsten Exponat zu, einer weiteren Konstellation verblassender Schwarz-Weiß-Fotografien: hagere, grimmig dreinblickende Männer, die neben Nutztieren und antiquierten Traktoren posierten, ein kleiner Junge, der ein Preisband an seine Brust drückte. Schwarz und weiß. Niemand lächelte. *Die Landwirtschaftsausstellung von Yarrow hat ihren Anfang in den frühen 1800er-Jahren und ist bis heute eine Institution …*

Seufzend schlenderte Charles zum anderen Ende des Raumes. Noch mehr Fotos, dachte er – aber nein, das war nicht ganz richtig. Die Bilder stammten aus der Zeit vor der modernen Fotografie: Daguerreotypien, darunter auch Daguerreotypien von Hollow House. Das erste Bild zeigte das Haus in Trümmern, ohne Dach, die großen Steinblöcke der Außenfassade waren vom Feuer geschwärzt. Die folgenden Bilder – es waren sechs, die in einer geraden Linie an der Wand hingen – zeigten das Haus in verschiedenen Stadien des Wiederaufbaus und gipfelten schließlich in einem Bild, das es in seinem ursprünglichen Zustand zeigte.

Charles beugte sich vor, um das Bild in der Mitte genauer zu betrachten: das mit großen Balken gedeckte Dach, die Holz- und Steinstapel im Vorgarten darunter.

»Das ist wahrscheinlich das Beste, was wir haben«, sagte die Frau an seiner Schulter. »Jedenfalls bislang.«

Charles drehte sich zu ihr um. Sie hatte hohe Wangen und blasse Gesichtszüge, kurz geschorenes blondes Haar, haselnussbraune Augen und ein paar Sommersprossen auf ihrem schmalen Nasenrücken. Über ihrer rechten Augenbraue befand sich ein Staubfleck. Offenbar hatte sie sich doch nicht gewaschen. Oder zumindest nicht sehr gründlich.

»Ich bin Silva North«, sagte sie.

»Charles Hayden.« Er nahm ihre ausgestreckte Hand.

»Also, Mr Hayden …«

»Charles.«

»Okay, dann Charles.« Sie nickte in Richtung der gerahmten Bilder. »Der Wiederaufbau erfolgte zwischen 1844 und 1848, nach einem Brand, der den größten Teil des ursprünglichen Herrenhauses zerstört hatte. Die Bibliothek und ein Teil des Salons überlebten, wenn auch schwer beschädigt. Die Ehefrau von Hollow, Emma, hatte nicht so viel Glück. Angeblich soll Hollow das Feuer selbst gelegt haben, obwohl unklar ist, warum er dies getan haben sollte. Dann kam das Buch heraus …«

»Im Jahr 1850, ohne dass es groß beachtet wurde«, sagte Charles. »Im Jahr darauf beging Hollow Selbstmord.«

Silva North lächelte. »Wie ich sehe, interessieren Sie sich für Hollow House, seit Sie hier wohnen.«

»Tatsächlich schon länger. Ich arbeite an einer Biografie … das heißt, ich denke darüber nach.«

»Die Leserschaft dürfte eher begrenzt sein, fürchte ich.«

»Ich hoffe, mein Buch wird daran etwas ändern.«

»Na, da sind Sie hier genau richtig. In dem Haufen da muss tonnenweise Zeug vergraben sein.«

»Das hoffe ich doch.« Er zögerte und betrachtete das Chaos aus Kisten und Papieren. »Ich weiß nicht, was Ihre Sammlung …«

Silva North lachte laut auf, ein sattes, kehliges Lachen, nicht unfreundlich. »Unsere Sammlung«, sagte sie. »Hat Sie das zu unserer bescheidenen historischen Gesellschaft geführt?«

»Ich nehme an, *Sie* sind die Gesellschaft.«

»In gewisser Weise. Das Dorf zahlt mir ein bescheidenes Gehalt – leider viel zu bescheiden. Und ich darf mietfrei in der oberen Etage wohnen.«

»Als Gegenleistung für?«

»Als Gegenleistung für die Durchsicht der Kisten. Ich entscheide, was ich behalte und was weggeworfen wird. Mr Sadler, der hier gewohnt hat, ist gestorben. Er hatte eine ziemliche Sammelwut, mit einem Auge für die lokale Geschichte. Das muss aber schon zwanzig Jahre her sein. Ich war noch ein Mädchen. Er hat das Haus der Gemeinde vermacht, und seitdem wurden hier Kisten reingeschoben. Ich meldete mich freiwillig, um es zu entrümpeln und in Ordnung zu bringen, es für die Öffentlichkeit herzurichten. Das ist der Deal, und hier bin ich.«

»Aber warum?«

»Ich studiere Geschichte an der Universität York, bin in etwa bei der Hälfte meines Master-Abschlusses. Und ich interessiere mich für die Vergangenheit des Dorfes. Leider hat es außer unserem exzentrischen Autor niemanden von Bedeutung hervorgebracht. Seltsames Buch. Keine Kinderlektüre, oder?« Sie hob die

Augenbrauen. »Keine weißen Kaninchen, die auf die Uhr schauen.«

»Nein, definitiv nicht.« Charles zögerte. »Ich hatte gehofft, dass Sie es mir berichten könnten, wenn Sie über etwas stolpern, das mit Hollow zu tun. Gab's da irgendwas?«

»Die Daguerreotypien, offenkundig. Sie steckten in einer Kiste mit Mr Sadlers Gasrechnungen. Wie auch immer sie dorthin gekommen sind. Aber das ist leider alles.« Sie betrachtete die Bilder. »Die würden sich hervorragend für Ihr Buch eignen, oder?«

Und ob, wollte Charles sagen, doch da hörte er, wie sich die Tür am Ende des Flurs öffnete und kleine Füße den Korridor entlangtrippelten.

Die hohe, süße Stimme eines kleinen Mädchens unterbrach sie: »Mama, ich hab Durst.«

Charles drehte sich um und erschrak, als er das Kind sah: vielleicht fünf Jahre alt, höchstens sechs, mit blonden Locken und blauen Jeans und einem elfenhaften, ausdrucksstarken Gesicht. Der Anblick zog ihm den Boden unter den Füßen weg. Alte Gespenster stiegen in seinem Kopf auf: *Lissa,* dachte er.

Charles trat einen Schritt zurück, und Silvas Hand stützte ihn, als die Welt wieder in den Fokus kam: der muffige Geruch des Hauses und das Kind im Foyer, das Labyrinth aus Kisten.

Himmel, war es das, was Erin …?

»Alles okay?«

»Nein, ich …« Er holte tief Luft, Tränen traten ihm in die Augenwinkel. »Ja, natürlich, ich …«

Ihm fehlten die Worte.

Dann war die Hand von Silva verschwunden. Er konnte ihre Wärme noch auf seinem Rücken spüren.

»Wer ist Lissa?«

Hatte er es laut gesagt? Er schüttelte den Kopf. »Meine Tochter. Lissa ist meine Tochter.«

War, mischte sich eine bösartige innere Stimme ein. *War deine Tochter.*

»Sie ist noch in den USA?«

Für immer und ewig, dachte er. Aber alles, was er sagte, war »Ja«.

»Bestimmt vermissen Sie sie.«

»Ich habe Durst, Mum.«

»Einen Moment, Lorna.«

»Sie sieht ihr sehr ähnlich«, sagte Charles. »Das war ein Schock.«

»Das glaube ich. Sie sehen aus, als hätten Sie einen Geist gesehen«, sagte Silva. »Kommen Sie mit nach oben und auf einen Tee.«

Was er brauchte, war Luft. »Das ist sehr nett von Ihnen«, sagte er. »Ich will nicht unhöflich sein …«

»Sie haben Ihre Zeitung fallen lassen.« Sie hielt sie ihm hin, als er sich abwandte. Die *Ripon Gazette,* Lissa starrte ihn von der Titelseite aus an.

»Mary Babbing«, sagte Silva. »Tragisch.«

Er fing sich allmählich und fragte: »Was ist passiert?«

»Keiner weiß es. Sie hat sich einfach in Luft aufgelöst. So was passiert in York oder London, aber nicht hier.«

»Kannten Sie sie?«

»Sie war eine Klassenkameradin von Lorna.« Und dann, mit einem Blick auf ihre Tochter, sagte sie: »Wir sollten nicht …«

»Nein, natürlich nicht.«

Silva schüttelte den Kopf. »Eine schreckliche Geschichte«, sagte sie.

4

Charles hatte furchtbare Geschichten gehört. Von Geistern.

Auf dem Rückweg zum Hollow House hielt er an der Abzweigung an, wo die beiden efeuumrankten Säulen vom einstigen Tor zum Hollow'schen Anwesen kündeten. Der Eorl-Wald ragte um ihn herum auf. Charles saß da, das Auto im Leerlauf, die Hände ums Lenkrad verkrampft. Dann nahm er das Foto und riss das Papier auf, in das Mould es eingewickelt hatte.

Lissa blickte ihn an, wieder gefangen hinter ihrer Glaswand. Nur sie war nicht gefangen, oder? Sie war entkommen. Er hatte sie in der Yarrow Historical Society gesehen. Und in der *Ripon Gazette* gesehen. Wie zur Bestätigung griff Charles nach der Zeitung auf dem Beifahrersitz und faltete sie auf seinem Schoß auf. Er hielt das Foto daneben: Lissa und dieses andere vermisste Kind, Mary Babbing. Wer wusste schon, was sie durchmachen musste?

DIE HÖLLENQUALEN EINER FAMILIE, so die Schlagzeile.

Er lehnte den Kopf gegen die Kopfstütze und schloss die Augen.

Als er sie wieder öffnete, sah er eine Gestalt im Wald.

Sie starrte ihn an, ein grüner Schemen im grünen Schatten des Waldes. Wie ein Mensch, aber auch wieder nicht wie ein Mensch, mit einem Geweih wie ein Hirsch in der Brunft. Cernunnos, dachte er. Der Gehörnte Gott oder König. Die Inkarnation des Nachtwaldes. Er starrte geradeaus, der Atem stockte ihm in den Lungen. Er blinzelte. Und dann war die Gestalt verschwunden, nicht mehr da. Sie war überhaupt nie da gewesen.

Charles schüttelte den Kopf. Er legte das Foto auf den Beifahrersitz, knüllte die Zeitung darunter und legte den Gang ein. Er beschleunigte den Wagen zwischen den Säulen und raste in die Dunkelheit zwischen den Bäumen.

5

Hollow House schloss sie in die Arme.

Während Erins Knöchel heilte, erkundeten sie ihr neues Zuhause, wie Kinder das Spukhaus in einem Märchen: die Zimmer im Erdgeschoss, das Esszimmer rechts von der Eingangshalle, der Aufenthaltsraum links. Der riesige Salon mit seinen beiden Treppen und die angrenzende Bibliothek, die durch glänzende Holztüren zu beiden Seiten eines riesigen Kamins zugänglich war. Und dahinter eine Handvoll kleinerer Räume: das Musikzimmer, das Spielzimmer, ein Büro, in dem Cillian Harris die Angelegenheiten des Anwesens verwaltete. Von der Galerie, die den Salon umgab, gingen Schlaf- und Wohnzimmer ab, alles luxuriös und verziert – bis auf die Dienstbotenzimmer im obersten

Stockwerk: schmale Schlafkammern mit rostigen Eisenbetten, Überbleibsel einer anderen Zeit.

Und überall wiederholte sich das Motiv auf den Balustern: Blätter, Ranken und diese listigen kleinen Fuchsgesichter. Sie lugten von Kaminsimsen und Fensterrahmen, von fein gearbeiteten Leisten und Sesseln. Heimlich und spielerisch zogen sie sich an einer Stelle ins Laub zurück, um an einer anderen Stelle wieder hervorzulugen und umschwärmten so auf subtile Weise ganze Räume – eine optische Täuschung, beunruhigend und seltsam schön.

Lissa hätte es gefallen, dachte Charles, aber sie sprachen nicht von ihr. Sie sprachen überhaupt selten.

Die Arbeit würde sie retten, hatte Erins Therapeut einmal gesagt.

Also machten sie sich an die Arbeit, jeder in seiner eigenen Welt. Charles zog sich in die Bibliothek zurück, die ganz in Burgunderrot und Leder gehalten war, mit schweren Samtvorhängen und flauschigen Teppichen, einem langen Tisch und einem antiken silbernen Globus, der eine Welt abbildete, die schon lange mehr nicht mehr existierte. Alles war poliert, alles glänzte. Bequeme Sessel umgaben den kalten Kamin. Und Bücher, reihenweise, standen in Regalen an jeder Wand, hinter Glastüren, aus deren Ecken listige Gesichter herabblickten.

»Sie sollten die Vorhänge geschlossen halten«, sagte Mrs Ramsden. »Die Buchrücken trocknen im Sonnenlicht aus und bekommen Risse. Viele sind Erstausgaben, Mr Hayden, und sehr wertvoll. Ein schöner, abgedunkelter Raum und einmal im Jahr Sattelseife, das ist es, was sie wollen.«

»Das glaube ich gern«, sagte Charles. Und dann: »Persönliche Dokumente, Mrs Ramsden. Alles, was mit Caedmon Hollow zu tun hat? Haben Sie eine Idee, wo wir anfangen könnten?«

»In den Schränken an der Westwand vielleicht, aber alles, was so alt ist, befindet sich eher unten in den Archiven.«

»Archive?«

»Das war ein kleiner Scherz von Mr Hollow«, sagte sie. »In Wirklichkeit handelt es sich um Kisten, Mr Hayden. Kisten und noch mehr Kisten. Sie werden einiges zu tun haben, fürchte ich.« Und nach einer kurzen Pause fügte sie hinzu: »Darf es noch etwas sein, Sir?«

»Nein danke«, sagte er.

Und dann war er allein, überwältigt von der Aufgabe, die vor ihm lag.

6

Erin hingegen, die auf einer sanften Alprazolam-Welle ritt, hatte sich im Esszimmer des Anwesens eingerichtet: Skizzenbuch, Bleistifte und Radiergummis waren auf dem Tisch verteilt. Und Lissas Foto, natürlich. Sie blätterte durch ihre Skizzen. Lissa und wieder Lissa. Seite um Seite: Lissa. Erin war einmal Anwältin gewesen und hatte sich mit endgültigen Entscheidungen befasst: Testamente und Nachlässe, komplexe zwischenmenschliche Angelegenheiten, Angst und Liebe, Neid, Abscheu und Verlangen. Familien in Trauer, zerrüttete Familien, mit sich selbst zerkriegt – ein Reich der Ambivalenz und der Grauzonen.

Nach dem Unfall hatte sie ihre Praxis geschlossen. Sie konnte die Arbeit nicht mehr ertragen. Jetzt lebte sie in einem binären System.

Einsen und Nullen.

Vorher und nachher.

Mit jedem Tag, der verging, ging das Vorher weiter verloren, ausgebleicht durch Zeit und Trauer und die Medikamente, die den Schmerz nicht linderten, sondern nur betäubten.

Das Danach spielte keine Rolle.

Sie blätterte zu einer leeren Seite und klopfte mit einem Bleistift gegen ihre Zähne.

Mrs Ramsden – Helen – stellte ein Tablett vor Erin ab: starker Kaffee und Sahne. Sie kannte bereits ihren Geschmack.

»Danke, Helen.«

»Gerne, Ma'am.« An der Tür drehte sie sich noch einmal um: »Darf ich Sie kurz sprechen?«

Erin sah auf. »Natürlich.«

»Es ist nur …« Mrs Ramsden trat an den Tisch. Sie nahm das Foto in die Hand, starrte es einen Moment lang an und legte es wieder hin. »Ich wollte Ihnen nur mein Beileid aussprechen.«

»Beileid?«

»Das hier ist ein kleiner Ort, Ma'am. Hier gibt es nur wenige Geheimnisse.«

Erin legte den Bleistift weg. Sie biss sich auf die Unterlippe. »Vermutlich.«

»Wenn ich irgendetwas tun kann … Wenn Sie darüber reden wollen …«

»Das ist sehr nett von Ihnen.«

Mrs Ramsden lächelte.

»Ich möchte nicht darüber reden«, sagte Erin. Sie streckte die Hand aus und drehte das Foto auf dem Tisch um. Sie bemühte sich um einen freundlichen Tonfall, als sie sagte: »Ich möchte nur allein sein.«

»Wenn ich zu weit gegangen bin …«

»Nein, Helen, bitte. Ich kann einfach nicht darüber reden.«

»Ich verstehe, Ma'am«, sagte Mrs Ramsden. Sie nickte und schlüpfte zur Tür hinaus.

Erin suchte in ihrer Tasche nach einem weiteren Alprazolam, schluckte es mit einem Schluck Kaffee hinunter und wartete darauf, dass sich das Medikament in ihrem Blutkreislauf entlud. Sie starrte auf die leere Seite. Nach einer Weile – sie konnte nicht sagen, wie lange – nahm sie ihren Bleistift und begann zu zeichnen. Sie dachte nicht nach, sondern ließ einfach zu, dass ihre Hand ihrem eigenen Bedürfnis folgte. Sie hätte auch im Schlaf zeichnen können.

Vermutlich hatte sie genau das bekommen, was sie wollte. Sie hatte sich noch nie so allein gefühlt.

7

Zwei Tage später kamen zwei Detectives in Zivil aus Ripon vorbei. Es stürmte seit Tagen, und Charles traf die beiden in der Eingangshalle, wo sie ihre Regenschirme schlossen: McGavick, ein stämmiger Mann in den späten Fünfzigern, dessen widerspenstiges Haar von grauen Strähnen überzogen war, und Collier, kurz geschoren, anderthalb Jahrzehnte jünger, kompakt und fit, mit markanten Gesichtszügen.

Sie begaben sich in die Bibliothek.

»Ich kann mich daran erinnern, wie ich als Junge mal hier war«, sagte McGavick. »Mr Hollow hat im Sommer immer Gartenpartys veranstaltet. Mit Musik und Lichtern in den Bäumen, wenn es dunkel wurde. Und Spiele: Würstchenschnappen und Fußball auf dem Rasen. Das war, noch bevor die Mauer hochgezogen wurde und man über den Zaun klettern musste, um überhaupt in die Nähe des Hauses zu kommen.« Er schüttelte den Kopf. »Am Ende wurde der alte Mann seltsam, wirklich seltsam.« Er sah auf. »Ich hoffe, Sie und Ihre Frau fühlen sich wohl hier.«

»Wir richten uns ein.«

»Ah, gut. Ich frage mich, ob sie auch noch zu uns stoßen wird.«

»Sie ist unpässlich, fürchte ich.« Charles zögerte. »Unsere Tochter …«

Er konnte sich nicht überwinden, es auszusprechen.

McGavick schüttelte den Kopf. »Ja, natürlich. So ist das Dorfleben – jeder weiß über die Angelegenheiten des anderen Bescheid. Es ist schrecklich, ein Kind zu verlieren.«

Es folgte eine verkrampfte Stille.

Collier schlenderte durch den Raum. Vor einem Fenster blieb er stehen und zog die Vorhänge zurück. Regen peitschte gegen das Glas. Jenseits der großen Mauer, unter einem sich herabsenkenden Himmel warf der Eorl-Wald Blätter ab. Collier schaute auf Charles' Mac-Book auf dem Tisch, hob den Stapel Papiere an, den Charles bisher ausgegraben hatte und von denen bislang jedes einzelne völlig nutzlos war. »Sie haben gearbeitet.«

»Recherche. Ich überlege, ein Buch zu schreiben.«

»Sie sind also Schriftsteller?«

»Professor«, sagte Charles und dachte an das Ransom College. »War ich jedenfalls.«

McGavick nickte. »Ich dachte immer, ich würde gerne schreiben«, sagte er. »Was man in diesem Beruf zu sehen bekommt ...«

»Worum geht es in Ihrem Buch?«, fragte Collier Charles.

»Eine Biografie. Über Caedmon Hollow.«

»Das ist mal ein Buch«, sagte McGavick, »dieses *Nachtwald*. Die Art und Weise, wie das kleine Mädchen – wie war ihr Name? Livia?«

»Laura.«

»Richtig«, sagte McGavick. »Jetzt erinnere ich mich. Du denkst, sie wird entkommen. So läuft das normalerweise.«

»Sie muss herausfinden, was sie verloren hat, bevor sie entkommen kann«, sagte Charles.

»Aber sie findet es nie, oder? Wer tut das schon? In

dieser Hinsicht ist das Buch sehr realistisch. Das mag ich daran.«

»Ich kann mir nicht vorstellen, dass Sie die Freude am literarischen Diskurs zu uns geführt hat, und noch dazu bei dem Regen«, sagte Charles.

»Nein, leider nicht«, sagte McGavick.

»Es geht um das Mädchen«, sagte Collier. »Das im Dorf verschwunden ist.«

»Mary Babbing«, sagte McGavick und schüttelte traurig den Kopf.

Der Name blieb Charles in der Kehle stecken wie ein Angelhaken. Er dachte an die zerknüllte Zeitung unter dem Autositz, an die Fotos, die er nebeneinandergelegt hatte: Zwillingsmädchen, auf unterschiedlichen Erdteilen. *DIE HÖLLENQUALEN EINER FAMILIE.* Wie leicht war es, sich das vorzustellen: das Kind, das von der Straße gerissen wurde, die Räder des Fahrrads drehten sich noch, das Sonnenlicht blitzte in den wirbelnden Speichen. Die Welt hatte Löcher, ständig fielen Menschen hinein, während sich anderswo Hunde in der Sonne die Flöhe kratzten und jemand an einem sauberen Tisch mit weißem Leinentuch und Lilien in einer Vase ein Sandwich aß. Wer kannte schon das Ausmaß des menschlichen Leids, sein Gewicht und seine Tiefe?

»Alles in Ordnung mit Ihnen, Mr Hayden?«

»Ich habe es in der Zeitung gesehen. Sie … Das Mädchen sah meiner Tochter sehr ähnlich.« Er schluckte. Holte tief Luft. »Sie glauben, sie ist tot.«

McGavick seufzte. »Dazu möchte ich mich nicht äußern. Aber es ist natürlich eine Möglichkeit, die wir in Betracht ziehen müssen. Der Grund, warum wir hier sind, ist, nun ja, der Wald …« Er zuckte mit den Schultern. »Wenn man sie … also wenn man so etwas entsorgen wollte …« Er hob die Hände, ließ den Rest ungesagt.

»Wir wissen, dass Sie noch nicht lange hier sind, Mr Hayden«, sagte Collier. »Aber wenn Ihnen irgendetwas aufgefallen ist, irgendjemand im Wald oder in der Nähe …«

Charles dachte an die grünen Schatten in den Bäumen. »Gibt es Besetzer im Wald?«, fragte er.

Colliers Interesse war geweckt. »Sie haben also jemanden gesehen, nicht wahr?«

»Nein. Ich habe mich das nur gefragt«, sagte Charles. »Sie sollten mit Cillian Harris sprechen, dem Gutsverwalter. Er ist schon sein ganzes Leben hier. Wenn Ihnen jemand helfen kann, dann er.«

»Das hatten wir auch vor«, sagte McGavick.

»Er wohnt in der Hütte«, sagte Charles.

Er führte sie durch den Salon hinaus, vorbei am Musikzimmer zu einem Hintereingang, der beim Bau des Hauses für die Bediensteten vorgesehen gewesen war. Charles nahm an, dass sie ihn immer noch benutzten, die Hausmädchen und Mrs Ramsden, und auch Cillian Harris. Die drei Männer standen auf der Schwelle und starrten in den Regen hinaus. Die Hütte lag etwa hundert Meter bergab.

»Danke«, sagte McGavick und spannte seinen Schirm auf. »Ab hier kommen wir allein zurecht.«

Er folgte Collier die Treppe hinunter in den Regen. Dann drehte er sich wieder um und sah Charles an. »Nochmals, Mr Hayden, mein Beileid. Es muss unerträglich sein.«

Charles nickte und dachte dabei an Lissa und Mary Babbing. Ein weiteres totes Kind. McGavick mochte es verabscheuen, diese Worte laut auszusprechen, aber Charles hatte sie in den Augen des Mannes gesehen. Die Welt war voll von toten Kindern. Und es wurden jeden Tag mehr. »Haben Sie den Wald bereits durchsucht?«, fragte er.

»Wir haben getan, was wir konnten. Aber da draußen ist mehr Wald, als man richtig durchsuchen kann. Wenn sie im Wald ist, bleibt sie wahrscheinlich für immer verschwunden. Wie das Mädchen in diesem Buch. Laura.« McGavick lachte freudlos. »Manche Geschichten, wissen Sie. Ammenmärchen.« Er zuckte mit den Schultern und hob zum Abschied eine Hand, als er sich abwandte. »Danke, dass Sie sich Zeit genommen haben, Mr Hayden.«

Charles stand an der Tür und sah ihnen nach, wie sie über den Rasen gingen. Die Hütte leuchtete in den wogenden grauen Schwingen des Sturms, aber Harris schien nicht zu Hause zu sein. Jedenfalls antwortete er nicht auf das Klopfen der Detectives. Charles hätte aufgegeben und kehrtgemacht, aber McGavick ließ sich nicht so leicht entmutigen. Er hämmerte erneut an die Tür – und dieses Mal öffnete Harris und warf einen goldenen Lichtkeil in die Dunkelheit. McGavick hielt einen Ausweis hoch, worauf Harris nach draußen trat und die Tür hinter sich schloss.

Was auch immer die drei Männer zu besprechen hatten, sie taten es im Regen.

8

Irgendwann wurde das Wetter wieder besser. Charles wachte früh auf, müde von den langen Tagen, gefangen in der Bibliothek, und ging nach draußen. Im grauen Licht der Morgendämmerung kletterte er über die Mauer und stapfte auf den äußeren Wall zu, begleitet von dem schmatzenden Geräusch der nassen Erde, die an seinen Stiefeln saugte. Der schier endlose Wald wuchs regelrecht in den Himmel hinein und ließ den Wall geradezu winzig erscheinen. Aus der Nähe schätzte Charles seine Höhe auf gute drei Meter, vielleicht mehr, und er war noch einmal halb so dick, überwuchert von dicken Ranken, die überall ihre sattgrünen Fühler hinreckten. Er drückte seine Hand flach dagegen, halb in der Erwartung, etwas zu spüren, das Dröhnen der geheimen Kräfte der Erde, Ley-Linien oder das Echo neolithischer Magie.

Alles New-Age-Quatsch. Er fühlte nichts dergleichen.

Er drehte sich um, schlängelte sich durch das Unkraut, die Mauer zu seiner Linken. Am ersten der steinernen Torbögen hielt er inne. Dahinter verlief ein moosbewachsener Tunnel, der im Schatten lag, zu seinen Füßen, fast versteckt zwischen den Büscheln, ein zerbrochenes Tor, das langsam in die Erde zurückrostete.

Charles stocherte mit einer Stiefelspitze darin herum und atmete die feuchte englische Luft ein. Er trat gegen einen Klumpen feuchter englischer Erde. England, dieses grüne und angenehme Land. Das ganze Land war ein triefend nasser Murks, dachte er, als er weiterging.

Plötzlich empfand er Mitleid mit Erin, die er mitschleifte
auf seiner vergeblichen Suche nach Wiedergutmachung –
als ob ein Buch über einen obskuren viktorianischen
Fantasten irgendwie alles wiedergutmachen könnte –,
sein Leben, seine Ehe, seine vergeigte Karriere.

Der Dekan von Ransom – Hank, ein bärtiger Riese
von einem Mann – hatte ihm ein einjähriges Sabbatical
nahegelegt.

»Ich habe Syrah dasselbe Angebot gemacht wie
Ihnen«, hatte er an jenem Nachmittag in seinem son-
nendurchfluteten August-Büro gesagt. Draußen kam
das Semester wieder in Schwung. Die Studenten ström-
ten zurück auf den Campus und begrüßten sich laut-
stark auf den überfüllten Parkplätzen. In staubigen
Büros arbeiteten die Dozenten an ihren Lehrplänen.
Auf dem Innenhof war eine wilde Partie Ultimate Fris-
bee im Gange.

»Was hat sie gesagt?«

»Sie hat vor einer Woche gekündigt. Ich weiß nicht,
wo sie ist oder was sie zu tun gedenkt.«

»Hank ...«

»Mein Gott, Charles, was hast du dir dabei gedacht?«

Seufzend tippte der Dekan gegen eine Wackelkopf-
Figur von Freud, die auf einer Ecke seines Schreibtisches
stand. Der alte Wiener Gauner schien zustimmend zu
nicken. Ja, Charles, was hast du dir dabei gedacht?

Charles sagte nichts. Er hatte sich gar nichts dabei
gedacht. Bei dieser Angelegenheit war es ihm nicht ums
Denken gegangen.

»Ich habe mich beim Vorstand für euch beide einge-
setzt, Charles. Das war alles, was ich für euch tun konnte.

Sie wollten dich sofort entlassen. Du solltest das Sabbatical annehmen. So hast du ein Jahr Zeit, um wieder auf die Beine zu kommen und dich auf dem Arbeitsmarkt umzusehen.«

»Und wenn ich mich weigere? Wenn ich bis zum Ende des Jahres unterrichte?«

»Du würdest riskieren, dass dein Arbeitsvertrag aufgelöst wird.«

Du würdest riskieren … Charles kannte die akademische Welt gut genug, um diese Worte zu deuten. Sie würden ihn mit Sicherheit feuern.

Der blaue Umschlag war zur Jahreswende eingetroffen, fünf lange Monate später. Charles hatte es damals kaum glauben können, und in den folgenden anderthalb Monaten gab es ein Dutzend Male, in denen er es immer noch nicht fassen konnte. Doch der Glaube spielte dabei keine Rolle. Ein kleines Heer von Richtern und Anwälten hatte mehr als ein Jahr damit verbracht, einen Zweig der Familie hier, einen anderen dort in den Boden zu stampfen, bis schließlich nur noch ein Zweig übrig war. Erins Zweig.

Er machte sich wegen der Jobsuche keinen allzu großen Druck – nicht, weil er keinen Job wollte, sondern weil er sich Zeit dafür nehmen wollte, den *richtigen* Job zu finden. Die Art von Job, die man bekommt, wenn man gerade eine Biografie geschrieben hat, die eine umfassende Neubewertung auslöst, so wie sie Melville in den 1920er-Jahren zuteilgeworden war. Und jetzt hatte er Zeit – ganz zu schweigen vom Zugang zu einer potenziell beträchtlichen Menge einzigartiger Quellen –, um eine solche Arbeit zu verfassen. Aber was war mit Erin? Was sollte sie tun, gestrandet an diesem trostlosen Ort?

Und es gab noch eine weitere Frage, die so egoistisch war, dass Charles sich kaum dazu durchringen konnte, sie – und sei es nur in Gedanken – auszusprechen: Was wäre, wenn Erin sich von ihm scheiden ließe und ihn damit von allen Möglichkeiten abschneiden würde, sein Ziel hier zu erreichen? Und was sollte sie daran hindern? Die Bande, die sie einst vereinten, hatten sich längst aufgelöst. Syrah, Lissa … Und vor allem sein eigenes Handeln – das alles hatte sie auseinandergebracht. Was teilten er und Erin noch außer Trauer und Vorwürfen, außer den gegenseitigen Erinnerungen daran, was sie alles verloren hatten?

Als er den zweiten Torbogen erreichte, war die Sonne bereits hinter den Bäumen verschwunden. Charles sah auf Hollow House hinab, das aus dieser Perspektive wie ein Spielzeugmodell aussah. Der Wall wirkte im Vergleich dazu riesig, urzeitlich, unvorstellbar alt. Von Nebelschwaden umwabert, sah die Öffnung wie eine Pforte zur Unterwelt aus. Hier waren nicht einmal mehr die Ruinen eines Tors übrig, am anderen Ende des Gangs aber war ein weiteres Tor nahezu unversehrt erhalten geblieben, schwarz und schattenhaft im Zwielicht. Charles betrat den Gang. Der Tunnel wölbte sich bald sanft nach oben. Ein feuchter Luftzug wehte ihm entgegen. Charles dachte an die Schatten in den Bäumen, an die großen Geweihe, die sich verzweigten, und hätte sich fast wieder umgedreht. Aber das war nur seine Einbildung gewesen, nichts weiter. Unverdrossen stapfte er weiter vorwärts, fuhr mit den Fingern der einen Hand über die moosbewachsenen Steine der Mauer und wedelte mit der anderen die Spinnweben beiseite. Seine Stiefel knirschten im Schlamm. Die Luft stank nach feuchter Fäulnis. Ouroboros, dachte Charles. Der Zyklus der Zeiten, das Leben erblüht aus dem Bodensatz der Vergangenheit.

Jenseits des Walls wuchs der Wald bis dicht an die Steine heran, wie Charles erkennen konnte.

Ein Vogel krächzte.

Charles hörte seinen Schrei, gedämpft und weit entfernt. In diesem Moment stand Charles weder in- noch außerhalb des Walls, sondern sozusagen an einer Art Schwelle, die das Grundstück von Hollow House vom Eorl-Wald trennte. Eine fließende Grenze, hätte er seinen Studenten erklärt: wie eine Möglichkeit, die noch nicht zur Realität geworden ist.

Charles ging weiter. Als er sich dem Ende des Gangs näherte, wurde das schattenhafte Tor deutlicher erkennbar. Aus dem rostbefleckten Eisen war ein angedeutetes Gesicht geschmiedet worden: Wangen aus stilisierten Blättern, schmale Augen, Zweige, die sich wie Hörner aufrollten, um sich an ihren Enden in einem verschlungenen Rankenwerk zu verfangen. Es war wieder Cernunnos, älter als das Christentum oder die Römer, die den Kelten, die dieses Land schon fünfhundert Jahre früher bewohnt hatten, diese Gottheit aufgezwungen hatten.

Heidnische Zauberei.

Charles berührte das Gesicht.

Er hatte erwartet, dass das Tor völlig verrostet sein würde. Aber es gab nach, als er sich mit der Schulter dagegenlehnte, und schwang mit kreischenden Scharnieren auf. Auf der anderen Seite befand sich der Eorl-Wald, ein Irrgarten aus riesigen Eichen, dessen dicke Wurzeln sich über dem von Felszungen durchzogenen Boden verknoteten. Das Laubdach hoch über Charles hielt das Tageslicht ab und tauchte das Unterholz in Dunkelheit: ein riesiges, düster-moosiges Labyrinth.

Charles betrat den Eorl-Wald.

9

Eine weitere Woche verging.

Sie gewöhnten sich Routinen an.

Morgens vertrat Charles sich meistens die Beine im Wald und achtete immer darauf, sich nicht zu weit von der Mauer zu entfernen. Den Rest des Tages verbrachte er in der Bibliothek, auf der Suche nach dem Geist von Caedmon Hollow.

Auch Erin war auf der Suche nach Geistern – auf Lissas Foto und in ihrem Skizzenbuch und vor allem (zum unausgesprochenen Leidwesen von Mrs Ramsden) im Eorl-Wald. Sie stand stundenlang am Fenster, starrte hinaus in den Wald und dachte an das Mädchen, das sie zwischen den Bäumen gesehen hatte. Erin hoffte verzweifelt, noch einmal einen Blick auf das Kind zu erhaschen.

Aber sie sah niemanden.

Sie ging früh zu Bett, trank Wein zum Abendessen, und als sie Cillian Harris eines Abends aufsuchte, um mit ihr über einige Angelegenheiten betreffs Hollow House zu sprechen – »in deiner Eigenschaft als Erbin«, sagte er –, ermächtigte sie Charles, in ihrem Namen zu entscheiden.

Charles und Cillian vereinbarten, sich am nächsten Tag um zehn Uhr in Hollow House zu treffen, im Büro.

Am nächsten Morgen kam Charles zu früh von seinem Spaziergang zurück. Es war ein trockener, kühler Tag, und er hatte mehr als eine Stunde damit verbracht, durch den Wald zu stapfen – länger, als er vorgehabt hatte, sodass ihm zu wenig Zeit blieb, um noch etwas anderes zu erledigen. Charles ging vom Salon ins Büro, in der Hoffnung, dass Harris vielleicht schon dort war. Aber der dunkel getäfelte Raum mit verziertem Klauenfußschreibtisch und dazu passendem Tisch war leer.

Charles schaute auf die Uhr. Er musste noch eine halbe Stunde rumkriegen.

Er schlenderte zurück auf den Korridor und warf einen Blick in das Musikzimmer (verschnörkelt, feminin) und das Raucherzimmer (noch mehr dunkle Vertäfelung und Spucknäpfe aus Messing, um Himmels willen). Charles stellte sich eine viktorianische Dinnerparty vor, bei der sich die männlichen Gäste für Zigarren und zur Konversation hierhin zurückzogen, bevor sie sich später zu den Damen gesellten. Vielleicht in den Salon? Noch ein Detail, das er für sein Buch brauchen würde.

Er betrat das Spielzimmer, von dessen Wänden zwei Jagdtrophäen – ein Löwe und ein Wildschwein – auf den Billardtisch in der Mitte des Raumes starrten. Auf dem stand ein ausgestopfter Vogel mit ausgebreiteten Flügeln.

Charles nahm einen Queue aus dem Wandregal, beugte sich über die Schiefertafel und visierte eine Kugel an, die nicht da war. Was Caedmon Hollow wohl gespielt hatte, wenn er überhaupt gespielt hatte? Billard? Pool? Snooker? Was war überhaupt der Unterschied zwischen den Spielen? Und dann die Trophäen – wer war für diesen grausamen Wandschmuck verantwortlich? Charles war ratlos, genervt von seiner eigenen Unwissenheit. Konnte man jemals genug wissen, um eine Biografie zu schreiben?

»Ah, Mr Hayden, da sind Sie ja.«

Charles blickte auf. Harris stand in der Tür. Mehr denn je sah er aus wie ein Linebacker, den man in einen Geschäftsanzug gequetscht hatte. Er hatte die Hände hinter dem Rücken verschränkt. »Mr Harris. Ich hoffe, ich halte Sie nicht auf.«

»Ganz und gar nicht, Sir. Ich bin gerade erst fertig geworden.«

Charles richtete sich auf. Er nickte dem Tisch zu. »Spielen Sie?«

»Nicht gut, fürchte ich.«

»Was spielen Sie?«

»Snooker. Ziemlich beliebt.«

»Das müssen Sie mir mal beibringen. Ich habe selbst noch nie etwas anderes als 8-Ball gespielt.«

»Wie Sie wünschen, Sir.« Nach einem kurzen Zögern sagte Harris: »Wollen wir einen Blick in die Unterlagen des Anwesens werfen?«

»Unbedingt.« Charles legte den Queue zurück und lächelte. »Gehen Sie voraus.«

10

Die Unterlagen waren unglaublich komplex: Immobilienbesitz weit über Hollow House und den Eorl-Wald hinaus, ein kompliziertes Geflecht von Bankkonten verschiedenster Art, ein Gewirr von Investitionen, das zu unübersichtlich war, als dass es jemand mit Charles' Veranlagung jemals hätte entwirren können. Aber die entscheidende Information schien zu sein, dass die Hollows für eine sehr lange Zeit sehr wohlhabend gewesen waren. Charles merkte sich nicht viel mehr als das, obwohl er pflichtbewusst zuhörte und hin und wieder sogar eine Frage stellte – zweifellos eine unkundige –, nur um bei Harris den Eindruck zu erwecken, er würde dessen Ausführungen aufmerksam folgen.

Gelegentlich – wenn sie sich vorbeugten, um ein Dokument zu prüfen oder etwas anzuschauen, das Harris auf seinem Laptop aufgerufen hatte – glaubte Charles, Whisky zu riechen. Er erinnerte sich an den erdigen Geruch im Atem des Stewards, am Tag ihrer Ankunft – nichts, dessen er sich wirklich sicher sein konnte, weder damals noch heute. Verdammt, es könnte sein …

Harris beendete die Präsentation, klappte seinen Laptop zu und packte alle Unterlagen weg. »Haben Sie noch Fragen, Mr Hayden?«

Haben Sie getrunken? Charles wollte ihn fragen – es war schließlich noch nicht einmal Mittag, und dieser Mann verwaltete das gesamte Anwesen –, aber er konnte sich nicht dazu durchringen, das heikle Thema anzusprechen. Stattdessen ertappte er sich bei einer ganz anderen Frage: »Was wissen Sie über den Wall?«

Harris blickte von seiner Tasche auf. »Welchen Wall, Sir?«

»Nun, ich meine den äußeren Wall. Wer hat ihn gebaut?«

»Ich glaube, das weiß niemand. Manche sagen, dass die Hollows ihn vor Generationen errichtet haben. Das Land ist seit Hunderten von Jahren im Familienbesitz. Ich möchte gar nicht wissen, wie lange schon. Andere sagen, es waren die Römer. Und wieder andere sagen, die Kelten.«

Charles dachte an den feuchten, engen Tunnel und das smaragdfarbene Licht jenseits des Tors, an die Reihen uralter Bäume, die ihre dicke Wurzeln ausstreckten, knorrig und unförmig, um sich in den felsigen englischen Boden zu krallen. Und Moos, überall Moos, das in den tief gefurchten Baumrinden gedieh und sich in einem feuchten Teppich auf dem Waldboden ausbreitete.

»Aber warum überhaupt wurde der Wall gebaut?«

Harris zögerte. »Nun, was das angeht …«

»Ja?«

»Das sind Altweibergeschichten, über die Waldmenschen.«

»Die Waldmenschen?«

»Gefährliche Leute, Waldleute. Das hat meine Oma immer gesagt, als ich ein Junge war. Man darf sich nicht mit ihnen anlegen.« Er lachte. »Denken Sie an Ihr Buch, Sir?«

»Vermutlich.«

»Nun, ich wünsche Ihnen viel Glück, Mr Hayden.«
Harris schulterte seine Tasche. »Wenn das alles ist …«

»Ja, sicher. Vielen Dank für Ihre Zeit, Mr Harris.«

»Ich danke Ihnen, Sir«, sagte Harris, als er sich hin-
ausschlich, und ließ Charles etwas verwirrt im Büro stehen, wo er an das Ding dachte, das er im Wald gesehen
hatte – oder glaubte, gesehen zu haben. Er dachte an
Cernunnos und Caedmon Hollow und den Gehörnten
König. Er dachte an Lissa und Erin und alles, was er
verloren oder weggeworfen hatte.

11

»Hast du heute etwas Brauchbares gefunden?«, fragte
Erin beim Abendessen. Mrs Ramsden hatte die Mahlzeit
im Ofen aufgewärmt. Englische Hausmannskost: Roast-
beef mit Kartoffeln und stark verkochtem Gemüse.
Jeden Tag verließ Mrs Ramsden um Punkt sechs Uhr
das Anwesen, um sich um das Abendessen für ihren
Mann zu kümmern. »Ohne mich würde er verhun-
gern«, hatte sie Erin einmal anvertraut und hinzugefügt:
»Machen Sie sich keine Mühe mit dem Geschirr. Ich
kümmere mich morgen früh um alles.«

Erin und Charles ignorierten diesen Hinweis – der
Abwasch schien das Mindeste zu sein, was sie tun konnten –, und genauso ignorierten sie das Esszimmer und
nahmen ihre Mahlzeiten lieber im Frühstücksraum ein,
wo Erin und Mrs Ramsden manchmal zusammen Tee
tranken. Erins Kunstsachen – sie zeichnete mehr denn

je (obsessiv, dachte Charles) – sammelten sich hinter einem Ende des langen und reich verzierten Esstisches an, über dem zwei große Kronleuchter hingen. Charles hatte einmal gescherzt, dass sie ihre Mahlzeiten an den gegenüberliegenden Enden des Tisches einnehmen sollten. Dann müssten sie sich lauthals unterhalten, und das Echo ihrer Stimmen würde in den Schatten hoch über ihnen ertönen, wie eine Synode von Geistern, die sich in Grabangelegenheiten beraten.

Aber es gab keine fröhlichen Unterhaltungen zwischen ihnen, sondern nur die dumpfe Sprache, die seit dem Unfall zwischen ihnen herrschte. Es gab weder ein zwangloses Gespräch noch einen offenen Streit, sondern nur das verkrampfte Gerede einer Ehe in Not – von Dingen, die nicht gesagt wurden, von Dingen, die vielleicht nicht gesagt werden konnten –, während beide an der Oberfläche nur über Banales redeten.

Hatte er etwas Brauchbares gefunden?

»Nichts«, antwortete Charles.

Jedenfalls nichts Brauchbares über Caedmon Hollow. Seine Nachkommen hingegen hatten über die Generationen eher zu viel hinterlassen, darunter einige für sie damals wertvolle Dinge: Blumen, die zwischen die Seiten eines Albums gepresst worden waren (von wem und warum?), und Unmengen leidenschaftlicher Liebesbriefe (die immer noch schwach nach Parfüm zu riechen schienen). Andere Nachkommen schienen deutlich weniger schwärmerisch gewesen zu sein; zerrüttete Ehen ließen sich weit zurückverfolgen. Und dann gab es noch kistenweise Fotos, die mehrere Jahrzehnte abdeckten. Schnappschüsse wichen gestellten Familienporträts

in verwaschenen Farben und diese wiederum Sepia-
bildern von imposanten, nüchternen Männern, ohne
Lächeln, aber mit Bart und Uhrenketten, die über ihren
Bäuchen hingen. Einige Fotos waren auf der Rückseite
mit Bleistift beschriftet, andere blieben rätselhaft, wie
ein Blick in eine für immer verlorene Vergangenheit.

Geschichten, so viele Geschichten – aber das waren
nicht die, die er suchte.

Das war der Fluch der Recherche: Man konnte nie
sicher sein, ob sich nicht etwas Wichtiges für die eigene
Suche in den Archiven befand (Briefe, Notizen, vielleicht ein Manuskript), bis man das ganze Durcheinander durchforstet hatte. Dazu kam, dass manches aus
alten Zeiten verloren ging oder an den unwahrschein-
lichsten Orten auftauchte. Etwa Boswells *Londoner
Tagebuch* auf den Heuböden von Malahide Castle. Ein
Teilmanuskript von *Huckleberry Finn* auf einem Dach-
boden in Los Angeles.

Charles seufzte.

»Du klingst frustriert«, sagte Erin.

»Ja, das bin ich.«

»Nun, du fängst ja gerade erst an.«

»Warum kommst du nicht morgen mit in die Bibliothek und hilfst mir? Ich würde mich über Gesellschaft
freuen, und dir könnte es auch guttun.«

Erin schob das Essen auf ihrem Teller hin und her.
»Mir geht es gut, Charles.«

»So habe ich es nicht gemeint …«

»Tatsächlich?«

Wahrscheinlich hatte sie recht. Erin war in letzter Zeit
sehr in sich gekehrt, sie versenkte sich ganz in ihre

Trauer. Charles hatte sicher ein halbes Dutzend von Erins Skizzenbüchern durchgeblättert. Auf jeder Seite sah er Lissa: zunächst einige originalgetreue Reproduktionen von Lissas Schulporträt. Aber mit Erins wachsender Könnerschaft und ihrem gestiegenen Selbstvertrauen waren auch ganz eigenständige Bilder entstanden, die sowohl aus der Erinnerung als auch nach dem lebenden Modell gezeichnet worden waren. Lissa, wie sie auf ihrem Bett sitzt, die Beine vor sich verschränkt, oder wie sie in der Tür zur Küche steht, den Rucksack auf den Schultern. Der erste Kindergartentag, Tränen und Lächeln, Lissa auf der Schwelle zu ihren ersten Schritten in die ungeschützte Welt; eine Reise, die so abrupt beendet wurde. Daran wollte Charles nicht denken, aber gerade wenn er diese Gedanken unterdrücken wollte, konnte er kaum mehr an etwas anderes denken. Auf seine Art war er genauso obsessiv wie Erin. Nicht zum ersten Mal kam Charles der Gedanke, dass sein Projekt im Grunde vielleicht hohl war, ein durchaus beabsichtigtes Wortspiel. Vielleicht war sein Projekt wie eine Hülse, mit der er seine Schuld umschloss. Eine Fleißarbeit. Waren er und Erin wirklich so verschieden?

Doch er hatte sich wenigstens der praktischen Welt zugewandt.

»Vielleicht solltest du was Neues ausprobieren, was Eigenes malen.«

»Ich entwickle mich weiter, Charles. Ich arbeite an ein paar wirklich originellen Sachen.«

»Ich spreche nicht über …«

»Ich weiß. Du sprichst nie darüber. Keiner von uns beiden tut das.«

Er schluckte den Köder nicht. »Ich würde gerne deine neuen Bilder sehen.«

»Sie sind noch nicht so weit.«

Weil es sie nicht gibt, dachte er. Laut sagte er nur: »Ach so.«

Charles nahm noch einen Schluck Wein. Die Weinkeller waren beeindruckend, ein weiterer Pluspunkt in Cillian Harris' weitsichtiger Buchhaltung – ein Pluspunkt, den er und Erin in unausgesprochener Übereinkunft leeren wollten, wie es schien. Was Charles betraf, war es allerdings eine Verschwendung. Er hatte keinen besonders feinen Geschmack. Wein war für ihn Wein. Er hätte auch direkt aus der Flasche trinken können.

»Dann zeig sie mir doch, wenn sie fertig sind«, sagte er.

»Sicher.«

Danach schwiegen sie und lauschten der Stille ihres Ehelebens, das sich kalt um sie zu legen schien, wie ein Gletscher, erstarrt und brüchig zugleich.

»Reich mir doch bitte das Salz«, sagte Charles.

12

Charles irrte sich.

Es gab neue Bilder, obwohl Erin nicht sagen konnte, woher sie kamen. Vielleicht aus den schwärzesten Winkeln ihrer Seele, die durch einen Cocktail aus Medikamenten und Emotionen – Wut, Trauer, Bedauern – nach außen drangen. Einmal heraufbeschworen, ließen sich die Bilder jedoch nicht so leicht wieder vertreiben. Erin verdoppelte die Alprazolam-Dosis, gab noch Clonazepam dazu und trank Wein, bis sie sich wie betäubt fühlte – trotzdem wurde sie die Bilder nicht los. Nachts konnte sie nicht mehr schlafen, weil sie daran denken musste. Tagsüber brachte sie die Bilder dann auf Papier.

In diesem Moment kam Mrs Ramsden mit dem Kaffee.

»Etwas Neues?«, fragte sie. »Darf ich es mir ansehen?«

»Nein«, sagte Erin und klappte das Skizzenbuch zu.

Sie konnte den Anblick selbst nicht ertragen.

13

Ein weiterer Tag in der Bibliothek.

Um fünf Uhr nachmittags riss Mrs Ramsden Charles aus der Arbeit. Er sollte einen Anruf auf dem Festnetztelefon entgegennehmen, einem alten Wandtelefon mit Wählscheibe und großem schwarzen Hörer, massiv wie ein Knüppel. Charles hatte nicht einmal gewusst, dass der Apparat funktionierte. Die Stimme am anderen Ende klang blechern und weit entfernt. Zunächst konnte er sie nicht zuordnen.

»Wer spricht?«

»Hier ist Silva North«, kam die Antwort. »Von der historischen Gesellschaft.«

Letzteres hätte sie nicht sagen müssen. Allein der Name ließ sie vor ihm erscheinen: die blonde Haube, die Sommersprossen auf ihrer Nase, der breite Mund. In seiner Vorstellung feuchtete er einen Finger an und wischte den Staubfleck über ihrer Augenbraue weg.

»Sind Sie das, Mr Hayden?«, sagte sie.

Charles sammelte sich. »Ich bin es«, sagte er. »Wie geht es Ihnen, Ms North?«

»Silva. Entschuldigen Sie die Störung, aber ich bin anscheinend auf etwas gestoßen, das Sie interessieren könnte. Ich weiß sogar, dass es Sie interessieren wird. Warum kommen Sie und Ihre Frau nicht ... Wie heißt sie noch?«

»Erin.«

»Warum kommen Sie nicht mit Erin auf einen Pint ins *King Pub*, so gegen acht?«

»Um acht klingt gut«, sagte Charles und spürte, wie sich seine Stimmung hob. Weil Silva etwas Wichtiges in Zusammenhang mit Caedmon Hollow gefunden hatte. Vielleicht würde das ein Fenster in die Vergangenheit öffnen, wenn er Glück hatte. Und weil – warum sollte er es nicht zugeben? –, weil er seit seinem Besuch in der historischen Gesellschaft an sie gedacht hatte. Wie sie ihn beruhigt hatte, als ihre Tochter ...

– *als Lissa* –

... plötzlich ins Zimmer gekommen war. Silvas Stimme und ihre warme Hand an seinem Rücken. *Sie sehen aus, als hätten Sie einen Geist gesehen. Kommen Sie mit nach oben und auf einen Tee.* Vielleicht hätte er mitgehen sollen. Er musste Silva wiedersehen, auch wenn er es sich nicht eingestehen wollte, vielleicht auch nicht *konnte*. Sie erinnerte ihn an Syrah Nagle, ebenfalls eine große Frau, und auch sie war auf eine ungewöhnliche

Weise schön gewesen. Noch etwas, an das er nicht denken wollte, und es doch tat.

Er war geradezu verzweifelt, weil Erin nicht gehen wollte.

»Das wird dir guttun«, sagte er.

»Ich bin es leid, dass du mir dauernd sagst, was gut für mich ist.« Sie stand im Frühstücksraum bei den Fenstern und blickte hinaus in die Dämmerung. Sie drehte sich nicht einmal um, um ihn anzuschauen.

»So meine ich es nicht. Es wäre gut für uns beide. Es tut uns nicht gut, hier so abgeschieden zu sein und immer nur zu grübeln.«

»Ich kann selbst entscheiden, was gut für mich ist, Charles.«

Ich, dachte er. Als ob es *uns* nicht mehr gäbe. Und vielleicht gibt es das tatsächlich nicht mehr. Vielleicht war ihre Ehe nicht mehr zu retten. Vielleicht wollte Erin sie nicht mehr retten.

»Geh du doch hin, Charles. Das könnte der Durchbruch sein, auf den du gewartet hast.«

Er zögerte. »Bist du sicher, dass du zurechtkommst?«

»Wenn ich dich brauche, rufe ich an.« Endlich drehte sie sich zu ihm um. »Es macht mir wirklich nichts aus.«

So ging er schließlich allein und ließ sie bei den Fenstern zurück, wo sie weiter in die Dämmerung starrte. Was sie dort zu sehen hoffte, vermochte Charles nicht sagen.

14

Das *King Pub* – der *Gehörnte König*, wie das Schild über der Tür verkündete, das in ihm einen Schauer des Unbehagens auslöste – war eine hohe, mit rustikalen Balken versehene Stube. Die Bar befand sich im hinteren Teil. Auf dem Kachelofen hatte sich eine getigerte Katze ausgestreckt, die hinter halb geschlossenen Augen mit katzenhafter Verachtung in die Runde blickte. Der Boden war braun und grün gekachelt, an einer Wand befanden sich gepolsterte Bänke und Tische, Sitznischen an der anderen. Viel Messing, dunkles Holz und Lederbezüge, alles im Halbdunkel. Der nicht unangenehme, würzige Geruch von Bier lag in der Luft. Es waren nur wenige Gäste da. Ein paar alte Männer spielten Dame am Kamin, ein paar Tische waren besetzt. Mit Ausnahme von Trevor Mould, der an der Bar saß, kannte Charles niemanden. Silva war nicht zu sehen.

»Charles.«

Sie winkte ihm aus dem Schatten einer Nische zu. Er ging hinüber und setzte sich ihr gegenüber.

»Hallo«, sagte sie, ein Glas dunkles Bier vor sich. »Ihre Frau ist nicht mitgekommen?«

»Es geht ihr nicht gut, fürchte ich. Sie lässt sich entschuldigen.« Er sah sich nach einem Kellner um, konnte aber keinen entdecken.

»Zum Bestellen müssen Sie zur Bar gehen«, sagte Silva.

»Was würden Sie mir empfehlen?«

»Ein Smith's Dark Mild, vielleicht.«

»Kann ich Ihnen etwas bringen?«

Sie hob ihr Bierglas. »Nein danke.«

An der Bar nickte er Mould zu.

Der Barkeeper – der Wirt, wie Charles sich erinnerte – kam einen Moment später zu ihnen, und Charles bestellte sich ein Pint. »Sie sind also der Amerikaner von Hollow House«, sagte der Barkeeper. Charles stellte sich vor. Er reichte dem anderen die Hand. »Armitage«, sagte der Barkeeper. »Graham Armitage. Ich hoffe, Sie haben sich gut eingelebt.«

Charles dachte über die vielen möglichen Antworten auf diese Frage nach, während Armitage sein Bier zapfte. »Ja, das habe ich«, sagte er schließlich.

»Das ist ein großes Haus.«

»In der Tat.«

»Hollow House stand schon zu lange leer«, sagte Armitage. »Es ist gut, dass jemand seine alten Knochen wärmt.«

Als ob das Haus tot wäre oder im Sterben läge.

Der Gedanke blieb beunruhigend, auch als Charles zurück an den Tisch kam.

»Cheers«, sagte Silva, als er sich setzte, und hob ihr Bierglas. »Auf Caedmon Hollow.«

Das Bier schmeckte nach Karamell und Schokolade. Sie hatte gut gewählt. »Sie haben also etwas gefunden.«

»Das habe ich. Begraben in einer Kiste mit alten *Yorkshire Gazette*-Ausgaben.«

»*Yorkshire Gazette?*«

»Eine Zeitung«, sagte Silva. »Die Ausgaben stammen aus den 1840er- und 50er-Jahren, sind also schon für sich genommen ein toller Fund. Sie könnten für unser Projekt relevant sein.«

»Unser Projekt?«

»Genau.« Sie beugte sich vor. »Ich schlage vor, dass wir Partner werden, Charles. Wir teilen unsere Erkenntnisse. *Im Nachtwald*, so obskur das Buch auch sein mag, ist vielleicht das einzig Bemerkenswerte, was hier je passiert ist. Wenn wir genügend Primärquellen für Ihre Biografie ausgraben können, könnte die Geschichte von Caedmon Hollow das Herzstück von Yarrows kleinem Museum werden – vor allem, wenn Ihr Buch ein Erfolg wird.«

Charles zögerte und dachte an Syrah Nagle und ihre verhängnisvolle Zusammenarbeit. Ein harmloses Unterfangen, hatte er gedacht, und doch hatte es zu dem Albtraum geführt, in dem er sich jetzt befand. Aber vielleicht hatte alles schon in dem Moment angefangen, als er das Buch aus dem Regal seines Großvaters genommen hatte. Oder es war die zufällige, fast märchenhafte Begegnung mit Erin in der Bibliothek, die alles in Gang gesetzt hatte. Vielleicht hatten Geschichten gar keinen Anfang und kein Ende. Vielleicht verzweigten sie sich einfach immer weiter, wie Flüsse. Vielleicht war jedes Leben eine Geschichte in einer Geschichte, die sich mit Tausenden von anderen Geschichten kreuzte, um … Um was? Vielleicht war die ganze Welt eine Geschichte. Aber wollte er riskieren, wieder in einen solchen Strudel hineingezogen zu werden? Ein gemeinsames Projekt, eine attraktive Frau …

»Nun, was denkst du?«

Dieses Mal muss es nicht wieder dieselbe Geschichte

sein, dachte er, nur eine lohnende Zusammenarbeit. Menschen verändern sich und wachsen, sonst wäre eine Geschichte gar keine Geschichte. »Warum nicht?«, sagte er, und dann, nachdem sie ihren Pakt mit einem weiteren Trinkspruch besiegelt hatten: »Was hast du herausgefunden?«

Sie schob ihm eine Mappe mit Reißverschluss zu. In der Mappe ...

»Vorsichtig aufmachen. Es ist ziemlich empfindlich.«

... lag ein einzelnes kleines Blatt Büttenpapier auf einem Quadrat aus Pappe, das zur Verstärkung diente. Das Blatt war vergilbt und zerfaserte schon an den Rändern. Eine kleine Skizze des Gehörnten Königs – Charles' Herz schlug schneller – war in die rechte Ecke des Blattes geritzt. Über den Rest des Papiers verlief eine krakelige, bei dem schlechten Licht unleserliche Handschrift. Charles schaute genauer hin und war fest entschlossen, das Rätsel zu lösen. Es waren drei Textabschnitte – der mittlere Abschnitt war fragmentarisch, dazwischen Zeichen, die elliptisch wirkten –, aber die Wörter ergaben keinen Sinn. Es waren nicht einmal Wörter, sondern scheinbar zufällige Anordnungen von Buchstaben, Zahlen und Symbolen. Nur waren sie nicht ganz zufällig, oder? 1843 – das musste ein Datum sein, am unteren Rand des Blattes. In diesem Fall ...

»Ein Code«, sagte er.

»Aber wofür steht er?«, fragte Silva. Sie tippte mit der Spitze eines Fingernagels auf die Zeichnung, und Charles dachte an *Im Nachtwald*, an Lauras schrecklichen Widersacher. Er dachte an die Gestalt, die er im Wald gesehen hatte. An das rostige Tor und den Namen des Pubs, in dem er gerade saß. Der Gehörnte König begegnete ihm auf Schritt und Tritt.

Vielleicht war er verrückt geworden.

Charles nahm einen Schluck von seinem Bier, schmeckte Schokolade und Karamell auf der Zunge. »Glaubst du, Caedmon Hollow hat das geschrieben?«

»Das Datum passt«, sagte sie. »Der linke Rand ist ausgefranst. Das Blatt wurde aus einem Buch herausgerissen. Wenn wir dieses Buch finden könnten ...«

»Wenn wir den Code knacken könnten ...«

»Und wenn Caedmon Hollow das hier geschrieben hat ...«

»Ziemlich viele Wenns«, sagte er.

»Das ist zumindest ein Anfang.«

»Auf der Rückseite steht nichts?«

»Nichts.«

»Und du hast die Box gründlich durchsucht?«

»Natürlich habe ich das«, sagte sie. »Regel Nummer eins, Charles: Bevormunde mich nicht. Ich bin nicht dumm. Du kannst sicher sein, dass ich den Karton gründlich inspiziert habe. Ganz zu schweigen von den anderen. Ich habe jede einzelne Box gründlich inspiziert.«

»Entschuldige.«

Sie nickte.

»Wir müssen eine Kopie hiervon machen«, fuhr er fort. »Alles abschreiben. Kann ich ...«

... *es an mich nehmen?*, wollte er sagen, aber ein plötzlicher Aufruhr – laute Stimmen, ein Fluch – lenkte ihn ab. Lenkte sie beide ab.

»Du hast genug, Cillian«, sagte Armitage gerade deutlich hörbar. »Du bist betrunken. Du solltest jetzt nach Hause gehen und dich ausschlafen.«

Cillian Harris lehnte mit hängendem Kopf über der Bar. Er fluchte, es klang bösartig.

Im Pub war es still geworden.

»Los, Cillian«, mischte sich Trevor Mould ein und packte Harris am Ellbogen, aber Harris schüttelte ihn ab.

»Verdammt«, sagte Silva. »Bitte entschuldige mich, Charles.«

Harris sah auf, als Silva sich ihm näherte. Als sie die Hand nach ihm ausstreckte, sank er in ihre Arme. Sie flüsterte etwas dicht an seinem Ohr. Harris nickte.

»Ich bring ihn nach Hause, Graham«, rief sie dem Barkeeper zu.

»Er kann nicht mehr hierherkommen, Silva. Ich werde ihm Hausverbot erteilen.«

»Ich sagte, ich kümmere mich darum.«

»Dann sieh zu, dass was passiert.«

Silva sagte nichts. Sie nickte Charles zu, während sie Harris zur Tür begleitete. Als sich die Tür hinter ihnen schloss, wurden die Gespräche wieder lebhafter. Der Vorfall gab Charles zu denken. Schon zweimal hatte Harris' Atem nach Whisky gerochen, deshalb war er nicht völlig überrascht, dass der sturzbetrunken hier auftauchte. Aber er hatte nicht erwartet, dass es eine Verbindung zwischen Silva North und Cillian Harris gab, was auch immer das für eine Verbindung sein mochte. In einem Dorf wie Yarrow gab es sicher ein Netz verschiedenster Verbindungen, ein Netz von Geschichten, die auf für Außenstehende nicht nachvollziehbare Weise miteinander verknüpft waren. Charles schaute sich die anderen Gäste an, versuchte, sie einzuschätzen. Dabei bemerkte er, dass auch er selbst unter die Lupe genommen wurde. Für die anderen war er ein Fremder. Dann wandte er seine Aufmerksamkeit wieder dem Blatt auf dem Tisch zu. Er zückte sein Handy und machte ein Foto davon. Danach starrte er es einfach an, als ob die Entschlüsselung des Textes nichts weiter als seine volle Konzentration erfordern würde. Als er sowohl sein Bier als auch seine Geduld aufgebraucht hatte – nachdem klar geworden war, dass Silva nicht mehr zurückkehren würde und er den Geheimtext zumindest vorläufig in seine Obhut nehmen musste –, stand Charles auf.

Er kam auf dem Weg nach draußen gerade an der Bar vorbei, die Mappe behutsam zwischen die Finger einer Hand geklemmt, da winkte Trevor Mould ihn zu sich.

»Darf ich Ihnen ein Bier anbieten, Mr Hayden?«

»Warum nicht?«, sagte Charles.

Er ließ sich auf dem benachbarten Hocker nieder und strich mit der Hand über die Theke, um sich zu vergewissern, dass sie trocken war, bevor er die Mappe ablegte. Armitage kam herüber, um seine Bestellung aufzunehmen: ein weiteres Pint Dark Mild.

»Tut mir leid, dass Sie das mitansehen mussten, Mr Hayden«, sagte er, »schließlich ist das Ihr erster Abend im *King* und so.«

»Sie brauchen sich nicht zu entschuldigen. Ich bin nicht wirklich überrascht, ehrlich gesagt.«

»Nein?«, sagte Mould.

Charles zögerte. Vielleicht war das eine Art Vertrauensbruch. Nichtsdestotrotz fuhr er fort: »Ich habe bemerkt, dass Mr Harris nach Whisky riecht. Im Haus, meine ich. Und das zu jeder Tageszeit.«

»Tatsächlich?« Mould leerte sein Bier. »Das sieht ihm gar nicht ähnlich.«

Armitage war damit beschäftigt, den Tresen abzuwischen. »Eine neue Entwicklung, diese Trinkerei. Mr Harris ist ein anständiger Mann. Nicht abgeneigt, ein Bier zu trinken, aber kein Trinker, das kann ich Ihnen versichern. Ich hätte nie gedacht, dass der Tag kommen würde, an dem ich ihm Hausverbot erteilen müsste. Dieser alte Säufer hingegen ...« Er deutete mit dem Daumen auf Mould.

Mould lachte und schob sein Glas über die Theke. »Ich nehme noch eins.«

Armitage räumte das leere Glas weg, zauberte ein neues hervor und schenkte ein Pint »Old Brewery Bitter« ein. Er nahm die Schaumkrone ab, ließ es absetzen und füllte es nach. Er nickte und ging zum anderen Ende des Tresens, um die Bestellung eines anderen Gastes entgegenzunehmen.

»Silva konnte ihn anscheinend ganz gut beruhigen«, sagte Charles.

»Tja, das ist eine Nuss, die noch zu knacken ist«, sagte Mould. »Die beiden hatten eine ziemlich wilde Affäre, aber jetzt haben sie sich getrennt – zumindest Silva. Allerdings gibt es da ja auch noch Lorna, nicht wahr?«

Harris war der Vater von Lorna? Das war eine überraschende Wendung.

»Silva würde das Kind um nichts in der Welt eintauschen, da bin ich mir sicher, aber wenn Lorna nicht gewesen wäre, hätte sie ein ganz anderes Leben. Sie hätte in York ihren Abschluss gemacht und wäre in die große weite Welt gezogen, so oder so. Seltsam, wie sich die Dinge manchmal entwickeln.« Er zuckte mit den Schultern. »Was haben Sie denn da, wenn ich fragen darf?«

Charles deutete auf die Zeichnung. »Erkennen Sie es?«

»Ja. Ich sehe das Bild jeden Abend auf dem Schild da draußen. Für Ihr Buch?«

»Woher …?«

»Das spricht sich herum«, sagte Mould. »Die Leute reden.« Er schüttelte den Kopf. »Seltsames Buch, dieses *Nachtwald*.«

Armitage war wieder in Hörweite gekommen. »Meine Kinder würden es jedenfalls nicht zu lesen kriegen«, sagte er. Charles seufzte und fragte sich, wie oft er noch eine Variation dieses Themas würde hören müssen. »Ein böses Buch«, fuhr Armitage fort. »Und der Wald ist auch nicht viel besser.«

»Ach?«, sagte Charles.

»Es gibt Leute, die sagen, dass es dort spukt«, sagte Armitage. »Nennen ihn den Elfenwald und sagen, dass dort die Feen leben. Dass sie kleine Kinder entführen und sie in ihr eigenes Land bringen. Wie das Kind in dem Buch, wie heißt es gleich?«

»Laura«, sagte Charles. Dann, an Mould gewandt: »Haben Sie Ihren Kindern diese Geschichten erzählt?«

»Das habe ich. Wäre doch nicht gut, wenn sie sich dort verirren würden, oder? Überall auf der Welt lauern

Gefahren, Mr Hayden. Denken Sie nur an die junge Mary Babbing.«

»Aye«, sagte Armitage. »Eine echte Tragödie.«

»Man hat sie noch nicht gefunden?«, fragte Charles und dachte an den Besuch von McGavick und Collier.

»Nicht die geringste Spur«, sagte Mould. »Die Eltern kommen um vor Kummer.«

Zweifellos taten sie das. Das wusste Charles nur zu gut, er und Erin. Sie wussten über Trauer Bescheid. Er dachte an die Zwillingsfotos, Mary Babbing und seine eigene Tochter, die jede für sich in jenes unentdeckte Land verschwunden waren, aus dem kein Reisender zurückkehrt. *Sie glauben, sie ist tot,* hatte er zu McGavick gesagt, und McGavick hatte geseufzt: *Dazu möchte ich mich nicht äußern.* Aber er wollte wissen, ob Charles irgendetwas im Wald gesehen habe. Und Charles hatte, oder glaubte, sie gesehen zu haben, oder hatte es sich jedenfalls eingebildet: diese seltsame gehörnte Gestalt, die auf dem Blatt in der Mappe abgebildet war. Sie war da gewesen und wieder verschwunden, in der nächsten Sekunde: Cernunnos, der Gehörnte König von Caedmon Hollow, der Waldfürst, der Laura ins Feenreich entführt hatte. Der Tod. Das war die eigentliche Wahrheit von *Im Nachtwald,* die tiefe, unausgesprochene Katastrophe im Herzen des Märchens. Hatte auch Hollow ein Kind verloren? Charles ertrug den Gedanken nicht. Nicht jetzt. Nicht hier.

Eine drückende Hitze erfasste ihn, und ihm wurde schlecht. Er blickte auf die Uhr, sagte etwas von wegen, wie spät es sei, er habe nicht vorgehabt, so lange zu bleiben. Er ließ sein Bier stehen, nahm die Mappe und verabschiedete sich – abrupt, sogar unhöflich, zweifellos, trotz seiner Erklärungsversuche. Aber er konnte nicht bleiben. Er musste gehen, und zwar sofort.

Draußen war es kühler.

15

Er übergab sich trotzdem – er torkelte einfach zum Rand des bekiesten Parkplatzes, sank auf die Knie und stieß das Bier des ganzen Abends in zwei schnellen Hüben auf das dort wuchernde Unkraut aus. Er blieb noch ein paar Minuten so hocken, um sicherzugehen, dass er fertig war. Dann stolperte er auf die Füße, wischte sich mit dem Handrücken über den Mund und mit dem Zipfel seines Hemdes über die Stirn. Er taumelte zu seinem Auto und schloss die Tür auf. Im Schein der Innenraumbeleuchtung untersuchte er das Blatt in der Mappe. Es schien unversehrt zu sein. Er legte die Mappe auf den Beifahrersitz, machte die Tür zu und stand unsicher auf den Beinen, den Rücken gegen das kühle Metall gelehnt.

»Ihre Tochter ist tot, nicht wahr?«

Er sah auf. Trevor Mould stand dort am Rande des Parkplatzes. »Wie bitte?«

»Ich sagte, sie ist tot, nicht wahr? Ihre Tochter?«

Charles schluckte. Sein Mund schmeckte nach Galle. »Hat Colbeck …?«

»Dr. Colbeck hat in dieser Angelegenheit absolutes Stillschweigen bewahrt, das versichere ich Ihnen. Aber im Pub drüben, als das Gespräch auf das arme vermisste

Kind kam – es stand Ihnen ins Gesicht geschrieben, Mr Hayden.« Er zögerte. »Das geht mich nichts an, ich will mir nicht anmaßen zu wissen, wie es für Sie sein muss. Aber wenn Sie einem alten Mann Glauben schenken wollen, mein Vater hat immer gesagt, dass man sich in schwierigen Zeiten darauf konzentrieren muss, den nächsten Schritt zu machen. Machen Sie einfach den nächsten Schritt, Mr Hayden. Das ist alles, was Sie tun können. Wenn Sie reden wollen, wissen Sie, wo Sie mich finden.« Er wollte sich schon abwenden, überlegte es sich dann aber anders. »Was ist passiert?«

Charles schloss die Augen. Öffnete sie wieder. »Ein Unfall. Ein schrecklicher Unfall.«

»Unfälle sind immer schrecklich, nicht wahr?«

»Ja, vermutlich.«

»Lügen hilft nicht, nicht, wenn man in Yarrow Fuß fassen will.«

»Ich weiß.«

»Seien Sie offen und ehrlich. Die Menschen hier sind freundlich. Sie werden Sie nicht nach Details ausquetschen.«

»Ihnen entgeht nicht viel, oder, Mr Mould?«

»Nicht, wenn ich es vermeiden kann«, sagte Mould. »Fahren Sie vorsichtig, Mr Hayden.« Dann nickte der alte Mann und ging zurück ins Pub.

16

Machen Sie den nächsten Schritt.

Der nächste Schritt war schlafen. Erin war bereits zu Bett gegangen, als Charles nach Hause kam. Er würde bis zum Morgen warten müssen, um ihr von Silvas Fund zu berichten. Dabei konnte er selbst kaum etwas damit anfangen; er war müde, ihm schmerzte die Kehle vom Erbrechen, und das Bier hatte ihn fix und fertig gemacht. Also ließ er das vergilbte Blatt sicher in der Mappe verstaut auf seiner Kommode liegen, putzte sich die Zähne, um den sauren Geschmack aus dem Mund zu bekommen, und schlüpfte ins Bett. Doch der Schlaf blieb ihm lange verwehrt, und als er ihn endlich fand, erwachte Charles in einem nächtlichen Wald, verloren und verängstigt.

Ein Kind ...

– *Lissa* –

... weinte in der fernen Dunkelheit und lockte ihn immer tiefer in die Wildnis. Doch sosehr er dem Weinen auch hinterherjagte, es entfernte sich immer weiter, bis er sich irgendwann verzweifelt zwischen den Bäumen hindurchwinden musste. Der Wald hatte sich gegen ihn verschworen. Pfade schlossen sich vor ihm, und Dornen verstrickten ihn. Äste krallten sich in sein Gesicht. Er war erschöpft, als sich schließlich eine bösartige Wurzel um seinen Knöchel schlängelte und ihn am Rande einer mit Grasbüscheln bewachsenen Lichtung, auf der eine große Eiche stand, auf die Knie zwang. Ringsherum ragten Bäume auf wie ein Zaun, und über dem Himmel brütete ein aufgedunsener orangefarbener Mond, der die Lichtung in ein gespenstisches Licht tauchte. Das Klagelied des Kindes verhallte in der stillen Luft und war dann verschwunden.

Charles drehte sich in seinem Bett um, schluchzte halb wach, schlief wieder ein und glitt in einen anderen Traum – einen Traum von Lissa. Hand in Hand wanderten sie, hoffnungslos verirrt, durch einen weiten herbstlichen Wald. Laub knirschte unter ihren Füßen, und im Dämmerlicht spähten listige, fuchsähnliche Gesichter aus Astlöchern in den rebenumrankten Bäumen, aus den hohlen Mäulern verrottender Baumstämme, aus den smaragdgrünen, dunklen Spalten moosbewachsener Granitfelsen zu ihnen herüber: da und wieder weg, immer in Bewegung. Die Luft war erfüllt von ihrem Flüstern, ihrem Lachen und ihrem Spott. Selbst die Bäume schienen lebendig, kahl und ahnungsvoll. Doch es gab einen Weg. Einen Pfad. Charles hatte ihn markiert, als er vorbeigekommen war, aber jetzt war er verschwunden. Die Vögel hatten seine Brotkrümel aufgefressen und waren weggeflogen.

Und dann, in der seltsamen Alchemie der Träume, standen sie vor einem Tor mit einem fein gearbeiteten gehörnten Gesicht. Das Tor kreischte in rostigen Scharnieren, als er es aufzog.

Du kommst mit, sagte er.

Geh ohne mich weiter, antwortete sie. *Aber erzähl mir eine Geschichte, bevor du gehst.* Also setzte er sich auf einen Felsen und nahm sie auf sein Knie.

Es war einmal, begann er …

Er wachte auf, schlaftrunken in der Dunkelheit, und

konnte sich nicht mehr an die Geschichte erinnern, die er ihr erzählt hatte, oder ob er ihr überhaupt eine erzählt hatte. Vielleicht war sie noch nicht geschrieben worden. Oder vielleicht gab es überhaupt keine Geschichte zu erzählen. Vielleicht passieren die Dinge einfach, und wir träumen nur die Geschichten, die wir uns dann erzählen. Ein Traum innerhalb einer Geschichte innerhalb eines Traums, dachte er und setzte sich auf. Und dann gähnte er, drehte sein Kissen um und schlief wieder ein, umhüllt von Wänden aus Bäumen, über denen ein gehörnter Mond leuchtete.

17

Charles wachte auf, ohne sich an irgendwelche Träume zu erinnern.

In dieser Nacht würde er nicht mehr schlafen können. Seine Beine kribbelten, er spürte den Drang, aufzustehen und sich zu bewegen. Und so stand er, als die Morgendämmerung den östlichen Horizont rosa färbte, am Eingang eines Tunnels hoch über Hollow House. Über ihm ragte der Eorl-Wald auf, ein endloses Meer von Bäumen, das so aussah, als könnte es jeden Moment durch den Wall brechen und in das Tal stürzen. Hollow House stellte sich ihm trotzig entgegen, aber nichts würde diese grüne Masse für immer aufhalten können. Mauern und grasbewachsene Gräben mochten noch hundert Jahre halten – sie mochten noch länger halten –, aber am Ende würden Wurzeln und Äste sie überwinden, schleichend und unerbittlich wie die Zeit. Hollow House selbst würde zu einer Ruine verfallen. Falken würden in dem zertrümmerten Turm nisten, Rehe in den verfallenen Räumen grasen.

Aber noch war es nicht so weit.

Mit diesem tröstenden Gedanken wandte Charles sich vom Anblick des Waldes ab und duckte sich in den geschwungenen Gang unter dem Wall. Der Boden war selbst in dieser trockenen Woche feucht, und das Tor quietschte in seinen Angeln, als er es öffnete.

Auf der anderen Seite strebten die gigantischen Bäume unbeeindruckt zum Himmel.

18

»Hast du im Wald schon mal irgendwas gesehen?«, fragte Erin und sprach die Frage endlich aus, die sie lange überlegt und lange hinausgezögert hatte, getrieben von Verzweiflung, dem wachsenden Gefühl, in einem täglichen Ritual gefangen zu sein, aus dem sie sich nicht befreien konnte, getrieben sogar – warum sollte sie es nicht zugeben? – von Angst.

Ein Schatten legte sich über sein Gesicht. Als er von seinem Morgenspaziergang zurückgekommen war, hatte er sie umarmt, der grüne Geruch des Waldes hing noch an seiner Kleidung, und sie hatte ihn ertragen. Er strotzte vor guten Nachrichten, die er ihr noch nicht verraten hatte. Sie konnte es in seinen Augen sehen – die Freude, mit der er sie bis nach dem Frühstück zurückhielt, das

Geheimnis noch eine halbe Stunde länger für sich behielt, wie ein Junge, der das Auspacken des letzten Weihnachtsgeschenks bis zum allerletzten Moment hinauszögert, um die Vorfreude zu verlängern. Und selbst nach allem, was geschehen war, wollte sie ihm das nicht nehmen. Also hatte sie es ausgehalten.

Charles schaute auf seinen Teller: Rührei und Würstchen, gebratene Tomaten, eine Schale mit Pilzen – Mrs Ramsdens englische Standardkost. Sie hatte alles aufgetischt, hatte die Herrschaften an den Tisch gerufen und war wie die Heinzelmännchen verschwunden.

»Nein«, sagte er. Doch der Schatten auf seinem Gesicht verriet die Lüge. »Eichhörnchen und Kaninchen. Bäume.« Er sah auf. »Warum?«

Was soll ich sagen? Ich habe ein Kind gesehen …

– *Ich habe Lissa gesehen.* –

… am Tag unserer Ankunft. Ich habe sie gesehen, wie sie uns vom Straßenrand aus beobachtet.

Und die Tage danach?

Erin hatte sie geträumt. In ihren Träumen waren sie zusammen durch den nächtlichen Wald gewandert, sie und ein Kind, das Lissa gewesen sein mochte oder auch nicht, das irgendwie ein Dutzend und mehr Kinder auf einmal zu sein schien, alle auf der Flucht vor einem winzigen Verfolger. Er weckte sie in Tränen auf und ließ sie verstört an ihrem mitternächtlichen Fenster zurück, wo sie auf den Wald hinter der Mauer starrte, eine schwarze Masse vor dem sternenklaren Himmel. Tagsüber drehte sie wie besessen ihre Runden, vom Skizzenbuch zum Fenster und zum Fenster hinaus in den Eorl-Wald und wieder zurück zum Skizzenbuch, um von vorne zu beginnen. Keine Pille konnte sie von diesem Zwang befreien, obwohl sie weiß Gott alle ausprobiert hatte, täglich und in unzähligen Kombinationen – ohne Erfolg, außer dass sie immer mehr das Gefühl hatte, irgendwo außerhalb ihres eigenen Körpers gefesselt zu sein, gefühllos und losgelöst von ihrem Selbst.

Und die Zeichnungen.

Erin schauderte, als sie sie betrachtete. Sie wollte sie beiseitelegen. Sie wollte aufhören, an ihnen zu arbeiten.

Aber sie konnte nicht.

Dabei war das Schlimmste, dass sie spürte, wie etwas im Wald zurückstarrte. Nicht das Kind. Vielleicht der Wald selbst, empfindsam und bösartig. Sie konnte nicht sagen, woher sie das wusste. Aber sie wusste es, und sie wusste auch, dass es irrational war, so etwas zu wissen, wenn so etwas doch nicht sein konnte. Aber sie wusste es trotzdem.

Warum?, wollte er wissen.

Weil ich verrückt werde, deshalb.

»Nur aus Neugier«, sagte sie laut, und so beließen sie es dabei.

»Was hatte sie für dich, diese Frau?«, fragte sie, als sie fertig gegessen hatten.

»Silva«, sagte er. »Ich zeig's dir.«

Sie räumte den Tisch ab – trotz Mrs Ramsdens Verbot –, während er die Treppe hinaufsprang, um seinen Talisman zu holen: das einzelne altersvergilbte Blatt Papier in einer Plastikmappe. Die Skizze des Gehörnten Königs, die verschlüsselte Schrift. Kaltes Grauen überrollte ihr Herz.

»Was ist das?«

»Wir wissen es nicht genau«, sagte er.

»Glaubst du, Caedmon Hollow hat das geschrieben?«

»Das Datum würde passen«, sagte er mit seiner Lehrerstimme, die sie immer wieder verärgerte. »Und die Skizze birgt Hinweise. Der Gehörnte König …«

»Ich weiß. Ich habe das Buch gelesen, Charles.« Sie hielt inne. »Und was ist mit der Schrift?«

»Eine Art Code. Das ist eine Herausforderung, nicht wahr?« Ungetrübter Enthusiasmus.

Und sie wollte ihm so gerne nachgeben, seinem Enthusiasmus, so reagieren, wie er es sich offensichtlich erhoffte, aber als sie den Mund öffnete, kam nur heraus: »Und sie hat es dir einfach so gegeben?«

Ein Moment des Zögerns. Dann eine weitere Lüge.

»Sie hat es mir geliehen«, sagte er. »Ich muss es zurückgeben – und zwar heute noch. Ich muss sie anrufen. Aber zuerst werde ich es digitalisieren.«

Was sie hörte, war: Ich muss sie anrufen.

Erin zwang sich zu einem Lächeln. »Also, ich bin froh, dass du dir eine Pause gegönnt hast«, sagte sie. »Du solltest dich lieber wieder an die Arbeit machen, stimmt's?« Und dann konnte sie sich nicht zurückhalten: »Silva wartet sicher schon gespannt darauf, von dir zu hören.«

Aber selbst wenn er die Schärfe in ihrer Stimme bemerkt hatte, ließ er es sich nicht anmerken. Er lächelte nur, mit demselben jungenhaften Enthusiasmus. »Du hast recht«, sagte er und fügte ohne Ironie hinzu: »Du bist die Beste, Erin«, und sie spürte, wie ein Strom von Schuldgefühlen und Reue sie durchflutete und alles vor ihr wegspülte. Sie setzte an, wollte sich für Gedanken entschuldigen, von denen er nicht wusste, dass sie sie hatte, einen Weg finden, ihn wieder in ihr Herz einzuladen, aber bevor sie die richtigen Worte fand – und was gab es auch zu sagen? –, war er weg.

Sie stand am Tisch, lauschte der Stille, die sie umgab, und hoffte, dass Mrs Ramsden ihren Kummer spüren und den Weg zu ihr finden würde, egal, in welche Ecke des Hauses sie sich zurückgezogen hatte.

Aber Mrs Ramsden kam nicht. Also ließ Erin das Geschirr stehen – wie sehr würde sich Mrs Ramsden darüber freuen! – und schlenderte durch die hohen Räume, von Fenster zu Fenster, auf der Suche nach einem kleinen Mädchen, das nicht da war, und spürte, wie sich die bösen Absichten des Waldes in ihr festsetzten, bis sie sich schließlich am Esstisch wiederfand. Mit zitternden Händen drehte sie einen Flaschendeckel ab, schüttete eine Valium heraus, die sie trocken hinunterschluckte, und dachte, dass sie ihre kleine Apotheke bald in ihrem Schlafzimmer verstecken musste. Es wäre nicht gut, wenn Charles herausfände, wie viel sie nahm. Entschlossen schlug sie ihr Skizzenbuch auf und widmete sich ihrem Werk.

19

In der Bibliothek zog Charles sich einen Stuhl an den langen, schweren und auf Hochglanz polierten dunklen Tisch, dessen Beine mit dem bekannten Motiv aus Ranken, Blättern und schelmischen Gesichtern verziert

waren. Vorsichtig holte Charles die Seite mit der Papp-
verstärkung aus der Mappe und stellte sie neben seinem
Laptop auf. Er starrte die Seite beinahe ehrfürchtig an.
Dann beugte er sich vor, atmete den Duft des Papiers tief
ein, und damit auch die Vergangenheit: die Berührung
von Caedmon Hollows Hand (vielleicht), das Kratzen
seiner Feder auf dem Papier (vielleicht), und das über
allem schwebende Mysterium der Zeit. Die rätselhaften
Worte, die vor so vielen Jahren geschrieben worden
waren, die Geheimnisse, die darauf warteten, entschlüs-
selt zu werden.

»Entschuldigen Sie, Sir.«

Cillian Harris stand in der Tür, sein Anzug etwas de-
rangiert, die Haare zerzaust, die Augen blutunterlaufen.

»Guten Morgen, Mr Harris.«

»Ich habe erfahren, dass Sie gestern Abend im Pub
waren.«

»Das ist richtig.«

»Ich möchte mich entschuldigen, Sir. Mein Beneh-
men gestern Abend wirft kein gutes Licht auf das Anwesen.«

»Wir alle machen manchmal Fehler. Sie müssen sich
nicht entschuldigen.« Er versuchte, nicht an seine eigenen Fehltritte und deren schreckliche Folgen zu denken.
»Mr Harris«, sagte er, »geht es Ihnen gut? Gibt es irgendetwas, das ich für Sie tun kann?«

Harris schwieg für einen Moment. Dann neigte er
leicht den Kopf. »Ich danke Ihnen für Ihr Verständnis,
Mr Hayden. Ich lasse Sie jetzt mit Ihrer Arbeit allein.«

Und noch bevor Charles antworten konnte, war er
schon weg und hatte die Tür hinter sich geschlossen.

20

»Bitte entschuldige den Vorfall im Pub«, sagte Silva North, als Charles ihr die Skizze am Nachmittag zurückgab.

Sie saßen am Küchentisch in ihrer bescheidenen Wohnung über der historischen Gesellschaft, tranken Tee und aßen Kekse – *biscuits,* wie sie sie nannte. Charles nahm an, dass die englischen Termini mit der Zeit von selbst kommen würden.

Ihr Apartment – ihre *Wohnung* – war sauber, aber nicht viel ordentlicher als das Möchtegernmuseum darunter: Bücher, die wahllos in Regale gestopft waren, Bücher in Stapeln auf den Tischen und in Haufen auf dem Boden. Und überall Spielzeug: auf dem Teppich und dem Sofa und in Körben; Lorna auf den Knien beim Spielen im Wohnzimmer, verloren in ihrer eigenen Welt. Das Nachmittagslicht hing in den Fenstern, wässrig und kühl, aber die Küche verströmte die gleiche angenehme Wärme wie Silva selbst. Sie mochte ihre Stacheln haben …

– bevormunde mich nicht, Charles. –

… aber er spürte (oder glaubte, es zu spüren) eine grundsätzliche Freundlichkeit in ihr – ihre Reaktion, als Lorna ihn am ersten Tag erschreckt hatte: die beruhigende Hand auf seinem Rücken, die Einladung zum Tee. Und jetzt eine Entschuldigung, obwohl keine nötig gewesen wäre.

Das sagte er ihr auch.

Sie lächelte. »Es war nicht sehr schön, dass ich dich allein da hab sitzen lassen.«

»Du hattest wohl keine andere Wahl. Niemand sonst ist an ihn rangekommen.«

»Ja, wahrscheinlich. Ich fürchte, er hat immer noch Gefühle für mich.«

»Wie lange denn schon?«

»Eine lange Zeit. Lorna war noch in Windeln.«

Er nickte, wusste, dass es ihn nichts anging, und konnte doch nicht umhin zu fragen: »Der Alkohol?«

»Nein, überhaupt nicht, das ist eine ganz neue Entwicklung. In den letzten paar Monaten, um genau zu sein. Es ist für alle ein Rätsel, für mich am allermeisten. Er wollte nicht mal mit mir reden, als ich ihn gestern Abend aus dem Pub geholt habe. Er will nichts mit Lorna zu tun haben.«

»Stehen sie sich nahe?«

»Sehr. Und sie braucht ihn gerade jetzt.«

»Sie ist sehr still.«

»Alle Kinder sind still, seit Mary verschwunden ist. Sie sind verängstigt.« Silva runzelte die Stirn. »Der Vorfall zerreißt das ganze Dorf, denn es muss doch einer von uns gewesen sein, oder? Es ist ja nicht so, dass ein Fremder hier unbemerkt geblieben wäre.«

»Vielleicht hat sie ja niemand mitgenommen.«

»Wie meinst du das?« Sie stand auf, sammelte die leeren Tassen ein und trug sie zur Spüle.

»Vielleicht ist sie weggelaufen und hat sich im Wald verirrt. Mould hat mir erzählt, dass ihn die Leute hier den Elfenwald nennen.«

»Das stimmt«, sagte sie und spülte die Tassen aus. »Eine praktische Geschichte, der Elfenwald und der Elfenkönig. Wie im Kindermärchen – der große böse

Wolf ist nie nur ein Wolf. Er ist eine Warnung. Rotkäppchen, du sollst nicht mit Fremden sprechen, geschweige denn mit ihnen ins Bett steigen. Perrault hat das ziemlich deutlich genug gemacht. Und das kratzt nur an der Oberfläche. Wenn die Freudianer das erst mal in die Finger kriegen … Na ja, ich nehme an, du kennst Bettelheim. Wir schwimmen in tiefen Gewässern. Caedmon Hollow auch. Aus welchen Quellen er auch immer geschöpft hat, er kannte die örtliche Folklore gut.«

Silva setzte sich ihm gegenüber und trocknete ihre Hände an einem Geschirrtuch. Sie hatte lange, zarte Finger mit stumpfen, praktischen Nägeln – die Finger einer Pianistin, dachte Charles, und er spürte wieder die Wärme ihrer Hand auf seinem Rücken. Er schaute sie verstohlen an, und sie hob eine skeptische Augenbraue. Sofort spürte er, wie seine Wangen heiß wurden, und er senkte den Blick, berührte das altersvergilbte Blatt auf dem Tisch.

»Elfenwald ist die falsche Etymologie«, sagte er.

»Ich glaube nicht, dass sich die Leute Gedanken über Etymologie machen, wenn sie ihre Kinder vor dem Wald warnen.«

»Wahrscheinlich nicht. Der Name kommt auf jeden Fall aus dem Altenglischen: *eorl,* ein Kriegerhäuptling. Wie Artus, der echte Artus, nicht der Typ mit der glänzenden Rüstung. Wenn es überhaupt je einen Artus gab.«

»Er wird zurückkehren, wenn wir ihn am meisten brauchen«, sagte Silva. »Als ob wir ihn jetzt nicht bräuchten.«

Sie saßen einen Moment lang schweigend da.

Silva lehnte sich in ihrem Stuhl zurück und schaute ins Wohnzimmer. »Alles in Ordnung, Schätzchen?«, rief sie Lorna zu.

»Ja, Mum.«

»Du bist sehr still.«

»Mir geht es gut. Kann ich mir *Frozen* ansehen?«

»Sicher. Ich komme«, sagte sie und fügte an Charles gewandt hinzu: »Bin gleich wieder da.«

»Kein Problem.«

Charles brauchte sowieso eine Minute. *Frozen* war in der Casa Hayden ein Dauerbrenner gewesen. Der Text von *Let It Go* hatte sich in sein Gehirn gemeißelt. Aber er hatte nicht erwartet, den Film hier zu sehen, genauso wenig, wie er erwartet hatte, nicht nur einem, sondern zwei kleinen Mädchen zu begegnen, die Lissa so ähnlich sahen, dass sie als Zwillinge hätten durchgehen können. Allein, dass er Silvas Wohnung betrat und Lorna dort sah, hatte ihn wieder ziemlich mitgenommen.

»Alles okay bei dir?«, fragte Silva von der Tür aus.

»Der Film erinnert mich an zu Hause, das ist alles.«

»Deine Tochter?«

Er sah auf. »Der Film lief bei uns so lange, dass ich dachte, ich würde verrückt werden.«

»Du vermisst sie.«

Er blinzelte die Tränen zurück. »Ja.« Und dann erinnerte er sich an Moulds Worte und fügte hinzu: »Sie ist tot. Das ist jetzt fast ein Jahr her. Es tut mir leid, dass ich nicht ganz ehrlich war.«

»Ach, Charles …«

Er hielt eine Hand hoch. »Ich kann nicht darüber reden.«

»Wir müssen nicht darüber reden«, sagte sie. Sie setzte sich wieder und saß einfach schweigend neben ihm.

Aus dem Nebenraum drang der Film. Verdammtes Disney-Zeug. Die verdammte Elsa, herrisch und kalt, gefangen im Eis. Alleine.

Charles fragte nach der Toilette, damit er sich zusammenreißen konnte. Er spritzte sich Wasser ins Gesicht. Er betrachtete sich im Spiegel und mochte nicht, was er sah. Er schaltete das Licht aus und wandte sich ab. Auf dem Weg zurück in die Küche blieb er stehen und beobachtete Lorna, die sich *Frozen* ansah. Sie saß in ein Kissen versunken auf dem Sofa, kaute an einem Nagel und war von der Geschichte fasziniert.

Offenbar spürte sie seinen Blick und sah zu ihm auf.

»Willst du den Film ansehen?«, fragte sie.

»Sicher«, sagte er. Er setzte sich neben sie, und sie rollte sich im Schutz seines Armes zusammen, als würde sie ihn schon seit Jahren kennen.

Auf dem Bildschirm erlebten Elsa und Anna ihre Abenteuer. Ein Mann aus Eis sah ihnen zu.

21

Eine Woche später jährte sich der Todestag von Lissa: der 12. Mai, der, wenn auch nur kurz, ihr sechster Geburtstag gewesen war.

An jenem Morgen, bevor alles so schrecklich und unwiderruflich schiefgelaufen war, war Charles mit einem Gefühl durchdringender Angst aufgewacht – nicht, weil er eine Vorahnung der sich anbahnenden Katastrophe gehabt hätte, sondern weil sein eigenes Leben seit einigen Wochen völlig aus dem Ruder gelaufen war. Was mit einer zufälligen Bemerkung über Christina Rossetti seiner Kollegin Syrah Nagle gegenüber begonnen hatte, war nach und nach erst zu einem gemeinsamen Essayprojekt (das nie fertiggestellt wurde) und dann zu etwas ganz anderem geworden. Zunächst nur zu gedanklicher Untreue, die schließlich in einem Ehebruch gipfelte. Wie lange die Affäre noch gelaufen wäre, konnte er nicht sagen. Syrah hatte ihm das Ultimatum der Liebhaberin gestellt (das übliche Ultimatum), und Charles hatte seine Entscheidung getroffen (die übliche Entscheidung). Lissas Geburtstag war eine der treibenden Kräfte – vielleicht sogar *die* treibende Kraft – bei seiner Entscheidung gewesen. Für den folgenden Samstag war eine Party geplant. Sie hatten ein Pony gemietet und eine aufblasbare Hüpfburg organisiert. Charles sollte die Geburtstagstorte (das Motiv war *Frozen,* was sonst?) am Samstagmorgen um zehn Uhr abholen, und um zwei Uhr sollte die Feier beginnen. Charles stellte fest, dass er sich fast so sehr darauf freute wie Lissa.

Wollte er sich wirklich aus dem Leben seiner Tochter stehlen?

Und so hatte er geplant, an diesem Tag mit Syrah Schluss zu machen: Ein geheimes Geburtstagsgeschenk an seine Tochter, eine unausgesprochene Entscheidung für das Glück, das er Erin ein Dutzend Jahre zuvor versprochen hatte.

Trotz alledem hatte er es geschafft, den Anschein von Normalität aufrechtzuerhalten. An diesem Morgen klingelte der Wecker um halb sieben. Erin weckte Lissa eine halbe Stunde später, und dann hatte – abgesehen von diversen lautstarken Geburtstagsständchen – die übliche anstrengende Morgenroutine begonnen. Lissa war alles andere als eine Frühaufsteherin. Sie rieb sich demonstrativ mit ihren kleinen Fäusten die verschlafenen Augen. Regelmäßig bekam sie Wutanfälle, wenn man sie zum Aufstehen antrieb, verweigerte das Frühstück, wollte sich nicht anziehen und musste selbst zum oberflächlichen Zähneputzen gezwungen werden. Als sie Lissa endlich in Erins Auto verfrachtet hatten, war auch Charles spät dran. Seine Abschlussprüfung begann um acht Uhr, und so war er zu sehr in Eile, um sich noch von Lissa zu verabschieden. Er vergaß, Lissa zu sagen, wie sehr er sie liebte, was in diesem Moment keine so große Rolle zu spielen schien. Zwölf Stunden später, als Lissa tot war, machte er sich die größten Vorwürfe wegen seines Versäumnisses.

Das waren die Erinnerungen, die ihm den Schlaf raubten, das waren die Erinnerungen, die ihn in dieser Nacht aus seinen schweißnassen Laken und nach draußen in die kühle Luft trieben. Er ließ sich auf der obersten Stufe vor dem Eingang nieder und sah zu der schattenhaften Wand des Eorl-Waldes. Endlich – es mochte eine Stunde oder noch länger dauern – warf die rötliche Morgendämmerung ihren Schein über die Bäume und den Wall in der Ferne. Plötzlich erblickte er auf dem Wall eine schemenhafte Gestalt, mit gewaltigen schwarzen Hörnern. Charles stockte der Atem. Er konnte den unheilvollen und bösartigen Blick des Wesens förmlich spüren.

Die Sonne stieg höher, und ein Vogelschwarm erhob sich in den Morgenhimmel.

Die Morgenbrise frischte auf.

Charles blinzelte, und das Ding verschwand. Er musste geträumt haben. Und doch fühlte er sich unwohl. Er sah das Bild noch immer vor sich: Der Gehörnte König hatte ihn direkt angesehen und mit seinem schrecklichen Blick fixiert.

Lissa war tot.

Charles war in einen Albtraum gestürzt, dem er nicht entkommen konnte.

22

Erin erwachte plötzlich aus einem betäubten Schlaf, als eine rote Sonne vor ihrem Fenster stand.

Wenn sie an die Scheibe getreten wäre und die Vorhänge zurückgezogen hätte, hätte sie vielleicht auch das Ding an der Wand gesehen. Aber wer konnte das schon mit Sicherheit sagen? Sie stand nicht auf. Sie blieb im Bett, an die Matratze gefesselt von den nackten Tatsachen: An diesem Tag, an dem sie sechs Jahre alt geworden wäre, war Lissa Hayden tot. Sie war ein ganzes Jahr lang tot gewesen, würde das ganze kommende Jahr tot sein, und das Jahr danach, und alle Jahre in Erins Leben und noch mehr. Diese Tatsache klang in Erins Gedanken wie ein Sprechgesang von Lissas Kindergartenfreunden, die zu einer Party eingeladen waren, die nie stattfinden würde, die aber irgendwie, durch irgendeinen Zufall oder das Schicksal, noch lebten. *Lissa ist tot,* skandierten sie.

Lissa ist tot.

Lissa ist tot.

Lissa ist tot.

Melissa Prudence Hayden (*Prudence?,* hatte Charles ungläubig gefragt) hatte ihren letzten Geburtstag gefeiert. Sie würde für immer sechs Jahre alt sein. Und am meisten musste Erin an die acht kleinen Eimer mit Partygeschenken denken, die sie danach über einen Monat lang auf dem Küchentisch stehen gelassen hatte, bevor Charles sie schließlich (ärgerlicherweise) weggeworfen hatte: ein *Frozen*-Notizbuch im Taschenformat und ein passender Stift, ein halbes Dutzend *Frozen*-Radiergummis, ein *Frozen*-Stickerbuch und eine Schneeflocken-Halskette aus Plastik, die alle von ihrer damals fünfjährigen Tochter in der *Frozen*-Abteilung von Party City mit bissiger Konzentration ausgewählt worden waren. Da *Frozen* bei den Fünfjährigen so beliebt war, gab es praktisch einen eigenen Gang: *Frozen, Frozen, Frozen,* überall, wo man hinsah.

Daran dachte sie und an das Wunder der Plazenta, des Babys, das in seinem Fruchtwasser schwamm, und sie dachte an die Qualen der endlosen Wehen, um es auf die Welt zu bringen – Lissa beharrte darauf, ihr Debüt rückwärts zu geben –, bis der Arzt Erin schließlich in den OP geschoben hatte. Sie hatte immer noch die Narbe, einen winzigen weißen Streifen am unteren Bauch. Man konnte mit dem Finger darüber streichen und die Austrittswunde spüren, die Lissa hinterlassen hatte, eine Narbe aus Freude und Verlust.

Lissa ist tot.

Erin konnte das Grabmal in ihrem Kopf sehen, die schreckliche Symmetrie der Daten, den Stein, der eine halbe Welt von ihr entfernt war. Sie hatte eine Freundin – Mina, ihre frühere Kanzlei-Assistentin – gebeten, sich während ihrer Abwesenheit darum zu kümmern, aber sie wusste, dass selbst die besten Absichten im Sande verliefen. Mina hatte ihr eigenes Leben, ihre eigenen zwei Kinder, ihren Mann, eine Stelle in einer anderen Kanzlei: alles, was Erin verloren oder aufgegeben hatte. Erin konnte nicht anders, als sich das überwucherte, ungepflegte Grab vorzustellen, obwohl der Friedhof natürlich tadellos in Schuss war. Aber wer würde dort Blumen oder kleine *Frozen*-Memorabilia ablegen? Und wer würde dort unten in der kalten Erde mit Lissa sprechen?

Erin betrachtete das Bild, das auf ihrem Nachttisch stand.

Sie schob die Laken zurück, setzte sich auf und griff nach dem Rahmen. Sie hielt ihn in ihrem Schoß und versuchte, die Linien des Gesichts ihrer Tochter in ihrem Geist zu skizzieren, bevor sie von den anderen und schrecklicheren Bildern, die sich in ihre Fantasie eingenistet hatten, verdrängt wurden.

Zwecklos.

Sie konnte es nicht ertragen, es anzusehen. Sie konnte die Qualen des Tages nicht ertragen: die unbehaglichen Mahlzeiten mit Charles, ihre behelfsmäßigen Gespräche, die entsetzliche Tatsache, die unausgesprochen zwischen ihnen stand: Lissa war tot. Es gab keine Worte, die groß genug waren, um darüber zu sprechen oder es zu fassen, obwohl sie annahm, dass Worte am Ende alles waren, was man je hatte, und die Geschichten, die man aus ihnen machte. Sie fragte sich, welche Geschichte sie über sich selbst schrieb, oder ob sie überhaupt eine schrieb. Vielleicht war das alles für sie geschrieben worden. Vielleicht war das alles nur blinder Zufall.

Alles, was sie wusste, war, dass ihre Tochter in die Dunkelheit gegangen war und sie selbst in die Verzweiflung.

Und dass ihre Ehe gescheitert war. Das Grauen hatte sie beide entzweit und unwiderruflich aneinandergefesselt, sie in Knoten aus Schuld, Vorwürfen und Trauer verstrickt, die noch nicht (und vielleicht nie) gelöst werden konnten. Erin wusste nicht, ob sie den Bruch zwischen ihnen heilen konnten. Sie wusste nicht, ob sie es überhaupt wollte. Aber nur Charles hatte Lissa so gekannt, wie sie sie gekannt hatte, und deshalb konnte sie ihn nicht verlassen; und sie fürchtete sich davor, dass er sie verlassen könnte – das war die Qual, der sie ausgerechnet heute abschwören wollte.

Also legte sie das Bild weg, schaltete die Nachttischlampe an und schüttete mit blinden, zitternden Fingern eine Handvoll Pillen aus den Flaschen, die sie dort sicher vor neugierigen Blicken versteckt hatte. Alprazolam und Lorazepam und Clonazepam, Seroquel, um Himmels willen. Zolpidem. Trazodon. Venlafaxin gegen die Depression. Sie wusste nicht, was sie nahm. Es war ihr auch egal. Sie wollte einfach nur den Tag verschlafen, und so schluckte sie alles hinunter, zwei oder drei auf einmal, und verfolgte sie mit dem Glas warmen Wassers auf dem Nachttisch. Erst, als die Dunkelheit sie einhüllte, fragte sie sich, ob sie vielleicht eine tödliche Menge oder eine toxische Kombination eingenommen hatte – da sehnte sie sich, zu spät, nach dem schwindenden Licht. Sie wollte nicht sterben. Sie hasste sich dafür, dass sie leben wollte.

Dann Dunkelheit, traumlos und allumfassend.

23

Nachdem die Vision des Gehörnten Königs verschwunden war, blieb Charles noch eine Weile sitzen. Doch als die Sonne höher in den Morgenhimmel stieg, zwang er sich auf die Beine, ging den Hof hinunter und dann auf die abschüssige Wiese hinunter. Das Bild des Gehörnten Königs kam ihm wieder in den Sinn, als er vor dem Gang am Wall stand. Einen Moment lang hielt er sogar erschrocken inne. Dann, wie um sich selbst zu beweisen, dass die Gestalt auf dem Wall nur eine Täuschung war, betrat er den Gang. Auf der anderen Seite atmete er tief die klare Waldluft ein, die nach Blättern, Ästen und moosbewachsenen, uralten Bäumen zu schmecken schien. Überall wuchtige Felsen, die sich kühl anfühlten, und dicke, knorrige Wurzeln, und in der Ferne, hoch oben in den murmelnden Baumkronen, ein schräger, goldener Sonnenstrahl, wie ein flüchtiger Glanz des Himmels.

Hier war nichts von einer Bedrohung zu spüren. In

diesem grünen Heiligtum konnte es keine Bedrohung geben.

Charles fielen einige Zeilen von Emerson ein: *Die Natur. Ich werde ein transparenter Augapfel. Die Ströme des universellen Wesens zirkulierten durch mich.*

Charles war kein religiöser Mensch, aber er verstand jetzt zum ersten Mal in seinem Leben, worauf Emerson hinauswollte. Seine Sprache war die einzige, die dem Geheimnis und der Schönheit des Eorl-Waldes gerecht wurde. Charles konnte nicht ausdrücken, was er gerade fühlte, aber Lissas Tod und seine eigene, tief verwurzelte Schuld und Trauer waren für eine Weile von der Pracht des Waldes verdrängt worden. Und falls eine finstere Macht ihn täuschen wollte, so konnte Charles sie weder sehen noch spüren.

So schritt er in innerem Frieden den äußeren Wall entlang. Und als er sich auf den Weg zurück nach Hollow House machte, begleitete ihn dieses Gefühl, bis in die riesigen leeren Räume des Anwesens. Da er Erin nicht beim Frühstück antraf, ging er die Treppe hinauf und blieb vor der Tür ihres Zimmers stehen, das gegenüber von seinem eigenen lag. Ausgerechnet an diesem Tag hatte Charles das Bedürfnis nach Nähe. Mit ihr gemeinsam wollte er aus der bitteren Quelle ihrer Trauer trinken, wollte er etwas gutmachen, das er nicht gutmachen konnte. Aber er zögerte, bevor er anklopfte. Und als sie nicht antwortete, zögerte er weiter. Ihr Schlafzimmer war nun schon seit einem Jahr für ihn verschlossen. Schließlich drückte er langsam die Tür auf und trat ein.

»Erin?« Ein Flüstern.

Der Raum war in Schatten gehüllt. Erin war kaum zu

sehen, die Andeutung einer Gestalt, die sich unter der Bettdecke zusammengerollt hatte. Aber er hörte ihren Atem, tief und langsam. Als er ihren Namen noch einmal flüsterte, rührte Erin sich immer noch nicht.

Lass sie schlafen.

Mrs Ramsden hatte für zwei Personen gedeckt. »Frühstücken Sie heute Morgen allein?«, fragte sie, als sie ihm Kaffee einschenkte.

»Mrs Hayden kommt später.«

»Ich hoffe, Mrs Hayden ist nicht unpässlich.«

»Nein, es geht ihr gut«, antwortete Charles, obwohl er sich dessen nicht sicher war.

24

»Entschuldigen Sie, Mr Hayden«, sagte Mrs Ramsden.

Charles sah von seinem Computer auf. Er musste schon seit Stunden dort gesessen haben. Er spürte den Schmerz in seinen Muskeln und in seinen Knochen. Vermutlich war er in Träumereien versunken, als er über das geheimnisvolle Blatt nachgedacht hatte, das er auf dem Bildschirm aufgerufen hatte – aber seine Gedanken waren nicht bei der verschlüsselten Sprache oder der Skizze des Gehörnten Königs gewesen. Was auch immer seine Gedanken gewesen sein mochten, sie waren jetzt für ihn verloren. Er fühlte sich entnervt und ratlos, wie in einer unerforschten Region zwischen vollem Wachsein und Schlaf. Hic sunt dracones.

Mrs Ramsden stand in der Tür der Bibliothek, eine dunkle Gestalt weit entfernt von dem hellen Lichtkreis über dem Tisch. Er blickte auf die düstere Silhouette an der Wand. Dann war er wach.

»Wie spät ist es?«

»Es ist jetzt kurz vor fünf«, sagte sie mit hohler Stimme. »Ich werde bald nach Hause gehen. Ihr Abendessen wird im Ofen warm gehalten. Aber ich wollte noch sagen …«

»Ja?«

»Also, ich möchte meine Grenzen nicht überschreiten, Sir.«

»Bitte, Mrs Ramsden.«

Mrs Ramsden zögerte. Sie räusperte sich. »Ich mache mir Sorgen um Ihre Frau, Sir. Ich habe sie heute noch nicht gesehen.«

Charles spürte, wie sich ein kalter Schatten über sein Herz legte. »Sie ist noch nicht auf?«

»Ich habe sie zumindest nicht gesehen, Sir«, sagte Mrs Ramsden.

Darauf sagte er mit einer lebhaften Fröhlichkeit, die er nicht spürte: »Schauen wir nach, ja?«

Die Fröhlichkeit verflog jedoch im Nu. Mrs Ramsden beobachtete ihn durch den ganzen Raum und ging neben ihm her. Er konnte den Puls ihrer Angst spüren, während sie durch den hallenden Salon und die dahinterliegenden Gänge hasteten. Es knisterte in der Luft um sie herum, wie die geladene Spannung vor einem Sturm. Sie legte im Vorbeigehen Schalter um, sodass es schien, als würde das Licht vor ihnen fliehen und die Dunkelheit sie verfolgen.

»Normalerweise trinken wir um zehn Uhr Tee«, erklärte Mrs Ramsden auf der Treppe. »Ich habe sie natürlich vermisst, und dann noch einmal beim Mittagessen, aber ich dachte, sie möchte heute vielleicht allein sein. Sie hat es sehr schwer, wissen Sie. Sie geht von Fenster zu Fenster und von Fenster zu Fenster. Und dann zeichnet sie die ganze Zeit. Ich mache mir Sorgen um sie – und auch um Sie. Ich weiß, dass es für Sie auch nicht leicht zu ertragen ist, Mr Hayden. Sie haben mein Mit…«

»Danke«, sagte er, obwohl er in der starren Haltung ihrer Schultern einen leisen Vorwurf zu erkennen glaubte.

Im zweiten Treppenhaus hielt Mrs Ramsden am Fuß der Treppe inne. »Ich warte hier, Mr Hayden. Wenn Sie nur …«

»Natürlich.«

Er ging allein weiter, zwang sich, nicht zwei Stufen auf einmal zu nehmen, und dachte, dass sicher nichts passiert war. Sie würde sich niemals etwas antun. Und in diese Gedanken war die düstere Gewissheit eingewoben, dass sie längst etwas getan hatte, dass es sich seit einem Jahr auf diesen schrecklichen Höhepunkt zubewegt hatte und dass er zu sehr in seinem eigenen Kummer verstrickt gewesen war, um einzugreifen. Ein weiterer Punkt auf der Liste seiner Sünden.

Er stand vor der Tür, klopfte an, sagte ruhig ihren Namen. Nichts als Stille zur Antwort. Er rief sie erneut, diesmal lauter, und klopfte. Als er keine Antwort erhielt, prüfte er die Tür, halb in der Erwartung, dass sie verschlossen war. Doch der Knauf drehte sich in seiner

Hand. Der Raum war dunkel. Das Licht war schon längst auf die andere Seite des Hauses gewandert.

»Erin?«

Nichts.

Charles wollte nicht sehen, was er sehen würde, wenn er den Raum durchquerte. Es dauerte eine Minute, bis er sich aufraffen konnte, die Aufgabe anzugehen. Als er es tat, fühlte er sich, als würde er durch Schlamm waten. Sie lag zusammengerollt auf der Seite und bewegte sich nicht, selbst als er ihren Namen erneut rief. Aber sie lebte, atmete hörbar die langsamen, schweren Atemzüge des Schlafes. Er streckte die Hand aus, um sich dessen zu vergewissern, berührte ihre Schulter, schüttelte sie.

»Erin?«

Und nun rührte sie sich doch. Sie murmelte etwas Unverständliches, schob die Decke beiseite und fiel wieder in den Schlaf.

Charles setzte sich auf das Bett und ließ die Panik von sich abfallen. Nach einem Moment, in dem er spürte, wie sich sein eigener Atem in ihm beruhigte, schaltete er die Nachttischlampe ein. Ein halb leeres Glas Wasser. Das Foto. Sonst nichts. Er nahm das Foto in die Hand und betrachtete es im Lichtkreis: Lissa, gefangen hinter ihrer Glaswand.

Dann erinnerte er sich.

Mrs Ramsden wartete, gefangen in ihrer eigenen Panik.

Charles legte das Bild beiseite und stand auf. Als er an dem Lampenschalter herumhantierte, blieb sein Blick an einem winzigen blauen Fleck hängen, der sich hell von dem königsblau-goldenen Geflecht des Teppichs abhob. Dies war das blaue Zimmer. Sein eigenes war ein sattes, schweres Karmesinrot, aber dieses hier war blau, komplett mit seiner luxuriösen blauen Ausstattung, die in der Düsternis hervorschimmerte, und hier im blauen Zimmer auf dem goldenen Rand des broschierten, blaugoldenen, handgeknüpften Teppichs – der irgendwo nördlich von fünfundzwanzigtausend Dollar wert sein musste, der in der Plusspalte des Hollow-Vermögens jedoch kaum eine Erwähnung wert war – lag eine einzelne blassblaue Pille. Charles bückte sich, um sie aufzuheben. Sie war nicht größer als ein Bleistiftradiergummi. Als er die Pille unter das Licht hielt, sah er, dass sie in der Mitte sauber eingeritzt war. Angesichts der Menge an Medikamenten, die Erin einnahm, sollte das alles keine große Sache sein; schließlich ließen die Leute gelegentlich eine Pille fallen, außer …

Aber warum hatte sie den ganzen Tag geschlafen? (*Hatte* sie den ganzen Tag geschlafen?) Und warum war sie nicht aufgewacht, als er sich aufs Bett gesetzt, ihre Schulter berührt und die Lampe angeschaltet hatte? Sie hatte doch so einen leichten Schlaf. Solange er sie kannte, hatte sie immer einen leichten Schlaf gehabt. Die Medikamente machten sie schläfrig, aber …

»Erin.« Lauter: »Erin.«

Die Flut der Angst, die sich gerade erst zurückgezogen hatte, kam zurück. Nicht gerade Panik, aber doch …

Charles hockte sich neben den Nachttisch und zog die Schublade auf. Ein halbes Dutzend orangefarbener Plastikfläschchen mit Pillen rollte darin herum, ohne Deckel, und gab ihre Schätze preis.

Wie viel hatte sie genommen? Und was?

Er wollte sie wach rütteln, dieses Mal wirklich rütteln, und sie genau das fragen, ob …

»Mr Hayden?«, sagte Mrs Ramsden in der Tür.

Charles stand abrupt auf und schob die Schublade zu. Seine Hand umfasste die einsame Pille und verbarg sie.

»Ist sie …?«

»Es geht ihr gut«, sagte Charles. »Sie schläft nur.«

25

Charles nahm das Abendessen alleine ein.

Aber es schmeckte fad. Charles aß mechanisch, ohne jeden Genuss. Er vermutete, dass es eher an ihm als am Essen lag.

Als er fertig war, machte Charles sich frisch und stieg die Treppe hinauf, um nach Erin zu sehen. Er setzte sich noch einmal an ihr Bett. Berührte ihre Hand.

Sie regte sich leicht, wachte aber nicht auf, und er wollte sie nicht wecken.

Er dachte – nicht zum ersten Mal – daran, Dr. Colbeck anzurufen. Aber was konnte Colbeck ihm schon Neues sagen? Stattdessen knipste er die Nachttischlampe an und sortierte die Pillen in ihre Fläschchen, wobei er diejenige zurückbehielt, die er auf dem Teppich gefunden hatte. Er verschloss die Fläschchen eines nach dem anderen und legte sie zurück in die Nachttischschublade.

Dann machte er das Licht aus. Er ließ die Tür hinter sich offen und ging hinunter in die Bibliothek, um seinen Laptop zu holen. In den prächtigen Räumen war es still. Das kleine Team, das Cillian Harris angestellt hatte, um die nicht mehr genutzten Teile des Hauses instand zu halten, war schon längst gegangen. Charles dachte, dass er sie inzwischen alle kennen müsste, aber er konnte ihre Namen und Aufgaben immer noch nicht zuordnen. Anna, Judith, Alex – früher oder später würde er sie alle genauer kennen. Er begegnete ihnen bei seinen gelegentlichen Erkundungstouren durch das Anwesen, ansonsten sah er sie nur selten. Trotz seiner Vorbehalte gegenüber Harris koppelte er sich mehr und mehr von der täglichen Verwaltung des Anwesens ab. Erin hatte sich völlig aus allem rausgezogen. Manchmal kam es ihm vor, als wären sie beide Geister, die wie verlorene Seelen durch die verlassenen Korridore irrten.

Etwas später sah er noch einmal nach Erin (die immer noch schlief) und ließ sich dann auf einem Sofa im Arbeitszimmer nieder, das eine bescheidenere Version der riesigen Bibliothek im Erdgeschoss war. Hohe Bücherregale, vollgestopft mit alten, ledergebundenen Bänden, dunkle, antike Möbel, einige davon mit dem bekannten Motiv aus Ranken, Blättern und verschlagen blickenden Gesichtern verziert. Eine zweite Tür öffnete sich zu einem weiteren Wohnzimmer. Das vordere Wohnzimmer, das sich direkt vom Foyer aus öffnete und weniger privat wirkte, war offenbar für Gäste gedacht. Eigentlich sollte es anders heißen. Salon? Gesellschaftszimmer? Er fragte sich, wie die Viktorianer zwischen ihren verschiedenen Wohnzimmern, Salons und Empfangsräumen unterschieden hatten. Caedmon Hollow hätte es gewusst. Wenn er jemals dazu käme, etwas zu

Papier zu bringen, bräuchte Charles auch dieses Wissen. Ein eher kleineres Problem.

Aber jetzt musste er sich mit dem eigentlichen Problem befassen.

Charles klappte seinen Laptop auf und starrte auf das Foto, das er von dem Blatt gemacht hatte. Abgesehen von den Ellipsen in der Mitte und dem Datum am unteren Rand, konnte er kein Muster in dem verschlüsselten Text erkennen. Es sah alles wie ein Durcheinander aus, wie eine willkürliche Mischung aus Buchstaben, Zahlen und Symbolen.

Er startete den Browser und rief Wikipedia auf, aber die Seite über Rätseltexte und Kryptografie warf nur neue Fragen auf: asymmetrische Schlüsselalgorithmen, Frequenzanalysen, die Enigma-Maschinen. Sicherlich hätte Hollow – wenn er denn der Verfasser war – etwas Simpleres benutzt. Charles klickte auf den Eintrag zur Caesar-Verschlüsselung. Konzentriert las er die Erklärung zum alphabetischen Substitutionscode. Aber die Zahlen und Symbole in Hollows Rätsel schlossen eine monoalphabetische Substitution aus, nicht wahr?

Charles hielt inne und dachte nach. Es sei denn …

Es sei denn, der Leser sollte auf eine falsche Fährte geführt werden. Im Internet fand Charles ein Entschlüsselungsprogramm. Er kopierte eine Zeile von dem Blatt in das Textfeld des Programms und ließ alles außer den Buchstaben weg. So einfach kann es doch nicht sein, dachte er, drückte die Entschlüsselungstaste und beugte sich vor, um zu sehen, was …

Kauderwelsch.

Charles legte den Laptop frustriert zur Seite. In einem

Roman würde die Bedeutung des Kryptogramms irgendwann enthüllt werden, ohne dass er nachdenken müsste.

Er stand auf, streckte sich und schaute auf die Uhr. Es war kurz nach Mitternacht, vor ihm lag ein quälend langes Jahr bis zu Lissas nächstem Geburtstag.

Es war unerträglich, weiter darüber nachzudenken.

Und doch konnte er diese Gedanken nicht unterdrücken. Er verließ das Arbeitszimmer und wandelte unruhig durch die weitläufigen Gemächer von Hollow House. An der Treppe hielt er inne und lauschte. Im Esszimmer fand er Erins Skizzenbuch. Er zögerte, es aufzuschlagen. Er wollte Erins Privatsphäre nicht verletzen. Außerdem würde er es nicht ertragen, Lissas Gesicht zu sehen. Nicht jetzt. Nicht, wenn er sich so trostlos und allein fühlte.

Also ging Charles weiter, am langen Esstisch vorbei Richtung Küche, wo er sich eine Tasse Tee machen wollte. Dann ging er aber doch in den Frühstücksraum und blieb an den Panoramafenstern stehen.

Draußen lag die Nacht finster über dem Anwesen. Ein riesiger Mond blickte ihn gleichgültig an. Wolken schoben sich über den Himmel und jagten Schatten über die Wiesen. Die Bäume des Waldes schwankten wie betrunkene Riesen. Von Harris' Haus schienen die Erdgeschossfenster in die Dunkelheit zu flackern. Der Wind wurde immer stärker. Mit einem unbehaglichen Gefühl blickte Charles weiter in die Dunkelheit.

Hätte er sich nur weggedreht, dann hätte er nicht sehen müssen, was nun folgte.

Die Haustür von Cillian Harris schwang auf, und einen Moment später kam Harris heraus. Er zögerte kurz auf der Schwelle, dann schloss er die Tür hinter sich und ging über die Wiese, durch das windgebeugte Gras, bis er in der Nacht verschwand. Aber Charles musste nicht sehen, wohin Harris ging. Er wusste es auch so: Harris ging in den Wald, mondsüchtig und von Schatten umhüllt. Eine solche mitternächtliche Verlockung hatte auch Charles schon verspürt, beim Einschlafen, wie ein Flüstern an seinem schlummernden Ohr, das ihn hinaus in die Dunkelheit rief, in den Wald, wo er in der kühlen Luft durch die weiten Baumkorridore gehen würde.

»Charles?«

Die Stimme rüttelte ihn aus seiner Träumerei auf. Er trat vom Fenster weg und drehte sich um.

Es war Erin, natürlich. Es war nur Erin.

26

Sie schaltete das Licht ein.

Charles stand da und blinzelte wie ein kleiner Junge, der aus dem Schlaf aufgeschreckt worden war, das Gesicht noch vom Traum verklärt. Dann verlagerte er das Gewicht von einem auf den anderen Fuß und hob den Kopf, um sie direkt anzuschauen, immer noch blinzelnd, während sich seine Augen an das helle Zimmer gewöhnten. Wie lange war es her, dass sie in diese Augen hinter den dicken Brillengläsern geschaut hatte? Wie lange war es her, dass sie ihn überhaupt angeschaut hatte?

Erin betrachtete ihn.

Er schien in den letzten zwölf Monaten um fünf Jahre gealtert zu sein. Sie nahm an, dass sie beide gealtert waren, aber die Veränderung war trotzdem schockierend. Sein Haar, das jetzt grau meliert war und dringend geschnitten werden musste, war zerzaust. Er fuhr sich mit der Hand durch die Haare, eine Angewohnheit, die sowohl der Konzentration als auch der Ablenkung diente – seine Standardeinstellung. Seit dem Tag, an dem sie sich kennengelernt hatten, seit dem Moment, an dem sie ihm seine Brille zurückgegeben hatte, als er nach ihrem Zusammenstoß in der Universitätsbibliothek leicht verwirrt und blinzelnd dagestanden hatte, war Charles immer nur halb in dieser Welt gewesen. Aber jetzt wirkte er fast völlig losgelöst, sein Gesicht fremd, sein Ausdruck distanziert.

Und wie verändert er war. Er war abgemagert und dünn, seine Kleidung – ausgebleichte Jeans und ein blassgrünes Oxfordhemd, das aus der Hose hing, die Ärmel hochgerollt – hing lose an ihm herunter. Er sah beinahe ausgemergelt aus. Seine täglichen Spaziergänge im Eorl-Wald waren zweifellos genauso zwanghaft wie ihr eigener Rundgang innerhalb dieses häuslichen Gefängnisses, aber da war noch etwas anderes: Lissas Tod, vermutete sie, fraß ihn von innen heraus auf. Erin empfand eine Welle des Mitgefühls für ihn. Wäre sie nicht in ihrem eigenen Kummer und ihrer Trauer – und, ja, ihrer Wut auf ihn und die Welt, die all das zugelassen hatte – gefangen gewesen, hätte sie ihm vielleicht die Hand gereicht.

Stattdessen sagte sie: »Du warst in meinem Zimmer. Du hast die Tür offen gelassen.«

»Ich habe mir Sorgen gemacht.«

Sie nickte.

Er erwiderte nichts, stand nur da. Nach einem Moment kramte er etwas aus seiner Tasche und reichte es ihr auf der ausgestreckten Handfläche.

Erin trat näher. Eine schläfrige Müdigkeit umhüllte sie. Konnte man es überhaupt Schlaf nennen, dieses betäubte und traumlose Koma? Es hatte ihr keine Erholung gebracht, nur diese schmerzende, knochentiefe Müdigkeit. Sie fühlte sich losgelöst von ihrem eigenen Körper, wie eine Fremde, die im hallenden Gewölbe ihres eigenen Schädels festsaß. So muss sich Rip Van Winkle nach seinem langen Schlummer gefühlt haben oder Dornröschen, das durch einen Kuss geweckt worden war. Sie blinzelte, trat noch näher heran und sah in seine ausgestreckte Hand. Ein Clonazepam.

»Die habe ich gefunden«, sagte er. »Sie lag auf dem Teppich, neben dem Bett.«

»Ich muss sie fallen gelassen haben«, sagte sie, aber als sie danach griff, schloss er die Hand.

»So wird es gewesen sein.«

Sie standen schweigend da.

»Es ist nur eine Pille, Charles.«

»Ich habe die Schublade in deinem Nachttisch geöffnet.«

Ah. Darauf wollte er also hinaus. »Ich will nicht, dass du meine Sachen durchsuchst.«

»Ich glaube, jemand muss das tun. Ich habe sie übrigens entsorgt – die Pillen. Was denkst du dir dabei, Erin? Willst du dich umbringen?«

Sie erinnerte sich an das schwindelerregende Gefühl,

in die Dunkelheit zu fallen, als die Drogen wirkten, und wie sie versucht hatte, sich den Weg zurück ins Licht zu erkämpfen. »Nein. Und du?«

Er antwortete nicht, jedenfalls eine Weile lang. Dann sagte er: »Nein.« Er öffnete seine Faust und ließ die Pille in ihre Handfläche fallen.

Erin steckte sie in die Tasche ihrer Pyjamahose.

»Ich denke, du solltest mit jemandem sprechen«, sagte er. »Colbeck hat mir ein paar Namen genannt. Wir könnten zusammen hingehen, wenn du willst.«

»Noch nicht, Charles. Ich bin noch nicht so weit.«

»Wann glaubst du, dass du so weit sein wirst?«

Auch wenn sie es nicht sagte, spürte sie, wie die Wahrheit dieser Aussage in ihr widerhallte: *Niemals. Ich werde nie bereit sein. Ich werde nie bereit sein, denn bereit zu sein würde bedeuten, dass ich die schreckliche Wahrheit akzeptiert habe, dass ich meine Tochter nie wiedersehen werde. So weit zu sein würde bedeuten loszulassen, sie endlich in der Erinnerung verblassen zu lassen, sie nur noch einen Abschnitt in meinem Leben sein zu lassen und nicht mehr mein Leben selbst. So weit zu sein wäre ein Verrat an meiner Liebe, und von Verrat habe ich genug. Ich habe genug davon.* Aber laut sagte sie nur: »Ich weiß es nicht, Charles.«

Er nickte. »Versprich mir eines«, sagte er.

»Ich weiß nicht, welche Versprechungen ich halten kann.«

»Versprich einfach, dass du es nicht wieder tust. Die Pillen.«

Und wieder traf sie der Schrecken, den sie empfunden hatte, als der Lichtkreis sich zurückzog und die

Pillen sie endlos in einen betäubten Schlaf zogen, der dem Tod ähnlicher war als jeder Schlaf, den sie je zuvor gekannt hatte. »Okay«, sagte sie. »Das verspreche ich.«

Er atmete langsam aus. »Okay. Mit dem Rest warten wir. Wir warten, bis du so weit bist. Das schaffe ich.« Und dann: »Aber ich könnte es nicht ertragen, dich auch noch zu verlieren, Erin.« Und die Erinnerung an das, was sie bereits verloren hatten, war wie ein Schlag in die Magengrube.

Das Wort setzte sich in ihrem Kopf fest. *Auch.* Ich könnte es nicht ertragen, dich *auch noch zu* verlieren.

»Nein«, sagte sie, »wahrscheinlich nicht.« Aber er hatte sie bereits verloren, und er würde sie nie wieder zurückbekommen, egal, wie sehr sie sich danach sehnte, zu ihm nach Hause zu kommen. Sie könnte nie wieder so viel von sich preisgeben. Niemals vertrauen. Niemals etwas riskieren.

Das ist das Paradoxe an der Liebe: Aus Angst, sie zu verlieren, gibst du sie bereitwillig auf.

Du hast dir selbst die Wunde zugefügt, vor der du am meisten Angst hast.

»Du solltest ins Bett gehen«, sagte sie. »Es ist schon spät.«

»Okay. Bleibst du noch eine Weile auf?«

»Das hatte ich vor, ja.«

»Vielleicht bleibe ich mit dir auf.«

»Okay«, sagte sie.

»Erin.«

»Ja?«

»Ich vermisse sie.«

Du hast nicht das Recht, sie zu vermissen, dachte sie, aber auch diese Worte ließ sie unausgesprochen. So vieles unausgesprochen.

So vieles, was sie nicht sagen konnte.

27

In Wahrheit musste Erin nichts aussprechen. Die lastende Stille zwischen ihnen sagte mehr als Worte.

Sie zogen sich in die Küche zurück, wo sie Kaffee tranken, bis die Morgendämmerung durch die Fenster schien und Charles an seine Vision des Gehörnten Königs erinnerte. *Siehst du manchmal etwas im Wald?*, hatte Erin ihn vor nicht allzu langer Zeit gefragt. Früher hätte er ihr die Wahrheit gesagt –, dass er zweimal eine gehörnte Gestalt gesehen hatte und nun befürchtete, verrückt zu werden. Früher hätte er mit einer Frage geantwortet: *Siehst du manchmal etwas im Wald?*

Aber jetzt stand zu viel zwischen ihnen. Zu viel Vergangenheit, zu viel Schuld und Trauer, zu viele unausgesprochene Ressentiments, um einander zu vertrauen.

So herrschte wieder Stille, bis Mrs Ramsden um sieben Uhr hereinstürmte, unbarmherzig fröhlich, ohne zu bemerken, was nicht zu übersehen war. »So früh am Morgen schon wach?«, fragte sie, während sie sich daranmachte, das Frühstück zuzubereiten.

»Wir konnten nicht mehr schlafen«, sagte Charles.

Erin reagierte etwas pragmatischer. »Es tut mir leid, dass wir dich erschreckt haben, Helen.«

Mrs Ramsden lächelt. »Das macht doch nichts. Es tut mir leid, dass Sie krank waren.«

Krank, dachte Charles. Das war so gut wie jeder andere Euphemismus.

Bald zog der Duft von Frühstück durch das Zimmer – Wurst und Eier, eine frische Kanne Kaffee. Mrs Ramsden plapperte vor sich hin. Wenn Erin in Hollow House etwas gelungen war, dann, Mrs Ramsdens Zurückhaltung zu durchbrechen – oder ihr zumindest die Erlaubnis zu geben, zu reden, wann immer sie es für nötig hielt. Helen Ramsden hatte ein untrügliches Gespür für die angespannte Gefühlslage im Haus und dafür, wie man am besten darauf reagierte. Mal machte sie sich unsichtbar, mal war sie präsent, um zu helfen.

An diesem Morgen garnierte sie das Frühstück mit einer Portion wohlwollenden Getratsches. Die Dawsons renovierten ihr Haus, die Robinsons feierten goldene Hochzeit. Und obwohl die Dawsons und die Robinsons sowohl für Erin als auch für Charles vollkommen Fremde waren, verschafften ihnen diese Neuigkeiten zumindest eine Illusion von Normalität, das Gefühl, in die Gemeinschaft eingebunden zu sein.

Düstere Schicksalsschläge allerdings wurden ausgelassen. Was war mit Mary Babbing? Charles fragte nicht danach. Gab es etwas Neues in dem Fall?

Charles bedankte sich bei Mrs Ramsden und stand auf, seine Augen vor Erschöpfung getrübt.

»Du willst wieder arbeiten?«, fragte sie.

Stattdessen legte Charles sich hin, stellte den Wecker auf zwölf Uhr und zog die schweren Vorhänge zu. Aber er fand keinen Schlaf. Zu viel Koffein in seinem Körper, zu viele Gedanken in seinem Kopf. Schließlich fiel er in einen unruhigen Schlaf. Bilder wirbelten durch sein Unterbewusstsein. Er hörte Stimmen. Der Wald, ein fernes Flüstern, ein Befehl, den er nicht verstand.

Geh ohne mich weiter, hörte er die Stimme von Lissa und wachte schlagartig auf.

28

Charles hatte einen Termin bei Ann Merrow und fuhr nach Ripon.

Sie arbeitete in einem viktorianischen Haus, das exzellent restauriert war. Als ihre Assistentin ihn in das Allerheiligste führte – einen großen Raum im Erdgeschoss mit großen Fenstern, durch die das helle Sonnenlicht hereinschien –, kam sie um ihren Schreibtisch herum, um ihn zu begrüßen, schüttelte ihm kurz und kräftig die Hand und bot ihm den Ledersessel am Kamin an. Sie setzte sich ihm gegenüber, einen Notizblock auf dem Knie und einen Stift in der Hand. Die Luft roch nach einem blumigen Duft, vielleicht nach einem Diffusor, der in einer entfernten Ecke versteckt war.

Die Assistentin kam mit Tee herein, und Charles und Merrow tauschten mit den dampfenden Tassen in den Händen Höflichkeiten aus. Sie vertraute darauf, dass die Haydens sich gut einlebten (das taten sie) und dass die Einheimischen sich als freundlich erwiesen (das hatten sie).

»Sie haben also mit Ihren Recherchen begonnen?«,

fragte sie. Und als er dies bejahte, fragte sie: »Hat es sich schon ausgezahlt?«

Charles lachte und stellte seinen Tee auf dem Tisch ab. »Das nicht«, sagte er. »Oder nur ein wenig. Ich habe – oder vielmehr Silva North –, kennen Sie sie?«

»Ja.«

»Sie hat es entdeckt. Und sie war so freundlich, mich zu informieren.«

»Was hat sie denn entdeckt?«

»Ein Dokument, das möglicherweise von Caedmon Hollow verfasst wurde. Oder auch nicht.«

»Oder auch nicht?«

»Man kann es schwer verifizieren. Es ist ein chiffrierter Text. Wir konnten ihn bislang noch nicht entschlüsseln.«

»Ich verstehe. Also das ist doch seltsam, nicht? Ich nehme an, es gibt Experten, die Sie konsultieren könnten. Sie könnten es an der Universität in York versuchen. Aber daran haben Sie sicher schon gedacht.«

»Stimmt.«

»Aber Sie haben beschlossen, das nicht zu tun?«

»Es scheint mir … verfrüht. Ich möchte erst ein Manuskript in der Hand haben, bevor ich etwas veröffentliche. Ich habe wohl keine andere Wahl, denke ich.«

»Natürlich. Sie können sicher sein, dass ich Ihr Vertrauen nicht enttäuschen werde.« Sie lächelte trocken. »Aber Sie sind bestimmt nicht hier, um über Geheimcodes zu sprechen, die vielleicht von Ihrem Caedmon Hollow stammen, oder? Was kann ich also für Sie tun, Mr Hayden?«

»Ich möchte mich über Cillian Harris erkundigen.«

»Ah, Mr Harris. Ein fähiger Mann, das versichere ich Ihnen. Er wirkt ein bisschen rüpelhaft, aber dafür kann er ja nichts. Er ist bestens ausgebildet, ist auf dem Anwesen aufgewachsen und kennt die Abläufe dort so gut wie kein anderer.«

»Er sagte, sein Vater sei vor ihm dort Verwalter gewesen.«

»Und sein Großvater ebenfalls. Und auch *dessen* Vater, soweit ich weiß. Vielleicht reicht es noch weiter zurück. Manchmal denke ich, er kennt die Angelegenheiten des Anwesens besser als die Anwälte von Mr Hollow.«

»Ich dachte, Sie wären die Anwältin.«

»Ah.« Sie lächelte. »Ich stehe im Dienst der Londoner Firma von Mr Hollow. An die auch Mr Harris berichtet. Obwohl letztlich alle an Sie berichten – oder genauer gesagt an Mrs Hayden. Aber ich nehme an, Sie haben ein anderes Anliegen, sonst wären Sie nicht den ganzen Weg nach Ripon gefahren.«

»Das ist richtig.« Charles hielt inne. »Ich habe es schon am Tag unserer Ankunft bemerkt. Er hatte getrunken. Ich habe es gerochen.«

Sie zog eine Augenbraue hoch. »Vielleicht haben Sie sein Parfüm gerochen.«

»Wenn ja, dann hat er es aus einer Flasche Scotch gegossen.« Charles beugte sich vor. »Ich war selbst skeptisch, aber es kam immer wieder vor. Und dann tauchte er im Pub auf. Betrunken, sturzbetrunken sogar. Hat eine Szene gemacht. Am nächsten Tag hat er sich bei mir entschuldigt und gesagt, er habe Schande über das Anwesen gebracht, aber das ist nicht das Thema. Silva sagte mir, sein Alkoholkonsum sei zu einem Problem geworden. Das habe ich auch anderswo gehört. Der Wirt im *King* hat ihm mit Hausverbot gedroht. In Anbetracht der Tatsache, dass Mr Harris das Anwesen verwaltet, schien es mir geboten …« Er zuckte mit den Schultern und hob die Hände, unsicher, wie er fortfahren sollte.

»Ich verstehe. Vielleicht besteht eine gewisse Unklarheit darüber, was die Aufgaben von Mr Harris betrifft. Wenn Sie sich Sorgen um Geld machen, die Londoner Firma kümmert sich um die finanziellen Angelegenheiten. Mr Harris' Aufgaben sind hauptsächlich lokaler Natur. Er kümmert sich um den täglichen Betrieb des Hauses und des Geländes, beaufsichtigt das Personal, überwacht die Instandhaltung, stellt ein und entlässt nach Bedarf.«

»Trotzdem.«

»Überlegen Sie, ihn zu entlassen?«

»Ich weiß nicht, was ich machen soll.«

»Meiner Meinung nach hat das keinen Sinn. Sie könnten ihm zwar andere Aufgaben übertragen, aber selbst dann stünden Sie auf wackligen Füßen. Und ich weiß nicht, wie Sie ihn ersetzen könnten. Sein ganzes Leben besteht sozusagen aus diesem Job.«

»Auf wackligen Füßen?«

»Ja. Sie erinnern sich vielleicht nicht mehr daran – Sie waren noch etwas benommen vom Jetlag, als wir uns hingesetzt haben und alles durchgegangen sind –, aber Mr Harris ist mit dem Anwesen verbunden.«

»Verbunden?«

»Rechtlich gesehen, meine ich. Die Position wurde

ihm im Testament von Mr Hollow garantiert. So wird es seit Generationen verfügt.«

»Das verstehe ich nicht.«

»Ich weiß nur, dass die Verwaltung den Harris und ihren männlichen Nachkommen garantiert ist, solange das Anwesen in den Händen der Familie Hollow ist – und dazu gehört auch Ihre Frau, Mr Hayden.«

»Das ist … seltsam.«

»Ja, das ist ziemlich ungewöhnlich«, sagte sie. »Aber das ist die Bedingung, die jeder nachfolgenden Generation auferlegt wird.«

»Und wenn die Bedingung nicht eingehalten wird?«

»Er könnte klagen. Er würde wahrscheinlich gewinnen.«

»Wow. Haben Sie eine Ahnung, warum?«

»Ich weiß nicht, woher die Verfügung stammt.«

»Können Sie das herausfinden?«

»Sie dringen leider in Bereiche vor, in denen ich Ihnen nicht weiterhelfen kann. Ich fürchte, dass ich meine Grenzen bereits überschritten habe.«

»Wie meinen Sie das?«

»Ihre Frau hat das Hollow-Anwesen geerbt, Mr Hayden. Sie haben keine rechtliche Handhabe in dieser Angelegenheit.«

Charles zögerte. »Darf ich Ihnen etwas anvertrauen?«

»Diskretion ist mein Metier.«

»De facto ist Erin nicht in der Lage, sich um derartige Dinge zu kümmern. Sie hat sich noch nicht von dem Verlust unserer Tochter erholt. Ich bin sicher, dass das für Sie keine Überraschung ist.«

»Nein, das ist es nicht. Immerhin hat es erhebliche

Nachforschungen erfordert, Sie aufzuspüren.« Sie wurde weicher. »Ihr Verlust tut mir leid, Mr Hayden. Ich hätte Ihnen schon früher mein Beileid ausgesprochen, aber Beileidsbekundungen von Fremden sind nicht immer willkommen. Und es tut mir auch leid zu hören, dass es Mrs Hayden nicht gut geht, aber ohne ihren ausdrücklichen Wunsch kann ich in Sachen Nachlass nicht weitermachen.«

Sie saßen einen Moment lang schweigend da. Charles konnte spüren, wie sie nachdachte. Er nippte an seinem Tee, aber er war kalt geworden.

»Es ist eine seltsame Verfügung«, sagte Merrow. »Ich habe mich selbst darüber gewundert.« Und nach einer weiteren Pause sagte sie: »Sie geben nur die Bitte von Mrs Hayden weiter, nehme ich an.«

»Genau so ist es.«

Wieder Schweigen.

»Ich werde wahrscheinlich nichts herausfinden, verstehen Sie«, sagte sie. »Die Leute sind nicht verpflichtet, die Bedingungen ihres Testaments zu erklären.«

»Natürlich nicht.«

»Höchstwahrscheinlich kann ich herausfinden, wann es verfügt wurde. Das *Warum* ist etwas ganz anderes. Und ich nehme an, dass Sie, also natürlich Ihre Frau, an dem *Warum* interessiert sind.«

»Richtig«, sagte Charles. »Warten wir einfach ab, was Sie herausfinden können, einverstanden?«

»Ich werde mich der Sache annehmen«, sagte Merrow.

»Danke.«

»Ich melde mich, wenn ich etwas weiß«, sagte sie.

Die Audienz war beendet. Charles stand auf. An der Tür drehte er sich noch einmal zu ihr um.

»Das Vermögen«, sagte er. »Das Vermögen von Hollow. Woher stammt es?«

Sie blinzelte. »Die Familie ist seit Jahrhunderten sehr wohlhabend.«

»Aber woher stammt das Vermögen ursprünglich?«

»Das weiß ich nicht«, sagte sie. »Ich habe nie wirklich darüber nachgedacht.«

»Es ist doch ungewöhnlich, dass die Familie schon so lange so wohlhabend ist, oder?«

»Nein, nicht in England. Allerdings haben sie ihr Vermögen außergewöhnlich gut gemehrt. Ungewöhnlich gut.«

»Ich verstehe.«

»Nun denn«, sagte sie. »Wenn ich etwas über die Verfügung erfahre, melde ich …«

»Eine Sache noch, wenn es Ihnen nichts ausmacht.«

»Ganz und gar nicht.«

»Wissen Sie irgendetwas über den Eorl-Wald, Mrs Merrow?«

»Nur, dass es vielleicht der älteste noch erhaltene Urwald in England ist. Und dass auch er seit Jahrhunderten den Hollows gehörte. Und dass er jetzt Ihnen gehört, jeder Baum und jede Eichel.«

»Sonst nichts? Ich habe gehört, dass …«

»Altweibergeschichten?«, fragte sie.

»Ja.«

»Da ist wohl mit jemandem die Fantasie durchgegangen, Mr Hayden.«

»Schon klar«, sagte er. »Ich bin nur daran interessiert,

alle Quellen aufzuspüren, die Caedmon Hollow beein-flusst haben könnten, das ist alles. Sicherlich kannte er die lokale Folklore.«

»Ohne Zweifel.« Merrow dachte einen Moment lang nach. »Wenn Sie sich wirklich für diese alten Geschichten interessieren, gibt es jemanden in Yarrow, mit dem Sie reden könnten: Fergus Gill. Er muss inzwischen neunzig Jahre alt sein. Sie finden ihn im Pub. Er kann Ihnen bestimmt bei Ihren Altweibergeschichten helfen. Ach ja, und er spielt gerne Dame.«

Charles nickte. »Dann werde ich mich an ihn wenden.«

»Gut. Kann ich sonst noch was für Sie tun, Mr Hayden?«

»Nein danke.«

Und so fand sich Charles draußen in der hellen Nachmittagssonne wieder. Er stieg in sein Auto und kurbelte das Fenster herunter, ließ den Motor aber noch nicht an. Er hatte nicht vorgehabt, Merrow nach dem Eorl-Wald zu fragen; er war sich nicht sicher, warum er das getan hatte. Aber dann tauchte das Bild des Gehörnten Königs vor ihm auf. Und das Bild von Cillian Harris, der sich in den mitternächtlichen Wald schlich – vielleicht in Reaktion auf einen bösartigen Befehl.

Das war natürlich Unsinn.

Charles war sich nicht sicher, warum ihm so etwas überhaupt in den Sinn kam.

Da ist wohl mit jemandem die Fantasie durchgegangen.

Vielleicht war er wirklich verrückt geworden.

Wahrscheinlich hatte Harris nicht schlafen können, das war alles. Er hatte getrunken, musste einen klaren Kopf bekommen. Was auch immer. Aber das war's auch schon. Er würde Silva fragen, beschloss er. Sie kannte Harris besser als jeder andere. Vielleicht hatte sie einen Vorschlag.

Entschlossen atmete Charles durch, startete den Wagen und fuhr auf die Straße.

Keine Spinnereien mehr, schwor er sich. Aber die Spinnereien begleiteten ihn den ganzen Weg zurück nach Yarrow.

29

Auch Silva hatte keine Fortschritte bei der Entschlüsselung des Textes gemacht.

Auch sie hatte versucht, Zahlen und Symbole wegzulassen, und die Buchstaben durch ein Entschlüsselungsprogramm laufen gelassen – mit ungefähr dem gleichen Erfolg wie Charles. »Ich habe noch ein paar andere Ideen«, hatte sie Charles angekündigt. »Vielleicht sollten wir unsere Köpfe noch mal zusammenstecken.«

Ihre Einladung kam am späten Nachmittag. Sie verabredeten sich wieder im Pub, dieses Mal zum Abendessen. Danach wollten sie in Silvas Wohnung arbeiten. »Das Essen im *King* ist mäßig«, sagte sie, »aber noch das beste in der Stadt.«

Erin sagte zu Charles, er solle ohne sie gehen.

»Es wird dir gefallen, mal rauszukommen«, protestierte er. »Außerdem wirst du sie sicher mögen.«

»Ja, wahrscheinlich«, sagte sie. »Aber im Moment bin ich in keiner wirklich guten Verfassung.«

Es gab noch mehr, das Charles hätte sagen können. Er hätte sie fragen können, wann sie glaubte, dass es ihr wieder besser gehen *würde*, oder sie darauf hinweisen, dass ihr Therapeut ihr vor sechs Monaten gesagt hatte, dass Gesellschaft ihr helfen würde. Aber es schien ihm unklug, dies im Schatten des gerade zurückliegenden Todestages zu tun. Und dann war da noch die Sache mit Lorna. Wie hätte er Erin jemals darauf vorbereiten können, einer Doppelgängerin ihrer verlorenen Tochter zu begegnen?

»Außerdem«, fügte Erin hinzu, »glaube ich nicht, dass ich gut darin wäre, Codes zu knacken.«

»Ich selbst scheine darin auch nicht besonders gut zu sein«, erwiderte er.

»Vielleicht hast du heute Abend mehr Glück.«

Charles war weniger optimistisch.

Das sagte er auch später beim Abendessen. Ein Salat für Silva und für ihn Würstchen mit Kartoffelpüree – nicht schlecht, obwohl er auf die Zwiebelsoße hätte verzichten können. Er tröstete sich mit einem zweiten Pint Dark Mild.

Silva kicherte. »Du wirst zu betrunken sein, um irgendetwas zu entschlüsseln, wenn du nicht aufpasst«, sagte sie.

»Vielleicht hilft das. Nüchtern bin ich jedenfalls noch nicht weitergekommen.«

»Kommst du mit der Forschung voran?«

»Ein ausgetrockneter Brunnen. Ich nehme an, du hattest auch nicht mehr Glück.«

»Dasselbe wie immer. Kisten über Kisten. Ich gebe dir Bescheid, wenn ich etwas finde.«

»Und ich gebe dir Bescheid.«

Sie schwiegen für einen Moment. Charles sah sich im Pub um. Heute Abend waren mehr Leute da als bei seinem letzten Besuch. Armitage war hinter der Bar beschäftigt. Mehrere alte Männer hatten sich an den Kamin gesetzt, um Dame zu spielen. Er fragte sich, ob Fergus Gill unter ihnen war. Gerade wollte er Silva fragen, wann …

»Ich wünschte, deine Frau wäre mitgekommen.«

»Rätsellösen ist nicht so ihr Ding.«

»Nun, das hätten wir auf ein anderes Mal verschieben können. Dieses Blatt Papier hat seit einem Jahrhundert oder mehr in einer Kiste gelegen. Das läuft uns nicht weg. Ich bin mir sicher, dass deine Frau sich einsam fühlt, ganz allein in diesem großen Haus.«

Einsam trifft es nicht ganz, dachte Charles. Isoliert wäre zutreffender. Trostlos und verlassen.

»Geht es ihr gut, Charles?«

»Nein«, sagte er, bevor er nachdenken konnte. »Nein, es geht ihr nicht gut.«

Silva hielt seinem Blick stand. »Das dachte ich mir schon. Keinem von euch geht es gut, oder?«

»Wir kommen zurecht.«

»Ich kann mir nicht vorstellen, wie das für dich sein muss. Wenn ich Lorna verlieren würde …«

An dieser Stelle wollte Charles das Gespräch lieber in eine andere Richtung lenken. »Wo ist Lorna heute?«, fragte er.

»Meine Eltern haben sie für den Nachmittag zu sich geholt. So wie jeden Mittwoch. Sie wird bald wieder zu Hause sein.« Silva schaute auf die Uhr. »Wir sollten eigentlich jetzt gehen. Dann können wir noch ein paar Minuten mit unserem Rätsel verbringen, bevor sie kommt.«

Charles trank sein Glas aus.

Draußen, in der kühlen, blauen Abenddämmerung, sagte Charles: »Ich beneide dich um dieses Wetter.«

»Ich glaube, das hat noch niemand über das Wetter in Yorkshire gesagt.«

»Zu Hause in North Carolina wäre es um diese Zeit schon unerträglich schwül.«

»Jetzt ist dein Zuhause doch hier, oder?«

»Wirklich?«

»Du bist jetzt doch ein Adliger.«

Er lachte. »Ich fürchte, ich bin eher ein Eindringling.«

»Vermisst du es? North Carolina? Amerika?«

Er dachte darüber nach, während sie weitergingen. »Nein«, sagte er schließlich bestimmt. »Dort hält mich nichts mehr.«

»Was ist mit deiner Frau los? Mit Erin?«

Ja, was war mit ihr los?

»Ich glaube, sie würde gerne zurück«, sagte er.

Aber warum wollte sie zurück? Um Lissas Grab zu pflegen? Sollte das ihr Lebensinhalt werden? Was würden sie in North Carolina machen? Erin hatte ihre Praxis aufgegeben. Er war arbeitslos. Und selbst wenn sie sich keine Sorgen mehr um Geld machen mussten – was vielleicht der Fall sein würde –, wie sollten sie jemals wieder nach Ransom zurückkehren? Wie sollten sie in das Haus zurückkehren, das sie zurückgelassen hatten, in dem Lissa in jedem Raum zu spüren war, ihre Stimme, jeder Atemzug von ihr? Und wie sollten sie durch die

Straßen gehen, in denen alle die ganze traurige Geschichte kannten? In Ransom würden sie der Vergangenheit nie entfliehen können, Lissas Tod niemals hinter sich lassen. Dort gab es für sie keine Zukunft.

Die Zukunft war hier. Das musste Erin begreifen.

All das sagte er nicht, aber vielleicht spürte Silva, was ihn bewegte. Ein Schatten zog über ihr Gesicht. Sie nickte, und beide gingen schweigend weiter durch die hereinbrechende Nacht.

30

»Du sagtest, du hättest noch einen Einfall«, sagte Charles.

Sie saßen einander gegenüber an dem überfüllten Küchentisch – Laptop, Bücher, eine Fotokopie der verschlüsselten Seite zwischen ihnen. Das Licht, das über ihnen hing, warf einen strahlenden Kreis auf sie herab. Ansonsten war der Raum düster: dunkle Nacht hinter den Jalousien und eine flackernde Leuchtstoffröhre, die leise über der Spüle brummte.

»Ich habe mich über Verschlüsselungen informiert«, sagte Silva.

»Ich auch. Nicht, dass es viel genützt hätte.«

»Wirklich? Dir ist gar nichts aufgefallen?«

»Also, die alphabetische Substitution war noch der letzte Stand der Technik. Natürlich nicht die einfache Buchstabenverschiebung, wie Caesar es praktiziert hat. Das haben wir ja versucht. Aber etwas, das verschiedene

Alphabete für ein einziges Wort verwendet, ein – wie hieß der Typ noch gleich?«

»Vigenère«, sagte sie. »Eine Vigenère-Chiffre. Sicher und relativ einfach zu verschlüsseln. Darauf würde auch ich tippen.«

»Nicht, dass uns das weiterhilft. Zum einen müssten wir uns mit den Zahlen und Symbolen auseinandersetzen. Außerdem kennen wir das Schlüsselwort nicht.«

»Immer positiv denken«, sagte Silva. Sie stützte die Ellbogen auf den Tisch und legte ihr Kinn auf die gefalteten Hände. »Nehmen wir mal an, der Text wurde wirklich von Caedmon Hollow geschrieben. Warum sollte er dann überhaupt einen Code verwenden?«

»Und an wen sollte er schreiben?«

»Ganz genau. Meistens kommuniziert man mit jemandem, der das Schlüsselwort bereits besitzt. Wenn das der Fall ist, haben wir ein Problem.«

»Ein Spezialist könnte den Code knacken«, sagte Charles.

»Aber das willst du nicht, oder?«

»Nein. Das Buch soll etwas Neues haben. Und ein verschlüsseltes Dokument – das könnte ein echter Aufhänger sein.«

»Vor allem, wenn er etwas Pikantes enthält.«

»Vor allem, ja«, sagte er. »Vorausgesetzt natürlich, es war Caedmon Hollow. Das Problem ist, dass wir keinen Anhaltspunkt haben. Und wenn wir einen hätten, wäre er zu tot, um uns den Schlüssel zu verraten.«

»Es sei denn, Hollow hat *uns* geschrieben«, sagte Silva.

»Das verstehe ich nicht.«

»Was, wenn es etwas gab, das er seinen Zeitgenossen nicht mitteilen wollte, etwas, das er bewahren wollte?«

»Das ist sehr unwahrscheinlich.«

»Vielleicht«, sagte Silva. »Aber ich habe über diese Zahlen nachgedacht. Wenn er für die Nachwelt schreibt – seine Kinder, die Kinder seiner Kinder, was auch immer –, dann braucht er doch eine Möglichkeit, das Schlüsselwort weiterzugeben, oder? Da könnten die Zahlen ins Spiel kommen. Aber ich kann mir nicht erklären, wie sie funktionieren.«

Charles hob die vergilbte Seite auf. »Eine Art von alphabetischer Korrespondenz?«

»Ich hab's versucht«, sagte sie. »Habe sogar verschiedene Möglichkeiten durchprobiert. Aber keine Ahnung, was ich mit Zahlen wie der 112 anfangen soll. Ganz zu schweigen von den Symbolen.«

»Sie erscheinen alle im zweiten Absatz, in diesen Zeilen, die durch Ellipsen voneinander getrennt sind«, sagte er. »Das ist mir vorhin schon aufgefallen. Das muss wichtig sein. Angenommen, jedes Ellipsenpaar bildet eine eigene Bedeutungseinheit – einen Satz –, dann müssten wir die Zahlen in jedem Satz unabhängig voneinander betrachten …«

»Und die Symbole?«

Charles studierte die Seite. »Hast du ein Notizbuch zur Hand?«

»Sicher«, sagte sie. Doch als sie aufstand, um es zu holen, klopfte jemand an die Tür.

»Hallo!« Eine weibliche Stimme.

»Lorna ist zu Hause«, sagte Silva. »Komm, dann lernst du meine Mutter kennen.«

Charles legte das Blatt zurück auf den Tisch und stand auf. Er folgte Silva ins Wohnzimmer. Als er Lorna sah, spürte er wieder dieses verrückte Gefühl, als würde der Boden unter seinen Füßen schwanken, als wäre die Zeit aus dem Takt geraten und hätte ihn in eine Vergangenheit zurückgeworfen, die er unwiederbringlich verloren geglaubt hatte. Wie hatte es Faulkner ausgedrückt? *Das Vergangene ist nicht tot; es ist nicht einmal vergangen.* Hier war also ein Blick in Erins Innenleben, das jenseits menschlicher Rettung in einer Vergangenheit gestrandet war, die für immer gegenwärtig war. Was wäre, wenn sie sich heute Abend zu ihnen gesellt hätte?, fragte er sich. Er hatte ihr gegenüber Lorna nicht erwähnt, geschweige denn ihre verblüffende Ähnlichkeit mit ihrer eigenen Tochter – er hatte es einfach nicht über sich gebracht. Er erkannte seine eigene Heuchelei: »Komm doch mit«, hatte er sie ermutigt und sich darauf verlassen, dass ihre emotionale Lähmung sie davon abhalten würde. Und warum? Aus der irrigen Vorstellung heraus, sie zu beschützen? Oder weil er Lorna und Silva für sich behalten wollte? Er konnte es nicht sagen. Aber er dachte an Syrah Nagle und schämte sich.

Schließlich fing er sich wieder. Er ging in die Hocke und begrüßte Lorna mit dem gestelzten Tonfall von jemandem, der nicht wusste, wie man mit einem Kind spricht, oder es vergessen hatte. Dann stand er lächelnd auf, um die Frau in der Tür zu begrüßen. Sie sah aus wie Silva drei Jahrzehnte später, groß und kantig, mit demselben breiten Mund und der geraden Nase, denselben haselnussbraunen Augen. Sie wurden einander vorgestellt: *Isla*, sagte sie, ihre Hand kühl in seiner. *Schön, Sie kennenzulernen. Silva sprach in den höchsten Tönen von Ihnen.*

»Dann war sie sehr nachsichtig«, sagte Charles.

»Ach ja?« Isla schien ihn einen Moment lang zu mustern. »Ich hatte gehofft, auch Ihre Frau kennenzulernen«, sagte sie.

»Sie konnte heute Abend nicht mitkommen. Es geht ihr nicht gut.«

»Ich verstehe. Bitte richten Sie ihr meine besten Wünsche für eine schnelle Genesung aus. Ich vertraue darauf, dass Sie sich beide bald an Ihr neues Zuhause gewöhnen.«

»Es ist alles ziemlich überwältigend«, sagte Charles. »Aber die Leute sind alle sehr freundlich.«

»Wunderbar.«

»Bleib doch auf einen Drink, Mum«, sagte Silva.

»Ein anderes Mal. Kümmert ihr euch um euer Rätsel. Macht ihr denn hoffentlich Fortschritte?«

»Das steht noch nicht fest«, sagte Silva. »Wir werden sehen.«

»Schön. Ich werde dann mal gehen. Es hat mich sehr gefreut, Mr Hayden.«

»Gleichfalls.«

Sie ging in die Knie, um sich von Lorna zu verabschieden, dann lächelte sie Charles noch einmal freundlich zu und wandte sich zum Gehen.

»So, meine Maus«, sagte Silva und zerzauste Lorna das Haar. »Für dich heißt es jetzt, ab ins Bad und dann ins Bett.«

»Aber Mum …«

»Ohne Wenn und Aber.« An Charles gewandt sagte

sie: »Kannst du dich ein paar Minuten allein vergnügen?«

»Sicher.«

»Notizbuch auf dem Tresen«, sagte sie. »Bier im Kühlschrank. Bedien dich.«

Genau das machte Charles. Das Bier war leicht zu finden, aber das versprochene Notizbuch erwies sich als etwas schwieriger. Er schlenderte auf der Suche danach den ganzen Küchentresen entlang und hielt inne, als sein Blick auf ein gerahmtes Schulfoto von Lorna stieß. Sie sah Lissa so ähnlich, dass es ihm einen Stich versetzte. Und dann war er da, ein Spiralblock, vergraben unter einem Stapel von Büchern über Mythologie. Campbell, Jung, Eliade – abgehalfterte Gelehrte, deren Ruf schon lange im Niedergang begriffen war. Doch ihre Ideen hatten ihn nicht losgelassen. Obwohl er sie seit dem College nicht mehr gelesen hatte, konnte sich Charles immer noch an einige ihrer Schlüsselsätze erinnern. Der Monomythos und das kollektive Unbewusste. Die ewige Wiederkehr. Was gewesen ist, ist, was war, wird sein: das Wunderbare, das überall ins Alltägliche übergeht.

Charles nahm ein abgenutztes Taschenbuch in die Hand, das reich illustriert war. Carl Jung, *Der Mensch und seine Symbole*. Während er es durchblätterte, stieß er auf das Bild einer Schlange, die sich in den Schwanz beißt: Ouroboros, die Midgardschlange, die sich ewig erneuernde Zeit. Nietzsche hatte es ewige Wiederkehr genannt, das kosmische Rad, das sich in seinem Lauf dreht. Was wir getan haben, werden wir wieder tun, immer wieder aufs Neue. Die eiserne Faust der Notwendigkeit hält uns alle gepackt. Amor Fati.

Der Gedanke war unerträglich.

Charles konnte nicht lernen, dieses Schicksal zu lieben. Er wollte die Geschichte, in die er hineingeschrieben worden war, nicht lesen.

Er legte das Buch weg. Nahm den Spiralblock in die Hand. Fischte einen Bleistift aus dem Durcheinander.

Am Tisch schlug er den Block auf einer sauberen Seite auf, nahm einen Schluck Porter und studierte die verschlüsselten Zeichen. Silva hatte recht. Der Schlüssel musste in den Zahlen liegen.

Das war kein Durchbruch, aber immerhin ein erster Hinweis.

Er schrieb drei der verschlüsselten Zeilen aus den fragmentierten Sätzen des zweiten Textblocks ab und notierte die Zahlen und Symbole jedes Satzes direkt darunter.

… pw2xa la-isl zgmvo11gm wi< dvql>
cdzw s-x+uu bciay dqyranyb16minlca …
2–11<> –+16

… xz2xbj-pz4waux6a< jr wcv>
zt xjlv5xkpgcvf-kp1gcv1f kpg2cvf …
2–46 <> 5–112

… gmcl3xjwhi tlc-ioiv3wvin2efa z av<a gy uzzeelu q
neo hk a>
omds dqyran-yb rmlo2xyqn kjl+rb meyn'u pj8vfz …
3–32<> –2+8

Charles nahm einen Schluck Bier. Er kratzte sich am Kopf. So geschrieben, ähnelten sie einer Gleichung ...

»Charles ...«

Er sah erschrocken auf.

Silva stand in der Tür, einen Arm über die Schulter ihrer Tochter gelegt. »Lorna hat eine Bitte.«

»Was denn?«

»Sag, Lorna.«

»Ich möchte, dass ...«, sie wandte sich ab und vergrub ihr Gesicht an der Hüfte ihrer Mutter.

»Lorna«, sagte Silva. »Du kannst ihn ruhig fragen. Er ist ein sehr netter Mann. Du bist sehr nett, nicht wahr, Charles?«

Charles hatte diesbezüglich seine Zweifel. Manchmal kam es ihm so vor, als hätte er in dieser Hinsicht nichts als Zweifel. Aber er zwang sich trotzdem zu einem Lächeln. »Das stimmt«, sagte er. »Ich bin sehr nett.«

Lorna warf ihm einen Blick zu und verbarg dann ihr Gesicht wieder. »Ich möchte, dass du mir eine Geschichte vorliest«, flüsterte sie.

Etwas löste sich in ihm. Er fühlte sich schwerelos, als würde er kilometerweit über dem Planeten schweben.

Er schluckte. »Sicher, das mache ich gerne«, sagte er.

»Ich hab's dir doch gesagt, du Dummerchen«, sagte Silva. »Also gut, komm mit.«

Lorna führte sie in ihr Kinderzimmer, ein Traum in Lila und Weiß. Die Lampen waren mit violetten Tüchern drapiert worden, die dem Licht einen kühlen, lavendelfarbenen Glanz verliehen. Es folgte ein Einmümmel-Ritual mit viel Gekicher und vielen Küssen. »Ein Buch«, sagte Silva. »Verstanden?«

»Drei.«

»Zwei«, sagte Charles, und damit war die Sache entschieden. Nach einem letzten Luftkuss und noch mehr Kichern überließ Silva die beiden sich selbst.

Charles hockte sich auf die Kante des Bettes. Mit viel Albernheit – »Kommen Sie, Mister«, sagte sie – zerrte Lorna ihn schließlich ganz ins Bett.

»Such dir ein Buch aus«, sagte er, und um das Unvermeidliche hinauszuzögern, wählte sie, wie Lissa es auch getan hätte, das längste der Bücher, die auf der Bettdecke aufgefächert waren. Diese Taktik hatte Charles früher geärgert, denn normalerweise beeilte er sich mit dem Geschichtenlesen, um sich wieder der Aufgabe zu widmen, die ihn sonst den ganzen Abend beschäftigt hatte. Das Benoten von Arbeiten oder die Vorbereitung auf den Unterricht. Lesen. Was auch immer. Jetzt hatte er Tränen in den Augen. Er hatte viel zu viele dieser kleinen Momente verstreichen lassen.

»Bist du traurig?«, fragte Lorna.

»Ein bisschen, vielleicht. Aber ich bin auch sehr glücklich«, sagte er, und er merkte, dass er es in diesem flüchtigen Moment wirklich war.

»Du bist lustig.«

»Bin ich das?«

»Man kann nicht gleichzeitig glücklich und traurig sein.«

Und ob man das kann, dachte er und sagte laut: »Okay, dann will ich glücklich sein.« Als ob man sich das aussuchen könnte. Als ob man sich Freud und Leid nach Lust und Laune aussuchen könnte.

Lorna kuschelte sich in seinen Arm. Sie roch nach

Seife und Shampoo. Sie roch nach einem kleinen Mädchen. Sie roch wie Lissa. »Lies«, sagte sie, während sie
sich noch enger ankuschelte. »Lies, lies.«

Also schlug Charles das Buch auf. »Es war einmal«,
sagte er.

31

Er hatte sich im Wald verirrt. In der Ferne hörte er Lissa
(Lorna?) weinen. Aber als er versuchte, zu ihr zu gehen,
entfernte sich ihre Stimme, immer tiefer in den Wald
hinein. Plötzlich fand er sich auf einer Lichtung im
Mondschein wieder. Er sah den Gehörnten König –
Cernunnos, dachte er –, halb verborgen in den Schatten der windgepeitschten Bäume. Charles konnte die
schneidende Stimme des Königs in seinem Schädel
widerhallen hören, ohne seine Worte zu verstehen. Ein
eisiges Grauen durchdrang ihn.

Dann spürte er eine sanfte Hand auf seiner Schulter
und erwachte.

Er öffnete die Augen.

Silva hielt einen Finger vor die Lippen.

»Komm schon«, flüsterte sie. Er stieg aus dem Bett,
und gemeinsam schlichen sie sich über das Minenfeld
aus Spielzeug, das Lorna auf dem abgenutzten Teppich
verteilt hatte. Silva knipste das Licht im Kinderzimmer
aus. Er folgte ihr durch den Flur ins Wohnzimmer.

»Wie spät ist es?«, fragte er und rieb sich die Augen.

»Fast zehn.«

»Ich muss gehen. Was ist passiert?«

»Du bist eingeschlafen. Zu viel Bier.«

Das kann man wohl sagen, dachte er. Als er Lorna die zweite Geschichte vorgelesen hatte, war das Mädchen eingeschlafen. Die Kleine hatte sich an ihn geschmiegt und ganz ruhig geatmet, und er hatte versucht, im gleichen Rhythmus mit zu atmen. Für einen Moment war die Wirklichkeit mit all ihrem Schmerz und aller Trauer verschwunden. Als ob Lorna seine eigene verlorene Tochter wäre. Ein Augenblick, ein seliger Augenblick.

Jetzt hatte er dumpfe Kopfschmerzen und einen pelzigen Geschmack im Mund.

»Kannst du noch ein bisschen bleiben?«, fragte Silva.

»Ein paar Minuten. Warum?«

»Ich zeige dir etwas.«

»Hast du ein Glas Wasser?«

»Natürlich.«

Er setzte sich an den Küchentisch, sie brachte ihm das Wasser – lauwarm; die Vorzüge von Eis hatten sie hier offenbar noch nicht entdeckt – und setzte sich neben ihn.

»Sieh dir das mal an«, sagte sie und zeigte auf ihr Notizbuch.

Sie hatte die Sätze, die Zahlen und Symbole enthielten – sechs an der Zahl – aufgeschrieben und die Zahlen in jeder Zeile markiert. »Achte auf die Xe«, sagte sie.

»Was meinst du?«, fragte Charles, und dann sah er es. Auf etwa die Hälfte der Zahlen folgte ein X, und wenn man die beiden Xe mitzählte, die durch Symbole eingeklammert waren, kam man auf …

Sechs Zeilen. Zwölf Xe. Zu symmetrisch, um zufällig zu sein.

»Es gibt also sechs Zeilen, die Zahlen enthalten«, fuhr Silva fort. »Wenn man die Zahlen und die Xe aus dem Text entfernt, erhält man« – sie blätterte um – »das hier«:

$$2x-11 <\ > -x + 16$$
$$2x-46 <> 5x-112$$
$$3x-32 <> -2x+8$$
$$-3x+11 <> x-9$$
$$-4\,x+78 <> -3x + 60$$
$$5x-103 <> 4x-84$$

»Und das sieht aus wie …«

»Gleichungen«, sagte er atemlos.

»Richtig. Wenn wir die Caret-Symbole durch Gleichheitszeichen ersetzen, bekommen wir genau das: Gleichungen.«

»Und was hast du dann gemacht?«

Sie blätterte weiter. Die nächsten drei Seiten waren voller Zahlen, in ihrer sauberen Handschrift.

»Ich habe die Gleichungen gelöst«, sagte sie.

Er sah sich die Zahlen noch einmal an und war beeindruckt. »Du hast sie *gelöst?*«

»Mathematik ist mir schon immer leichtgefallen.« Sie blätterte auf die nächste Seite. Sechs Zahlen hatte sie aufgeschrieben – die Lösungen, wie er vermutete:

$$9, 22, 8, 5, 18, 19$$

»Das habe ich mir auch gedacht.« Sie blätterte eine
weitere Seite um:

I, V, H, E, R, S

»Stell die Buchstaben um, und du hast …«
    »Shiver«, sagte Charles.
    »Richtig. Das habe ich als Schlüsselwort für unseren
Text verwendet, alles in ein Entschlüsselungstool ko-
piert, und heraus kam …«
    »Noch mehr Unsinn«, sagte er.
    Silva warf ihm einen Blick zu und drehte den Laptop
so, dass er ihn sehen konnte.
    »Woher wusstest du das?«, fragte sie.

32

»Das ist nicht wirklich ein Hollow-Wort, oder?«, sagte
Charles.
    »Was meinst du damit?«
    »Er hat nie das nächstbeste Wort benutzt, wenn es
auch ein weit komplizierteres gegeben hätte.« Er studierte die Buchstaben und bewegte sie in seinem Kopf
hin und her. Nicht »shiver«, sondern …
    »Erinnerst du dich an den Dachs?«, fragte er.
    »Wovon sprichst du?«
    »Ich spreche von *Im Nachtwald*. Der Hilfsbereite
Dachs, eine der Figuren, denen Laura im Nachtwald
begegnet …«

»Ich glaube, ich kann mich nicht an den Dachs erinnern. Aber was …?«

»Es ist nur eine Vermutung«, sagte Charles, nahm den Stift und schrieb dann zögernd ein Wort unter die verschlüsselten Buchstaben.

SHRIVE

»Was hat das mit einem Dachs zu tun?«, fragte Silva.

»Versuch's einfach«, sagte Charles.

»Okay.«

Sie griff zum Laptop, löschte SHIVER aus dem Textfeld für das Schlüsselwort und tippte SHRIVE ein. Sie klickte auf das Entschlüsselungssymbol.

Charles lehnte sich vor – sie lehnten sich gleichzeitig vor –, und in dem Moment, bevor der entschlüsselte Text auf dem Bildschirm erschien, war er sich plötzlich der Nähe ihres Gesichts zu seinem eigenen schmerzlich bewusst: das stetige Auf und Ab des Atems in ihrer Lunge, der Duft ihrer Haut. Zu nah, dachte er, und ein Bild von Syrah Nagle schoss ihm durch den Kopf.

Dann …

»Ich hab's«, flüsterte Silva.

Sie hatten es tatsächlich. Wörter – echte, verständliche Wörter – liefen über den Bildschirm.

Charles beugte sich weiter vor, um den Text zu lesen:

Das, was ich am meisten gefürchtet habe, wovon ich geträumt und dem ich so lange widerstanden habe, ist eingetreten. Mein Geist ist verwirrt. Ich habe meinen Durst so oft mit gestillt, dass ich die Realität nicht mehr von einer Phantasmagorie unterscheiden kann. Aber heute Morgen wachte ich auf und fand angetrocknete Erde an meinen Stiefeln und die folgenden Zeilen in mein Tagebuch gekritzelt. Ich habe sie hier verschlüsselt und zusammen mit dem Schlüssel aufbewahrt, in der Hoffnung, dass ein zukünftiger Leser in diesem unzusammenhängenden Widerhall Beweise für eine posthume Absolution finden möge, die ich selbst nicht sehen kann. Mehr will ich nicht sagen. Das Original habe ich aus Feigheit vernichtet, aber die Zeilen lauteten wie folgt:

… sprechen wir nicht von Feen und Elfen und ihren mitternächtlichen Gelagen … wie ein Bauer spät in der Nacht, den ich sah oder von dem ich träumte, dass ich ihn in stiller Mitternacht mit seinen großen zackigen Hörnern sah … Herne der Jäger … der König ist da, hörst du nicht die Worte, die er mir ins Ohr haucht … wenn Gänseblümchen und blaue Veilchen und Marienkäfer die Wiesen mit Wonne färben … hörst du sie nicht … so singt er auf jedem Baume Kuckuck … süßer Kuckuck im Sperlingsnest … hörst du nicht … in meines Lebensweges Mitte … abgeirrt vom rechten Wege … verderbt, ganz und gar verderbt … mein Herz erbebt vor Angst … ich will nicht davon sprechen … als ich mich fand in einem Nachtwald … einen Zehnt, ganz und gar verderbt … mein süßer kleiner Kuckucksvogel … der Tod könnte kaum bitterer sein … während über mir der Mond Gericht hält und näher an der Erde seine blasse Bahn zieht …

Das war alles. Ich bete nur, dass Mr De Quincey recht behält, wenn er behauptet, dass dieser feinen Tinktur, die so viele Nächte meinen unruhigen Geist besänftigt hat, auch das gelingt, was alle Düfte von Arabien zusammen

nicht vermögen: mir die Hoffnung meiner Jugend wieder-
geben, wenn auch nur für eine Nacht, und meine Hände
rein von Blut waschen.
CH 24. Juni 1843

»Der Text stammt von ihm«, sagte Charles.

Er lachte schockiert und ungläubig zugleich, triumphierend, und lehnte sich zurück, um Silva anzusehen.
Aber er konnte nicht still sitzen. Das Adrenalin hatte
seine alkoholbedingte Müdigkeit weggespült. Er stand
auf und ging im Zimmer umher, unfähig, seine Aufregung zu zügeln. Er musste sie aus seinen Knochen schüt-
teln, musste ihr eine Stimme geben. Das war es, wonach
er gesucht hatte, was er kaum zu hoffen gewagt hatte: ein
echter Aufhänger, mit dem er einen großen kommer-
ziellen Verlag auf sich aufmerksam machen würde, statt
irgendwo in einer akademischen Klitsche unter ferner
liefen zu erscheinen.

Ein echtes, wahrhaftiges Rätsel, ein Verbrechen und
ein Kryptogramm, eine nebulöse, geheime Geschichte.
Es war wie im Märchen. »Es stammt wirklich von ihm,
Silva«, sagte er. »Es muss. Das muss es unbedingt. Die
Initialen, das Datum, das Bild. Es passt alles zusam-
men.«

»Aber was ergibt sich daraus?«

»Keine Ahnung.« Und nach kurzem Nachdenken:
»Es ist eine Art Geständnis. Meinst du nicht? Er redet
von Absolution und blutigen Händen. Sogar das Schlüsselwort ...«

»Der Hilfsbereite Dachs«, sagte Silva und hob die
Augenbrauen.

»Richtig. Die Geschichte spielt in der Nacht der Beichte.«

»Hilf mir auf die Sprünge.«

»*Shrive* bedeutet, ein Geständnis ablegen, beichten. Das erklärt Laura der Hilfsbereite Dachs. Es war einmal vor langer Zeit, als das Volk den Herrn des Waldes an den tyrannischen Gehörnten König verriet. Am Jahrestag ihres Verrats versammeln sie sich im ganzen Wald, um rituell ihre Sünde zu beichten.« Charles hielt inne und drehte sich zu ihr um. »Ist dir klar, was das bedeutet, Silva? Hier steckt echtes Potenzial drin. Ich meine, das ist ein ganz großes Ding.«

Und jetzt lachte sie auch noch. Über ihn, vermutete er, aber nicht unfreundlich. »Übertreib's nicht.«

»Nein, das tue ich nicht. Das ist wirklich Wahnsinn – auch für dich. Für die historische Gesellschaft. Wenn das wirklich ein Geständnis ist …« Er brach ab. »Das ist es doch, oder? Was sollte es sonst sein?«

»Charles …«

»Nein, ich mein's ernst. Was könnte es sonst sein?«

»Okay, nehmen wir an, du hast recht. Rein hypothetisch, okay? Es gibt immer noch so viel, was wir nicht verstehen. Er hält sich für schuldig, sagt aber nicht, warum.«

»Mord«, sagte Charles. »Der Teil über die Düfte von Arabien – verstehst du?«

»Was ist damit?«

»Es ist eine Anspielung auf *Macbeth*. Lady Macbeth sagt, dass alle Düfte Arabiens den Gestank von Duncans Blut nicht von ihren Händen waschen können.«

»Okay«, sagte Silva und beugte sich über den Bildschirm, um das Kryptogramm erneut zu lesen. »Aber er sagt auch, dass er nicht zwischen Fantasie und Realität unterscheiden kann«, sagte sie. »Wenn das der Fall ist, dann könnte das gesamte Geständnis, in Ermangelung eines besseren Wortes, das Produkt einer Wahnvorstellung sein. Oder sogar ein früher Impuls zur Fiktion.« Sie hielt inne. »Was ist Nepenthes?«

»Eine Droge«, sagte Charles. »Das ist eher eine allgemeine literarische Formulierung. Mussten Sie jemals *Der Rabe* auswendig lernen?«

»*Der Rabe?*«

»Edgar Allan Poe. Dieses fürchterliche Gedicht, das ich in der Highschool auswendig lernen musste. Das ist wohl eine amerikanische Spezialität. Soll ich es vortragen?«

»Nicht, wenn es fürchterlich ist.«

»Dann zitiere ich wenigstens die entsprechende Zeile«, sagte er. »Der Sprecher des Gedichts trauert um seine Geliebte, Lenore. Und an einer Stelle sagt er: ›Dankbar schlürf', o schlürf' Nepenthes, nie gedenk Lenorens mehr!‹«

»Schlürf? Er benutzt tatsächlich das Wort ›schlürf‹?«

»Schlürf«, sagte Charles und fügte mit düsterer Stimme hinzu: »Sprach der Rabe: ›Nimmermehr!‹«

»Aber offensichtlich hat Caedmon Hollow davon gesprochen, etwas Echtes zu trinken.«

»Ja, im letzten Absatz spielt er auf De Quincey an. Er muss die *Bekenntnisse eines englischen Opiumessers* meinen, oder?«

»Laudanum?«

»Das denke ich auch.« Er nahm neben ihr Platz und

scrollte erneut durch die Passage. De Quincey, *Macbeth*. Der Text war voll von Anspielungen. »Im zweiten Absatz gibt es einen Verweis auf *Die Göttliche Komödie*«, sagte er. »Der erste Gesang des *Inferno*: ›Es war in unseres Lebensweges Mitte, als ich mich fand in einem dunklen Walde, denn abgeirrt war ich vom rechten Wege.‹«

»Nur hat er ›dunkler Wald‹ mit ›Nachtwald‹ übersetzt.«

»Genau. Hat er wirklich, sechs Jahre bevor er das Buch geschrieben hat, bereits darüber nachgedacht?«

»Vielleicht«, sagte sie. »Vielleicht hat da alles seinen Anfang genommen. 1843 ist ein entscheidendes Jahr – im Juni diese Beichte, oder was auch immer es ist, und Ende August brannte Hollow House nieder. Außerdem soll er das Feuer selbst gelegt haben.«

»Jetzt bin ich völlig verwirrt«, sagte Charles.

»Geht mir genauso. Ich hatte gehofft, dass die Lösung dieses Dings Antworten liefern könnte.«

»Ich auch. Stattdessen wird alles nur noch undurchsichtiger.« Charles schaute auf seine Uhr. Es war fast Mitternacht. Er hätte sich bei Erin melden sollen. Vermutlich konnte er das immer noch tun, aber sie war bestimmt schon im Bett, und er wollte sie nicht wecken. »Ich hätte schon vor Stunden zu Hause sein sollen. Ich sollte mich allmählich auf den Weg machen. Kannst du mir eine Kopie hiervon ausdrucken?«, bat er.

»Natürlich«, sagte sie, und während sie sich dem Computer zuwandte, ging Charles wieder auf und ab. Silvas Zurückhaltung war unberechtigt, dachte er. Das Kryptogramm war der Anfang von etwas, oder vielleicht war es die Mitte, der Wendepunkt in einer großen

Geschichte, die seit fast anderthalb Jahrhunderten im Verborgenen geschlummert hatte: eine Geschichte, die er schreiben sollte, eine Geschichte, in die er sich selbst hineinschreiben musste.

Er war so lange gefangen gewesen. Nun hatte sich eine Tür geöffnet, oder ein Fenster.

33

Silva begleitete ihn nach unten durch das dunkle Museum.

Draußen hatte sich die Luft abgekühlt. Alles schien zu schlafen. Ein Windhauch strich über die Hauptstraße und berührte sein Gesicht, als er auf der Treppe stand. Am wolkenlosen Himmel funkelten die Sterne.

Charles musste gehen. Er dachte an das weiße Kaninchen, das seine Uhr aus der Westentasche zog und sagte: »*O seht, o seht! Ich komme viel zu spät!* Aber er war schon längst zu spät dran. Trotzdem blieb er noch einen Moment stehen, und Silva stand ihm gegenüber, nur die Türschwelle trennte sie. Kurz kam ihm eine flüchtige Erinnerung an Syrah Nagle in den Sinn kam – der Geschmack ihrer Lippen auf den seinen, ihr weißer Körper –, aber er wischte sie schnell wieder beiseite. Stattdessen verabschiedete er sich. »Ich danke dir für alles, Silva.«

»Du musst mir nicht danken.«

»Doch. Es ist deine Entdeckung. Außerdem« – er lächelte – »hast du das Rechnen übernommen. Ich war schon immer lausig in Mathematik.«

»Gern geschehen. Falls nötig, rechne ich noch mal alles nach.«

»Abgemacht.« Wieder geisterte ihm Syrah durch den Kopf. Was sollte er jetzt sagen? Er wusste es nicht. Er wusste nur, dass Silva ihn vor einer schrecklichen Versuchung bewahrt hatte. Sie hatte ihn vor sich selbst gerettet. »Gute Nacht, Charles«, sagte sie leise.

»Gute Nacht.« Er drehte sich um und ging.

Als er das Hoftor erreichte – seine Hand lag schon auf dem Riegel –, hörte er sie noch einmal. »Charles.« Er drehte sich um und sah sie an. Sie war hinaus in die Nacht getreten. »Ich wollte vorhin sagen, dass ich dir auch noch etwas schuldig bin.«

»Wofür?«

»Du warst heute Abend sehr nett zu Lorna.«

»Ich habe ihr Geschichten vorgelesen. Das war doch nichts Besonderes.«

»Aber ich glaube, das hat sie gebraucht – eine männliche Stimme. Ich schätze, das klingt seltsam. Aber es war schwer für sie, die Sache mit ihrem Vater, wie er sich in letzter Zeit von ihr ferngehalten hat. Und dann das Verschwinden von Mary. Sie hat Angst.«

»Für dich ist es auch schwer, kann ich mir vorstellen.«

»Alles, was für Lorna hart ist, ist auch für mich hart.«

Ich weiß, dachte er. Ich weiß, ich weiß. Und er spürte, wie sich ein gähnender Abgrund unter ihm auftat. Der Verlust von Lissa, die Leere in seiner Seele. Wie sehr er für sie gelitten hatte. Ein aufgeschürftes Knie, ein schlechter Tag in der Schule, ein tyrannischer Lehrer – jede ihrer kleinen Sorgen hatte er wie tödliche Wunden empfunden. Harte Lektionen: das erbarmungslose

Schicksal. Liebe, Hoffnung, Freude – alles war ihm Stück für Stück genommen worden. In gewisser Weise hatte er schon vorher geahnt, wie hart das Leben sein kann, aber eher abstrakt – bis Lissa starb. Kinder sollten ihre Eltern überleben. Aber das war nur Wunschdenken. Dafür gab es keine Garantie, es gab nur Zufall oder Schicksal, auch wenn beides am Ende vielleicht auf dasselbe hinauslief.

Wer wusste das schon?

Zögernd sagte er: »Wenn ich etwas tun kann ...«

»Du hast schon viel getan. Ich wollte, dass du das weißt.«

Er nickte und öffnete das Tor. Auf dem Gehweg drehte er sich noch einmal um. »Wusstest du, dass Cillian eng mit dem Anwesen verbunden ist?«

»Verbunden?«

»Seine Stellung ist testamentarisch verfügt.«

»Wer hat das verfügt?«

»Das ist unklar. Offenbar reicht die Verfügung einige Generationen zurück.«

»Woher weißt du das?«

»Ich habe Ann Merrow gefragt.«

»Du wolltest ihn doch feuern.«

»Sein Alkoholkonsum macht mir Sorgen.«

»Das geht uns allen so, Charles.« Sie kam zu ihm in den Hof. »Aber das darfst du nicht tun. Das würde ihn zerstören.«

»Nun, er wird seine Stellung nicht verlieren, selbst wenn ich es wollte. Ich habe ihn gefragt, was ich tun kann, um ihm zu helfen, aber ...« Charles zuckte mit den Schultern.

»Nein, das würde ihm nicht gefallen. Dafür ist er zu stolz.«

Silva kam zum Tor. »Charles«, sagte sie, »du musst Geduld mit ihm haben. Er macht gerade einiges durch. Ich weiß nicht, was es ist, aber ich weiß, dass er ein guter Mensch ist. Es wird vorübergehen.«

»Liegt dir noch etwas an ihm?«

Die Frage sprudelte aus ihm heraus, bevor er nachdenken konnte. Er wusste, dass er eine unsichtbare Grenze überschritten hatte. Das konnte er an ihrem Gesicht ablesen. Ihr Blick wirkte mit einem Schlag undurchdringlich und verschlossen. Es war, als ob man zusah, wie ein Vorhang heruntergelassen wurde.

»Er ist der Vater meines Kindes, Charles.«

»Natürlich«, sagte er. »Das war … Es tut mir leid. Es geht mich ja auch nichts an.« Er seufzte. »Ich hätte das nicht fragen dürfen.«

»Schließen Sie ihn nicht aus. Das wäre genauso schlimm, wie ihn zu feuern. Er braucht jetzt etwas, an dem er sich festhalten kann.«

»Ich verstehe.« Er zögerte kurz. »Ich muss jetzt wirklich gehen, Silva.«

»Gute Nacht, Charles.«

»Gute Nacht.« Er zögerte noch einen Herzschlag länger, weil er spürte, dass zwischen ihnen noch etwas ungeklärt war. Aber was es war, konnte er nicht sagen. Also nickte er und wandte sich ab. Er ging zu seinem Auto, das immer noch am anderen Ende des Dorfes auf dem leeren Parkplatz vor dem Pub stand. Er spürte, dass sie ihn beobachtete, während er die Straße entlangging. Er konnte ihren Blick zwischen seinen Schul-

terblättern spüren. Aber vielleicht bildete er sich das
auch nur ein. Als er sein Auto erreicht hatte und zurück-
schaute, war die Hauptstraße menschenleer. Er war
allein.

Charles schloss die Autotür auf und setzte sich hinter
das Lenkrad. Im Schein der Innenbeleuchtung studierte
er noch einmal das rätselhafte Geständnis: *Ich kann die
Realität nicht mehr von einer Phantasmagorie unterscheiden.* Er dachte an die gehörnte Gestalt. Was war mit ihm
geschehen? Konnte er noch zwischen Einbildung und
Wirklichkeit unterscheiden? Hatte die Trauer seine
Sinne verwirrt?

Vielleicht war an dem Poe-Gedicht ja doch etwas
dran. Hatte nicht auch er versucht, Trost in einem alten
Buch zu finden? Und war nicht auch er gescheitert?
Vielleicht war er am Ende gar nicht so anders als Erin.
Durch Lissas Tod waren sie beide in einen finsteren Ker-
ker gestürzt. Wann würde seine Seele aus dieser Finster-
nis befreit werden?

Sprach der Rabe: Nimmermehr.

34

»Es ist spät, Charles.«

Ihre Stimme überraschte ihn, als er die Tür hinter sich
zuzog. Er legte seine Schlüssel auf den Tisch.

»Erin?«

»Im Arbeitszimmer«, sagte sie.

Als er den Raum betrat, schaltete sie eine Lampe an.

Eine Schar schelmischer Gesichter zog sich murmelnd in das Blattwerk zurück, das jede Holzoberfläche zierte.

Von einem Stuhl am kalten Kamin aus begegnete sie seinem Blick.

Sie hatte getrunken. Charles hätte es gewusst, auch wenn er das Weinglas und die halb leere Flasche neben ihr nicht gesehen hätte. Er hätte es an ihrer Stimme gehört, an der kaum wahrnehmbaren Art, wie ihre Zunge über ihre Zischlaute glitt. Er hätte es in dem glasigen Glanz ihrer Augen gesehen. Ja. Alkohol, aber nicht nur, nahm er an. Er fragte sich, was sie genommen hatte, und wie viel. Er fragte sich, ob sie sich dessen überhaupt bewusst war.

»Warum sitzt du hier im Dunkeln?«, fragte er.

»Ich warte auf dich. Komm rein. Setz dich. Wir sollten reden.«

»Wir sollten ins Bett gehen. Wir können morgen früh reden.« Wenn du nüchtern bist, fügte er nicht hinzu. Wenn du nicht lauter Sachen sagst, die keiner von uns beiden hören will.

»Ich habe dich früher zurückerwartet.«

»Ich weiß«, sagte er. »Ich hätte anrufen sollen. Die Zeit ist wie im Flug vergangen. Wir waren total in den verschlüsselten Text versunken.«

»Habt ihr es also gelöst?«

»Ja.«

»Du und – wie heißt sie?«

»Silva.«

»Du und Silva.« Sie nickte. »Darf ich es sehen?«

Charles zog die Kopie aus seiner Gesäßtasche hervor und ging damit quer durch den Raum zu ihr. Während sie den Text las, stand er am Fenster und war sich nicht sicher, was er zu sehen hoffte. Jedenfalls war da nichts. Die Lampe übertünchte die Nacht. Sein eigenes Spiegelbild starrte ihn an, hager und hohläugig, unergründlich.

»Was bedeutet das?«, fragte sie.

Er wandte sich um. »Ich weiß es auch nicht genau, aber ich glaube, es ist ein Geständnis.«

»Und was wird gestanden?«

»Mord«, sagte er, »wenn man das glauben kann.«

»Ganz und gar verderbt«, sagte sie.

»Wie bitte?«

»Ganz und gar verderbt. So steht es hier.« Sie blickte auf den Ausdruck. »Ein ganz und gar verderbter Mord. Ist das nicht der Text?«

»Doch, doch. Das ist Shakespeare«, sagte er und fragte sich, wie er das übersehen konnte. Mord, verderbt und unnatürlich. So etwas in der Art. »Es geht um Hamlets Vater«, fügte er hinzu. »Der Geist auf dem Wall von Elsinore.«

»Und das andere Wort? Zehnt? Ist das auch Shakespeare?«

»Ich glaube nicht.«

»Was bedeutet das?«

»Weiß ich noch nicht.«

»Na gut.« Sie wedelte mit der Seite und legte sie vor sich auf den Tisch. »Ich schätze, das ist es, worauf du so lange gehofft hast.«

»Mehr, als ich mir erhofft hatte. Wenn es sich bewahrheitet.«

»Wir sollten feiern.«

»Es ist schon spät«, sagte er. »Wir können morgen feiern.«

»Es ist nie zu spät, einen Erfolg zu feiern, Charles. Auf dich und Silva«, sagte sie und hob ihr Glas. »Auf die triumphalen Gelehrten.«

Und dann ging das Licht aus.

35

Erins Toast hing wie eine Drohung zwischen ihnen.

»Erin«, sagte er.

»Ich bin hier«, sagte sie, ein unbewusstes Echo der Worte, die er vor vielen Jahren oft gesagt hatte, als sie zusammengerollt in einem schmalen Doppelbett gelegen hatten, in ihrer kleinen Studentenwohnung. Auch damals war es dunkel gewesen, und in der Dunkelheit hatte sie zum ersten Mal außerhalb einer Therapiepraxis (die Therapie hatte damals nichts genützt) über den Tod ihrer Eltern gesprochen. Damals hatte es sie amüsiert, wie er herumstolperte und seine Brille immer wieder auf den Nasenrücken rutschte. Später in ihrer Beziehung tröstete er sie, und von da an glitten sie zusammen in die Vertrautheit einer guten Ehe – nicht ohne Flauten und Krisen, aber mit festem Boden unter den Füßen.

Jetzt, da diese Worte über die vielen Jahre hinweg in ihr nachzuhallen schienen, war es ihr, als würde Charles sie in eine noch tiefere Dunkelheit tauchen, in eine tiefe Seelenschwärze.

Sie hörte, wie Charles nach einem Schalter tastete. »Es

liegt nicht an der Glühbirne«, sagte er. »Die hier ist auch kaputt.«

Einen Moment später wurde es im Zimmer etwas heller. Sein Handy.

»Ich glaube, in der Küche sind ein paar Kerzen«, sagte sie.

»In Ordnung. Ich bin gleich wieder da. Kommst du zurecht?«

Als ob sie Angst vor der Dunkelheit hätte. Als ob sie nicht ganz andere Dinge zu fürchten hätte. »Mir geht es gut, Charles.«

Wie ein Schatten unter Schatten bahnte er sich seinen Weg ins Foyer. In ihrer Vorstellung begleitete sie ihn: die breite Diele entlang, das Esszimmer auf der einen Seite, das Frühstückszimmer auf der anderen, und von dort ins Reich der Vermutungen. In der Küche würde er in Schubladen und Schränken nach Kerzen suchen, die dort sein könnten oder auch nicht.

Er war lange weg, zumindest kam es ihr lange vor. Plötzlich schien ihr ein grelles Licht in die Augen. Erin zuckte zusammen und war für einen Moment blind. »Erfolg«, verkündete Charles an der Tür. »Ich habe sogar eine Taschenlampe gefunden.«

»Musst du mir mitten ins Gesicht leuchten?«

»Tut mir leid.« Der Strahl wanderte weiter durch das Zimmer, zauberte Schatten auf die Wände. Hinterhältige Fratzen schienen sie anzustarren.

»Voilá«, sagte er und stellte eine Reihe von Kerzen auf. Das Feuerzeug flackerte, als er sie anzündete, eins, zwei, drei.

»Wo ist der Sicherungskasten?«, fragte sie.

»Ich habe keine Ahnung. Ein Gebäude dieser Größe könnte drei oder vier davon haben. Ich schätze, ich muss Harris aufwecken.«

»Das kann bis morgen warten.«

»Ich möchte morgen nicht mit kaltem Wasser duschen. Außerdem, wer weiß, wo Harris sich morgen rumtreibt. Ich hoffe nur, er ist nüchtern. Soll ich dich noch auf dein Zimmer bringen, bevor ich gehe?«

»Ich komme schon zurecht. Ich warte auf dich.«

»Es könnte eine Weile dauern.«

»Kein Problem.«

»Bis später.«

Sie ließ sie zwischen den Kerzenflammen zurück, wie die Dame von Shalott. Erins Augen tränten, ob wegen der Kerzen oder wegen ihrer Angst, konnte sie nicht sagen. Aber sie hatte tatsächlich Angst – nicht vor der Dunkelheit und nicht vor dem alten Haus, das um sie herum knarrte wie ein hölzernes Schiff unter Last, sondern vor Charles und dieser Frau, dieser Silva. Angst um ihre gescheiterte Ehe. Angst vor den Gespenstern in ihrem eigenen Herzen. Sie fühlte sich schwindelig von Wein, Drogen und Verlustängsten.

Erin griff nach ihrem Weinglas. Und trank.

Ihr Trinkspruch von eben – sie hatte ihn in dem Moment bereut, in dem sie ihn ausgesprochen hatte – ging ihr durch den Kopf. War sie eifersüchtig? Vielleicht. Verbittert wäre vielleicht ein besserer Ausdruck. Verärgert darüber, dass Charles nicht daran gedacht hatte, dass seine Partnerschaft mit Silva sie an Syrah Nagle erinnern könnte (und das tat es), oder, schlimmer noch, dass es ihm vielleicht auch völlig egal war. Er hatte sie zweimal eingeladen, ihn nach Yarrow zu begleiten. Hatte er sie nicht mit Silva bekannt machen wollen? Aber hatte das etwas zu bedeuten? Erin konnte sich nicht entscheiden. Sie war mit Syrah befreundet gewesen, aber das hatte nichts verhindert. Es hatte alles nur noch schmerzhafter gemacht. Und dann war der größte Schmerz über sie hereingebrochen: Lissa. Sie konnte sich noch an die Schreie von Charles erinnern. Und an das Wasser, in dem das Blut ihrer Tochter floss.

Genug. Ihr Therapeut hatte ihr gesagt, sie solle nicht so viel grübeln.

Sie beschloss, dass sie versuchen würde, sich mit Charles zu versöhnen, dass sie versuchen würde, ihm zu verzeihen, und wusste, dass sie versagen würde, dass sie bereits versagt hatte. Sie trank den Wein – er rann bitter ihre Kehle hinunter – und schenkte sich ein weiteres Glas ein. Mittlerweile dachte sie fast den ganzen Tag über an Alkohol. Schon beim Aufwachen freute sie sich auf das erste Glas Wein des Tages. Sie mochte, wie er die Wirkung der Medikamente verstärkte, wie er den Zwang abschwächte (aber leider nicht auslöschte), die schrecklichen Bilder zu Papier zu bringen, die in letzter Zeit immer mehr von ihr Besitz ergriffen hatten. Und obwohl es ihr normalerweise gelang, bis nach dem Abendessen mit dem Wein zu warten (sie trank nicht gerne vor Mrs Ramsden), machte die bloße Vorfreude auf den Abendtrunk den Tag ein wenig erträglicher. War es bei ihren Eltern auch so gewesen, dieses ständige Verlangen, das schlechte Gewissen? Lag es in ihren Genen? Langsam war sie davon überzeugt. Sie hasste diese Schwäche an sich. Jeden Morgen nahm sie sich vor,

ihren Drang zu unterdrücken, und jeden Abend schei-
terte sie.

Sie stand auf, benommen, alles schien sich um sie zu
drehen. Sie berührte den Beistelltisch, um sich zu beruhigen, und taumelte im Kerzenlicht zum Fenster. Charles
ging gerade über die Wiese. Sie beobachtete, wie er sich
dem dunklen Cottage von Harris näherte. Der Strahl
seiner Taschenlampe schwankte bei jedem Schritt, nicht
viel mehr als ein Funken unter dem Sternenhimmel.
War es das also? Würde sie mit Charles alles verlieren?

Sie dachte an Lissa, wie sie im Supermarkt einen Gang
mit Obstkonserven entlangging oder an der Bushaltestelle auf sie wartete oder in der Tür eines schrecklichen
Hotels stand. Meistens aber dachte sie an das Kind im
Wald, das sie vom Rand der schmalen, gewundenen
Straße aus anstarrte. Weg, alles weg. Und so wandte sie
ihren Blick von Charles ab – er hatte das Cottage fast
erreicht – und schaute über den Vorhof und die Mauer,
dann über den Weidegraben, bis zum Wall.

Dort war Lissa.

Sie stand oben auf dem Wall, das weiße Kleid, in dem
sie begraben worden war, hing an ihrem Körper herunter. Erin unterdrückte einen Schrei. Sie biss sich so fest
auf den Knöchel, dass der Schmerz sie grell durchzuckte.

Doch die Erscheinung war immer noch da.

Erin drückte sich näher an die Fensterscheibe. Ihr
Atem beschlug das Glas. Lissa war immer noch da. Erin
schien es, als würde ein hagerer, gehörnter Schatten über
Lissa auftauchen. Wie eine tödliche Gefahr. Erin stellte
sich vor, wie sie in die Dunkelheit hinausstolperte, wie
sie ihre verlorene Tochter in die Arme nehmen und den

bedrohlichen Schatten zurück in den verfluchten Wald treiben würde.

Plötzlich erhob sich ein starker Wind und peitschte die Bäume des Eorl-Waldes. Er fuhr durch Lissas Kleid und zauste ihr blondes Haar. Im nächsten Augenblick schien die Gestalt zu zerreißen. Einen Herzschlag lang verharrte der hagere, gehörnte Schatten. Dann wehte auch er davon.

Draußen war nur Dunkelheit. Draußen war die Nacht.

36

Charles sah nichts als den gelben Strahl der Taschenlampe, der die Grasbüschel zu seinen Füßen beleuchtete. Jetzt, da der Adrenalinstoß durch das Lösen des verschlüsselten Textes nachgelassen hatte, hatte sich die Müdigkeit verdoppelt. Die ersten schwachen Anzeichen von Kopfschmerzen hatten sich hinter seiner Stirn bemerkbar gemacht. Und obwohl er den Atem des Windes in seinem Nacken spürte, sah er nicht auf. Er sah nicht, was auf der Mauer stand, wenn dort überhaupt etwas gestanden hatte.

Stattdessen grübelte er über Erins Toast nach. Er hätte früher nach Hause kommen sollen, hätte zumindest anrufen sollen, hätte vor allem vorhersehen sollen, wie seine Zusammenarbeit mit Silva – zu Recht – Erins Erinnerungen an Syrah und die darauf folgende Katastrophe auslösen würde. Hätte, hätte, hätte. Manchmal schien es, als sei sein Leben eine einzige lange Abfolge von »Hätte«: wie er hätte handeln und was er hätte realisieren sollen, was er hätte spüren sollen, was er im Herzen hätte fühlen sollen – eine Nachlässigkeit, die nicht in den großspurigen Illusionen des Narzissmus wurzelt, sondern auf dem Boden der schlichten Fürsorge.

Er war ein Bücherwurm. Er dachte mehr über Gedichte nach als über Menschen. Liebte er Erin? Ja, er liebte sie. Hoffte er, dass sich alles wieder einrenken würde? Das tat er. Auf jeden Fall. Aber selbst in dieser Entschlossenheit spürte er den Geist einer egoistischen Neigung. Fürchtete er nicht auch, dass er sonst keinen Zugang mehr zu den verbliebenen Spuren von Caedmon Hollow haben würde? Dem opiumsüchtigen Caedmon Hollow, der von einem noch nicht aufgedeckten Verbrechen heimgesucht wurde, während er seine schreckliche Vision Wirklichkeit werden ließ? Ja. Und noch tiefer, wo unsere wahren Beweggründe liegen, unzensiert und vielleicht unbewusst, war Lissa: Ihr Tod verband ihn mit Erin in einem gordischen Gewirr aus Trauer, Erinnerung und Bedauern. Charles war dazu übergegangen, seine Schuld zu lieben; er nährte sie in den geheimsten Kammern seines Herzens.

Er blickte hinauf in den milchigen Sternenhimmel. Bevor er nach Hollow House gezogen war, hatte er die Dunkelheit nicht wirklich gekannt, so weit weg von dem ewigen Lichtschein, der dort herrscht, wo sich die Menschen wie ihre alten Vorfahren an ein Feuer kauern, um der Nacht zu trotzen. Jetzt spürte er den riesigen Schlund des Universums über sich und wusste, dass die Welt fremder und furchterregender war, als er sich je hätte vorstellen können.

Er klopfte an Harris' Tür.

Wartete. Klopfte wieder.

Immer noch keine Antwort.

»Mr Harris!« Diesmal hämmerte Charles fester. Die Tür, die anscheinend nicht verriegelt war, schwang von der Wucht des Schlags auf. Unbehagen flackerte in ihm auf, wie ein Blitz am fernen Horizont der Gedanken. Wenn Harris nicht zu Hause war, wo war er dann? Und warum hatte er sich nicht die Mühe gemacht, die Tür abzuschließen? Dann kam ihm die Antwort ganz von allein: Er war im Wald, natürlich. Auch Charles hatte diesen mitternächtlichen Ruf gespürt.

Und dennoch …

»Mr Harris!«

Charles zögerte, uralte Konventionen hallten in seinem Kopf wider, und dann trat er trotz dieser Verbote – und trotz der beherrschten Gewalt, die Harris an jenem Abend im Pub ausgestrahlt hatte – ein.

Der Geruch von Whisky und seltsamerweise auch von Klebstoff schlug ihm entgegen, als er durch den Flur in das dahinterliegende Wohnzimmer ging. Der flackernde Strahl der Taschenlampe erhellte Teile der dunklen Möbel, das gleiche Motiv von Blättern und Ranken und listigen Gesichtern wie im Haupthaus.

Ein halb gegessenes Sandwich schmolz auf einem Teller, eine Flasche Whisky stand offen daneben. Und der Couchtisch …

Charles richtete die Taschenlampe dorthin. Der Couchtisch sah aus wie die Basis für ein Kinderkunstprojekt: ein offenes Glas Kleister, ein Stapel Zeitschriften, eine Schere mit blauen Klingen. Er ging einen

Schritt tiefer in den Raum, ließ das Licht in einem weiten Bogen über die gegenüberliegende Wand gleiten und holte scharf Luft. Dort hing ein Wandteppich, und obwohl er fadenscheinig und verblasst war, war das gewebte Motiv deutlich zu erkennen: Cernunnos, der Gehörnte Gott oder König, saß auf einem sich aufbäumenden weißen Hengst. Sein gewaltiges Geweih rekelte sich in die skelettartigen Bäume, die sich über ihm auftürmten, sodass es unmöglich war zu bestimmen, wo die Hörner aufhörten und die Äste begannen. Die grausamen, gelben Augen des Ungetüms blitzten aus einem Gesicht aus stilisierten Eichenblättern hervor, und ein langer Umhang wehte hinter ihm her. In der einen Hand schwang er ein Schwert. Mit der anderen …

Plötzlich wurde es um Charles herum hell.

Erschrocken drehte er sich zur Tür und schirmte die Augen ab. Er machte einen Schritt rückwärts, seine Füße verhedderten sich, und dann ging er zu Boden. Er streckte eine Hand aus, um sich abzufangen – die Taschenlampe flog ihm aus der Hand –, und knallte mit dem Kopf gegen die Kante des Couchtisches. Einen Moment lang war alles schwarz. Und als er stöhnend die Augen öffnete, stand Cillian Harris über ihm, mit seinem hageren Gesicht und dem gequälten Ausdruck darin. Er sah selbst verblüfft aus, mit glasigen Augen und unrasiert, als wäre er gerade aus dem Schlaf hochgeschreckt. Er hob die Hände und ballte sie zu Fäusten. Charles befürchtete kurz, dass der Mann ihn schlagen könnte.

»Mr Harris!«, sagte er scharf.

Harris' Augen klärten sich. Er schüttelte den Kopf.

»Was machen Sie hier, Mr Hayden?«, sagte er. »Sie haben mir einen Riesenschrecken eingejagt.«

Charles setzte sich auf, unfähig zu antworten. Alles drehte sich, schien leicht unscharf zu sein. Eine Welle der Übelkeit überrollte ihn. Und die aufkommenden Kopfschmerzen waren zu einem wütenden Pochen angewachsen, das von einem Punkt an der Rückseite seines Schädels ausging. Vorsichtig tastete er die Stelle ab, was eine weitere Welle der Übelkeit auslöste. Er schwitzte. Er schluckte Galle. Gott, ihm wurde schlecht.

Charles kam wankend auf die Füße.

»Alles in Ordnung?«, fragte Harris.

Ohne zu antworten – er konnte nicht antworten –, stolperte Charles an dem Mann vorbei, durch den Flur und in die Nacht hinaus. Er ging in die Knie und holte tief Luft, weil er dachte, dass ihm das vielleicht guttun würde. Und dann kam alles wieder hoch, Dark Mild und Taddy Porter, Würstchen und Kartoffelbrei, einmal, zweimal, dreimal. Als er fertig war – das Ganze schien unangemessen lange zu dauern –, rappelte er sich auf, taumelte ein paar Meter weit und setzte sich dann ins kühle Gras, den Kopf zwischen die hochgezogenen Knie gesenkt.

Harris war ihm nach draußen gefolgt. »Geht es Ihnen gut?«, fragte er.

»Es ging mir schon mal besser.«

Harris lachte vergnügt. »Ja, Mr Hayden, mir auch. Mir auch.«

Charles schnaubte. Er spuckte aus, wischte sich mit dem Zipfel seines Hemdes den Mund ab und berührte erneut seinen Hinterkopf, was ihn zusammenzucken ließ. Dort war bereits ein Knoten aufgegangen.

Harris ließ sich neben ihm nieder. Der Verwalter verströmte den torfigen Moschus von Scotch und noch etwas anderem, etwas Tieferem, Erdigerem: von schwarzer Erde und grünem Laub und kühlem fließenden Wasser. Er roch nach Wald, und als Charles ihn ansah, erinnerte er sich an jene Nacht, in der er Harris dabei beobachtet hatte, wie er durch seine Tür in die Dunkelheit trat und die mondbeschienene Wiese hinaufstieg, dahinter die Mauer und Wald.

… heute Morgen wachte ich auf und fand angetrocknete Erde an meinen Stiefeln … als ich mich fand in einem Nachtwald … abgeirrt vom rechten Wege …

Was hatte der Mann um diese Zeit da draußen zu suchen gehabt?

»Wie geht es dem Kopf, Mr Hayden?«

»Es fühlt sich an, als hätte mir jemand mit einem Knüppel eins übergezogen.«

»Das war ein böser Sturz. Ich wollte Sie nicht erschrecken. Ich wusste nicht, dass Sie es sind.«

»Warum sollten Sie auch? Ich hätte nicht reingehen sollen.«

Harris nickte, ohne diesen Punkt zu leugnen oder zu bestätigen – was für Charles Bestätigung genug war.

»Im Haupthaus ist das Licht ausgegangen«, sagte Charles. »Ich dachte, Sie könnten mir vielleicht den Weg zum Sicherungskasten zeigen.«

»Das kann ich.« Harris stand auf. »Lassen Sie mich nur schnell eine Taschenlampe holen. Ich bin gleich wieder da.«

Harris ging in sein Haus, zog die Tür zu und schloss die Geheimnisse des Hauses ein: den Kleber, die Schere, den Stapel Zeitschriften und den Wandteppich. Obwohl Charles ihn nur flüchtig gesehen hatte, bevor das Licht ihn geblendet hatte, konnte er sich ganz genau an den Wandteppich erinnern: der Gehörnte König rittlings auf dem sich aufbäumenden weißen Pferd, in der einen Hand ein Schwert. Die andere Hand war in das goldene Haar eines verängstigten kleinen Mädchens verknotet, das er mit sich zog. Das Bild war stark stilisiert, ohne Tiefe oder Perspektive, und doch wurde es in Charles' Kopf lebendig. Er konnte den Dampf aus den Nüstern des Pferdes sehen und hören, wie die Hufe auf den Boden stampften, während der unheilvolle Reiter das schreiende Kind vor sich herzog. Und siehe, ein bleiches Pferd, und der darauf saß, dessen Name ist Tod; und das Totenreich folgte ihm.

Charles schauderte, ihm war noch immer mulmig zumute. Er dachte an *Im Nachtwald.*

Als der Gehörnte König Laura auf den letzten Seiten gejagt hatte, als die bestialische Kreatur sie gepackt hatte, hatte Caedmon Hollow den Schlussvorhang des Buches fallen lassen. Finis. Aber was war in dem Kapitel, das er nie geschrieben hatte, mit Laura geschehen?

Was folgte für uns alle?

Man findet nicht immer, was man verloren hat. Manchmal verschluckt dich der Wald ganz und gar.

Das Buch ist so lebensnah, hatte Inspektor McGavick gesagt, und Charles dachte an Mary Babbing und an Lissa und an all die verlorenen Kinder, und es schauderte ihn wieder. Dann sagte Harris: »Sollen wir, Mr Hayden?«

Charles sah auf, sein Kopf schmerzte, und alles war

leicht schief. »Als ich hier runterkam«, sagte er, »wo waren Sie da?«

Harris zögerte. »Manchmal spaziere ich nachts durch den Wald«, sagte er schließlich. »Das beruhigt mich.«

»Was ist in dem Wald?«, fragte Charles.

Und obwohl Harris ein Lächeln zustande brachte, hatte es nichts Fröhliches an sich. »Bäume, Mr Hayden«, sagte er. »Nichts als Bäume.«

37

Harris hatte auch Charles' Taschenlampe mitgebracht, und die beiden sich kreuzenden Lichtkegel beleuchteten ihren Weg den Hof hinauf zum Haupthaus, dessen Silhouette sich vor ihnen erhob, schwarz gegen den Himmel, wie das riesige Wrack eines uralten, nachts fahrenden Schiffes. Sie schwiegen, während sie die Treppe hinauf und in die hintere Halle gingen, und sprachen selbst nur im Flüsterton, als Harris sie in einen der schmalen Gänge für die Bediensteten führte, die das Haus durchzogen, und von dort in den Keller, über steinerne Treppenstufen, glatt geschliffen von Schritten aus mehr als anderthalb Jahrhunderten.

Sie traten in einen breiten Korridor. Draußen war es kühl gewesen; hier unten war es noch kühler, obwohl Charles sich vorstellte, dass es für diejenigen, die in der unterirdischen Küche arbeiteten, mit den lodernden Kochfeuern in den Herden einst warm genug gewesen sein musste, vielleicht sogar mehr als angenehm. Wie verändert würden diese längst verstorbenen Diener diese verlassenen Räume vorfinden, das einst pulsierende Herz des Hauses, das längst zur Ruhe gekommen war.

Charles war schon öfter hier unten gewesen, um den Weinkeller zu plündern – in letzter Zeit viel zu oft –, aber der Keller wirkte im Dunkeln noch unheimlicher, ungewohnt und bedrohlich. Er ließ den Strahl seiner Taschenlampe über die Steinwände und die gewölbte Decke gleiten, über die sich alte Stromkabel zogen. Irgendwann hatte man Lichter installiert, die hinter rostigen Eisengittern in Abständen von fünfzehn Fuß über dem Boden angebracht waren, aber die Verkabelung sah primitiv und nicht gerade sicher aus. Charles fragte sich, wann die Verkabelung zuletzt erneuert worden war. In den 1940er-Jahren? Früher? Unmöglich, das zu sagen. Harris sagte, es sei auf jeden Fall weit vor seiner Zeit gewesen, und die Eisenklammern, die die Kabel in der Luft hielten, waren längst korrodiert.

Trotzdem drehten sie die Sicherungen rein. Der Rückweg würde wenigstens gut beleuchtet sein.

Für den Moment aber war es dunkel.

Auf beiden Seiten des Korridors öffneten sich gewölbte Türen, die man mehr erahnte als sah – die Küche und die benachbarte Spülküche, Vorratskammern, in denen leere Apfel- und Obstkörbe verstaubten, das Esszimmer der Dienerschaft und dahinter ein kleiner Raum für die Köchin und ihr Personal. Dann ging es in den geräumigen Lagerraum, den Mrs Ramsden das Archiv genannt hatte – eigentlich eine Rumpelkammer, vollgestopft mit ausrangierten Möbeln und Kisten, die sich an manchen Stellen vier oder fünf Meter hoch stapelten. Aus jedem

Raum schlängelten sich Kabel, die mit der Hauptleitung unter der Decke verbunden waren.

Und schließlich, Charles hatte die Kellergewölbe nie so weit erforscht, kamen sie an den Raum mit der Elektrik, kaum größer als ein Schrank: vier klobige Sicherungskästen, ein Gewirr von Kabeln und Drähten. Harris öffnete sie der Reihe nach – einmal benutzte er den Griff seiner Taschenlampe, um eine verklemmte Tür aufzustoßen und eine Staubwolke aufzuwirbeln – und untersuchte jeden Kasten. Vom Korridor aus sah Charles dem Verwalter über die Schulter: korrodierende grüne Kabel, antiquierte Unterbrecherschalter.

»Ah, da haben wir's«, sagte Harris.

»Was ist das?«

»Der Hauptschalter.«

»Was ist passiert?«

»Vielleicht ein Kurzschluss«, sagte der Verwalter. »Ich kann nur mutmaßen.« Er berührte den Schalter.

»Vorsicht«, flüsterte Charles und stellte sich einen Funkenregen vor, stellte sich vor, wie Harris erstarrte, wenn die Elektrizität durch ihn und das alte Haus fuhr, wie ein zurückgekehrtes Feuer, das nach all den Jahren hungrig erwachte, um Hollow House erneut zu verschlingen.

»Keine Sorge«, sagte Harris, aber er zögerte trotzdem, und dann – der Schalter war kurz vor dem Druckpunkt – legte er ihn wieder um. Über ihm stotterten die Lichter und kehrten ihren Weg durch das Haus um, während sie den Gang entlang-, die dunkle Treppe hinauf- und den Korridor der Bediensteten hinunterleuchteten.

Charles zuckte zusammen, das helle Licht ließ seine Kopfschmerzen noch stärker werden. Harris schloss den Kasten, und in der Wohnung weit über ihnen drehte sich Erin vom Fenster weg, wo sie Wache hielt, während die Lampe flackerte und die Nacht überschien.

Lissa war weg. Sie war überhaupt nie da gewesen.

Erin begann, eine Kerze nach der anderen auszublasen.

38

Keiner von ihnen schlief in dieser Nacht gut.

Die Vision von Lissa suchte Erin heim – und auch Charles wurde von Visionen heimgesucht, schwebte in Träumen, die wie aus dem Wandteppich an Harris' Wand gewebt schienen: der Gehörnte König auf seinem fahlen Pferd, das Kind von ihm mitgerissen. Irgendwann in den frühen Morgenstunden fiel ein sanfter Regen, und ein aufkommender Wind schien eine kryptische Aufforderung mit sich zu bringen. Beide wurden wach, jeder dachte an den anderen. Lissas Tod war wie ein Axthieb, der ihr Leben sauber in zwei Teile teilte, vorher und nachher, damals und heute, eine irreparable Zerschneidung ihrer Herzen, ewig und ohne Trost.

Der Morgen war nicht besser als die davor. Kaffee und Eier im Frühstücksraum, Mrs Ramsdens munteres Geplapper und wenig Konversation, um die Kluft zwischen ihnen zu überbrücken. Sie sprachen nicht über den Rätseltext. Darüber zu sprechen hieße, Erins Trinkspruch auf Charles und Silva wieder heraufzubeschwören – und all den Ärger, der damit verbunden war. Erin hatte ihren Vorsatz aufgegeben. Sie konnte sich nicht dazu durchringen, den langen Weg der Versöhnung zu beginnen. Nicht heute, vielleicht nie. Zu viel Wut und Groll. Zu viel Kummer.

Und Charles? Er war voller Schuldgefühle wegen eines Verbrechens, das er sich nicht verzeihen konnte, und wegen anderer Fehler. Syrah mal beiseitegenommen. Wie sollte er Erin von Lorna erzählen? Ihr die Geschichte vorzulesen, ihr beim Schlafen zuzusehen, wie sie ihre kleine Hand unter ihr Kinn legte und sich dem Rhythmus ihres Atems anpasste, bis auch er endlich einschlief – dieser flüchtige Trost fühlte sich an wie eine Verletzung von allem, was er und Erin verloren hatten, ein Verrat, der weit schlimmer war als Untreue. Er hätte Erin von Anfang an von dem Kind erzählen sollen. Er konnte sich einreden, dass er ihr nur noch mehr Schmerz ersparen wollte – und angesichts ihres Zustands stimmte das vielleicht sogar. Aber dahinter versteckte sich eine egoistische Wahrheit: dass er für einen Moment Lissas Tod und jeden albtraumhaften Moment, der darauf gefolgt war, ausgeblendet hatte, dass er sich vorgemacht hatte, Lorna sei seine eigene verlorene Tochter, dass flüchtiger Trost für ihn besser war als gar keiner. Er hatte sich Lügen hingegeben. Er hatte aus ihnen eine Schutzmauer errichtet und wusste nicht, wie er sie einreißen sollte.

So gingen sie ihre eigenen Wege, jeder zu seinem eigenen Unternehmen, was sowohl ein Fluch als auch ein Trost war.

Im Esszimmer wandte sich Erin einem neuen Blatt ihres Skizzenbuchs zu und ließ ihren Händen freien Lauf. Sie zeichnete die Bilder, die von ihr Besitz ergriffen hatten, und fand beim Zeichnen sowohl Befreiung als auch Bestärkung ihrer Besessenheit.

Charles ging ins Arbeitszimmer und sah sich das Kryptogramm an, das Erin auf dem Tisch liegen gelassen hatte. Sein Kopf fühlte sich an, als hätte man ihn mit einer Axt gespalten. Er konnte sich kaum darauf konzentrieren, den Text zu lesen, geschweige denn, das Rätsel – noch ein weiteres Rätsel – zu lösen. Shakespeare und De Quincey und Dante. Spatzen und Elfen und Kuckucksvögel. Wenn es einen Schlüssel gab, konnte er ihn nicht sehen. Charles legte die Seite beiseite. Er starrte aus dem Fenster, wo die Sonne begann, den Morgennebel wegzubrennen. Die Wand. Der Eorl-Wald, eine grüne Masse.

Diese Aufforderung im Schlaf, an die er sich nur halb erinnerte, durchfuhr ihn. Er hatte von Worten im Wind geträumt, von einem furchtbaren Befehl. Mehr konnte er nicht sagen. Aber er fragte sich, ob Harris die Stimme auch gehört hatte. Was hatte er so spät noch im Wald gemacht? Und was hatte er dort gefunden, das ihn zurücklockte?

Charles schüttelte seinen schmerzenden Kopf.

Dann ging er zu Erin. Er sah ihre Malutensilien auf dem Tisch, das Schulfoto von Lissa. Sie klappte ihren Block zu, als er den Raum betrat, als wolle sie verbergen, woran sie gerade arbeitete. Er dachte daran, sie zu fragen – warum die Geheimniskrämerei? Aber dann sagte er nur: »Ich gehe spazieren.«

»Okay.«

»Warum kommst du nicht mit?«

Sie dachte darüber nach. Das tat sie wirklich. Sie erinnerte sich wieder an ihr Gelübde, zu versuchen, den Bruch zwischen ihnen zu heilen, die Kluft zu überbrücken, die Mauer niederzureißen. »Ich glaube, ich bleibe hier und arbeite«, sagte sie und fragte sich, ob Skizzieren Arbeit war, oder ob auch dies nur ein weiterer Fluchtmechanismus war. Pillen und Bleistifte. Ihr Therapeut wäre stolz auf sie.

»Sicher?«

»Sicher.« Sie sah auf und zwang sich zu einem Lächeln. »Geh ruhig. Amüsier dich, aber ...«

»Aber was?«

Halt dich vom Wald fern, wollte sie sagen. Und obwohl auch sie nur im Unterbewusstsein an die Stimme im Wind dachte, verwarf sie die Warnung von sich aus. Träume waren Träume, keine Vorzeichen. Vorzeichen gab es nur in Märchen. Es gab keine Stimme im Wind. »Nichts«, sagte sie. »Geh ohne mich weiter.« Und sie kannte diesen Satz. Sie hatte ihn schon mal irgendwo gehört ...

... sie hatte ihn im Traum gehört ...

... vielleicht machte sie deshalb ein kleines Zugeständnis an den Aberglauben und sagte: »Aber, Charles, sei vorsichtig.«

Charles lächelte. »Immer«, sagte er, und dann war er aus der Tür verschwunden. Sie saß alleine am Tisch, und er ging alleine durch die Vorhalle. Er ging durch das Haus hinunter in den Vorgarten und auf die Wiese jenseits des Zauns. Und doch war er nicht ganz alleine, denn das Haus – wo Mrs Ramsden mit dem Staubwischen beschäftigt war und Cillian Harris mit der Haushaltsbuchführung, und wo Erin am Fenster stand und ihm beim Weggehen zusah –, das Haus war noch in Sichtweite, falls er zurückschauen wollte. Aber das wollte er nicht, oder jedenfalls tat er es nicht. Stattdessen duckte er sich in den Tunnel im Wall und tauchte auf der anderen Seite im Wald auf, wo das Haus mit seinem Versprechen menschlicher Wärme und Gesellschaft weit weg war und Charles an der Schwelle zur Wildnis stand, alleine und ohne Beistand, auch wenn er ihn gebraucht hätte.

39

Charles blieb auf der anderen Seite des Tores am Waldrand stehen, den Wall im Rücken. Es war bereits Vormittag, und unter den Bäumen war es kühl. Das Sonnenlicht schimmerte hier und da durch Spalten im Blätterdach und verlieh der Luft ein dämmriges, grünes Leuchten. Alles roch nach Regen, feucht und frisch – das niedrige, farnartige Unterholz und die weiche Erde unter seinen Füßen, die moosbewachsenen Felsbrocken, die aus dem Boden ragten wie die abgebrochenen Zähne von begrabenen Riesen.

Charles atmete aus. Alle Last fiel von ihm ab. Er fühlte sich wie neugeboren – unbetrübt von der Welt außerhalb des Waldes. Sogar das Pochen in seinem Kopf ließ nach. Mit der Sonne im Rücken schlug er einen schmalen Pfad durch den Wald ein, den Wall zu seiner Rechten und zu seiner Linken die riesigen Bäume, die sich langsam durch die Senken und Falten des felsigen Geländes nach oben schraubten. Harris hatte recht. Der Wald brachte den Geist zur Ruhe. Hier gab es keine Bedrohung. Keine Stimme aus einem Traum, der nur ein Traum war und nicht (wie auch Erin sich eingeredet hatte) ein Vorzeichen –, das war sein letzter bewusster Gedanke, bevor der Wald ihn umschloss und nur noch Stille in seinem Geist herrschte, seine Muskeln hingegen schmerzten auf angenehme Weise, wenn er über einen Stein oder eine Wurzel kletterte. Er spürte in sich die animalische Vitalität von Knochen, Atem und Sehnen, eine absolute und ewige Gegenwart, frei von vergangener Schuld und zukünftigen Ängsten.

Und dann riss ihn etwas – er war sich nicht sicher, was – aus seiner Entrücktheit: ein Rascheln oder eine Bewegung in seinem Augenwinkel. Charles hielt inne, um zu Atem zu kommen und seine Umgebung zu betrachten. Der Weg führte ihn tiefer in den Wald hinein, vorbei an dichtem Dickicht aus Dornengestrüpp und über einen kleinen Bergrücken. Dies war wahrscheinlich sein liebster Wegabschnitt, denn während durch die Lücken in den Bäumen seine Blicke immer wieder auf den Wall fielen, war es leicht, so zu tun, als sei er schon weit gewandert …

– *abgekommen vom rechten Wege* –

… tief in den Wald hinein, frei von allem, was ihn sonst plagte.

Weiter oben auf dem Kamm rührte sich etwas in den Blättern, und dieses Mal sah Charles *tatsächlich* eine

Bewegung, da war er sich sicher. Langsam wendete er den Kopf. Die Bäume reckten sich in den Himmel, titanische Säulen aus dem anhaltenden Bodennebel. Irgendwo rief ein Vogel. Und dann – er spürte, wie sich sein Herz zusammenzog – war es plötzlich da, starrte ihn aus einem Gestrüpp einen Steinwurf weiter oben auf dem Kamm an: ein Gesicht, oder so etwas Ähnliches wie ein Gesicht. Schlagartig musste er an seine Kindheit denken, als er den *Nachtwald* aus dem Regal genommen und damit den Lauf seines Lebens verändert oder in Gang gesetzt hatte, wie es sonst nur in einem Roman geschehen konnte. Er erinnerte sich daran, wie es war, das Buch aufzuschlagen und das kunstvolle Frontispiz zu betrachten, die scheinbar zufällige Kreuzung von Blättern und Ästen, aus der verschlagene Gesichter lugten.

Aber nein. Da war nichts. Das Gesicht – hatte es ein Gesicht gegeben? … war weg. Er hatte es sich eingebildet.

Trotzdem wollte er weitergehen.

Er wollte weitergehen, obwohl so etwas in Tausenden Geschichten nicht gut ausging. Seinem Schicksal unterworfen, missachtete Charles die Logik der Mythen und Märchen. Diese Tür darfst du nicht öffnen, diese Frucht darfst du nicht kosten. Komme nicht vom Weg ab. Es gibt Wölfe.

Charles wollte vom Weg abkommen.

Jetzt konnte er das Gesicht deutlich sehen … Ja, das Gesicht, das von dem Kamm auf ihn herabblickte, halb versteckt im niedrigen Ast einer riesigen Eiche, die verzweigte Stämme gebildet hatte, massiv vom Alter und grün überwuchert. Und dann, ein Schimmern aus der Dunkelheit, unter einem Granitvorsprung, ein zufälliger Sonnenstrahl, der ein Quarzsprengel ins Funkeln setzte – oder vielleicht waren es … *Augen*. Sie blinzelten und verschwanden dann, nur um weiter oben am Hang wieder zu erscheinen. Ein wissendes Glitzern in einem listigen kleinen Gesicht, das dem einer Katze glich und ihn aus dem Unterholz hinter einem abgestorbenen Baum musterte. Im gleichen Atemzug war es erneut im Geäst verschwunden. Ja. Und dann noch ein Gesicht, das sich zurückzog. Und noch eins. Er hörte raschelnde Schritte, jemand schien in den Bäumen zu klettern.

»Wer ist da?«

Wie zur Antwort wehte eine Brise durch die Bäume, Stimmen flüsterten Waldbotschaften, die er nicht ganz entziffern konnte, er hörte leises Lachen, spöttisch und kapriziös, aber nicht unangenehm.

Charles hielt inne und blickte zurück. Dort lag der Pfad, fast außer Sichtweite, und schlängelte sich auf der anderen Seite des Bergrückens hinunter, wo er den Wall weiter umrundete. Vor ihm gabelte sich der Weg, Charles musste sich entscheiden.

An Ihrer Stelle würde ich mich vom Wald fernhalten, hatte Dr. Colbeck gesagt. *Man verirrt sich leicht darin.*

Doch diese Gesichter zogen ihn an: die Schatten und Geheimnisse des Waldes, das einladende Zwielicht unter den Bäumen. Wenn er sich beim Aufstieg am Bergrücken orientierte, würde er sich nicht verirren.

Er würde ja nicht weit gehen.

Wieder ein Lachen, das aber kein Lachen, sondern nur Wind war. Ein weiteres durchtriebenes Koboldgesicht – ein zufälliges Zusammentreffen von Licht und Schatten? – musterte ihn aus dem dunklen Inneren eines Spaltes heraus, der den riesigen Stamm einer uralten, moosbewachsenen und strengen Eiche durchzog.

Er würde ja nicht weit gehen.

Charles erklomm den Kamm in grünem Dämmerlicht, angelockt von Gesichtern, die keine Gesichter sein konnten, und Stimmen im Wind, die keine Stimmen sein konnten. Wie schräge Balken durchschnitten einige Sonnenstrahlen das Dunkel des Waldes. Und dann war das Laub nur noch Laub (er hatte sie sich sicher eingebildet, diese schlauen kleinen Kobolde); der Wald war nur ein Wald.

Wovor hatte er sich gefürchtet?

Einige Hunde schlugen in der Ferne an, als etwas durch das Dickicht brach. Ein Hirsch? Charles sah, wie etwas Weißes in der Dunkelheit aufblitzte. Hoch oben auf dem Kamm gelangte er in einen Birkenhain. Von dort aus konnte er die Landschaft überblicken. Der Eorl-Wald erstreckte sich, so weit er sehen konnte. Hollow House konnte er nicht entdecken, ebenso wenig den Wall. Hier gab es keine Mauern, nur den Wald: Bäume und Felsen und das ewige Grün, das die feuchte Gärung des Bodens durchbrach.

Charles seufzte. Es war Zeit umzukehren, aber er war müde vom Laufen und zögerte, sich wieder den Dingen zu stellen, die ihn außerhalb des Waldes erwarteten. Sicherlich würde es nicht schaden, sich hinzusetzen und ein paar Minuten auszuruhen. Er verließ den Waldweg – er dachte kaum darüber nach, warum; vielleicht war er gerufen worden – und schritt durch einen Ring alter Eiben. Wie ein Kind in einem verwunschenen Märchenwald kam er auf eine wunderschöne Lichtung, auf der eine einsame Eiche stand, majestätisch und unvorstellbar alt. Wieder durchströmte ihn das Gefühl der Zufriedenheit, fernab von allem. Hier würde er sich also hinsetzen, sagte er sich, auch wenn er sich später fragen würde, ob er den Platz aus freien Stücken gewählt hatte, oder ob diese Lichtung schon die ganze Zeit auf ihn wartete, wie sein Schicksal oder seine Bestimmung. So ließ er sich notgedrungen auf den Boden sinken, zwischen einer dicht mit Moos bewachsenen Felsspalte und zwei knorrigen Wurzeln. Er lehnte sich gegen den Stamm der Eiche. Er schloss die Augen. Vögel zwitscherten, und der Baum warf einen kühlenden Schatten. Vielleicht hatte er einen Tagtraum oder war eingenickt – auch darüber würde er sich später wundern –, aber plötzlich war er hellwach.

Charles setzte sich auf.

Sonnenlicht durchflutete die Lichtung, unter den Bäumen war es dunkel. Und dann wurde es kalt, untypisch kalt für die Jahreszeit. Wann war es so kalt geworden? Und wo waren auf einmal die Vögel? Warum war es so still, so still, dass Charles meinte, sein Herz schlagen zu hören?

Er schluckte. Atmete ein, stieß eine Atemwolke aus.

Und dann schien sich ein Vorhang zu öffnen, und Charles spürte, dass ihn etwas aus einer jenseitigen Welt berührte, etwas aus weiter Ferne, eine wachsame Präsenz, ihre Aufmerksamkeit auf ihn richtete.

Dann tauchte eine verhüllte Gestalt über ihm auf, groß und schlank. War sie schon die ganze Zeit da gewesen, oder war sie aus der Dunkelheit getreten, hatte sie sich aus den smaragdgrünen Schatten materialisiert?

Charles hob den Blick – vorbei an den ramponierten Lederstiefeln, die vor ihm im moosbewachsenen Boden steckten, und vorbei an einer kurzen Ledertunika, die mit ineinander verschlungenen, stark verrosteten Stahlschuppen genäht war – zum Gesicht dieses Wesens: seine Haut war trocken wie herbstliches Laub, eine Hakennase und hohle Wangen waren schwach zu erkennen. In den gnadenlosen, gelb funkelnden Augen brannte ein schrecklicher Befehl. Und obwohl das Wesen die Lippen nicht bewegte, hörte Charles eine Stimme in seinem Kopf, dünn und hasserfüllt.

Bring sie zu mir!

Charles leugnete dreimal – *nein, niemals, ich werde es nicht tun* – und wusste nicht, was er da leugnete.

Metall klirrte, als die Kreatur ihr Schwert zückte. Die Klinge blitzte silbern in der Dämmerung. Das Ding packte den Schwertgriff fester.

Dann kam der tödliche Schlag.

Gerade, als das Schwert seinen Hals zu durchtrennen drohte – Charles fühlte noch keinen Schmerz, nur den Kuss des kalten Stahls an seinem Fleisch –, wehte eine sanfte Brise aus dem Nichts heran, und Charles öffnete die Augen. Er wachte auf, aber vielleicht hatte er nie geschlafen, und das dunkle Wesen unter dem Baum war nie da gewesen, oder es war da gewesen, und der Wind hatte es in Fetzen gerissen und alles weggeweht.

Charles keuchte und berührte seinen Hals, und die Lichtung war sonnenüberflutet, und der grüne Schatten unter dem Baum war angenehm und kühl. Alles war wie zuvor, nur diese Worte …

… bring sie zu mir …

… hallten nach, und dann trug ein weiterer Windhauch sie fort, in den tiefen Wald.

Sein Herz schlug langsamer. Das Hämmern des Blutes an seinen Schläfen verstummte. Ein einzelner Vogel rief, dann ein anderer, und dann füllte sich die Luft mit dem Waldchor der Insekten und Vögel, dem sanften Wind und dem Gemurmel der Bäume.

Charles stemmte sich auf die Beine. Er blickte die alte Eiche hinauf. Durch die Zwischenräume der Blätter war Sonnenlicht zu sehen. Ein Gefühl der Zufriedenheit umhüllte ihn wieder.

So wäre es vielleicht auch geblieben, hätte Charles nicht nach unten geschaut. Aber leider schaute er nach unten.

Und sah im feuchten Moos einen Stiefelabdruck.

40

Charles fühlte eine tiefe Dunkelheit um sich herum.

Die Sonne schien hell, die Brise wehte so sanft. Die Vögel zwitscherten noch in der Morgenluft. Doch Charles fühlte Dunkelheit.

Er hatte sich alles eingebildet. Natürlich. Die kleinen Gesichter, die ihn aus den Blättern angestarrt hatten, die Schwärze zwischen den Bäumen. Und die schreckliche Präsenz, der König, die Kreatur.

Alles Einbildung, nichts weiter.

Aber Charles kniete sich trotzdem auf den Boden. Er fuhr mit einer Hand über das Moos und dachte, dass es der Abdruck seines eigenen Wanderschuhs sein musste oder ein zufälliges Muster im Moos. Oder, dass er sich alles einbildete. Und dann fühlte er …

Da war etwas, etwas aus Metall, wie eine Münze oder …

Er schob einen Grasbüschel beiseite, hob das Ding auf, stolperte aus dem Schatten des Baumes, um seinen Fund im Licht zu sehen. Er lachte, ohne Heiterkeit oder Freude, sondern eher hysterisch, denn was er in der Hand hielt, war eine dünne Stahlschuppe von der Größe eines Fünfzigcentstücks. Rostig, aber fein gearbeitet, in Form eines Eichenblatts.

Die Rüstung. Die Rüstung des Dings.

Er drehte sich um, er wollte aus dem Wald herauskommen, und versuchte zu erkennen, wo er die Lichtung betreten hatte. Eiben, dachte er. Er war durch die Eiben gekommen, aber Eiben ragten auf jeder Seite der Lichtung empor.

Charles steckte seinen Fund ein. Beunruhigt suchte er die Eiben noch einmal ab. Mehr denn je fühlte er sich wie ein Kind in einem Märchen; als hätte er sich verirrt und Vögel hätten die Spur der Brotkrumen aufgefressen, die er hinter sich gestreut hatte, um den Weg nach Hause zu finden.

Er dachte an die hagere, riesige Gestalt des Gehörnten Königs, an den Kuss der Klinge auf seinem Hals. Angst zog ihm die Brust zusammen. Die alte Eiche wirkte jetzt bösartig, als würde sie jeden Moment nach ihm greifen, ihn hochreißen und ihn in eine Baumspalte ziehen, die sich dann hinter ihm schloss. Die vorhin noch so idyllische Lichtung schien plötzlich von Schrecken erfüllt.

Menschen verirren sich, Mr Hayden.

Ein Ratschlag aus seiner Kindheit kam ihm in den Sinn: Wenn du dich verirrt hast, bleib, wo du bist, und warte auf Rettung. Stattdessen stapfte Charles weiter in den Wald hinein, ohne zu überlegen. Riesige Bäume ragten über ihm auf, tief ausgehöhlt und knorrig. Wurzeln überwucherten Gestein und durchgruben das Erdreich. Ein Windhauch flüsterte in den Blättern. Er dachte an die schelmischen Gesichter, kapriziös und spöttisch, die ihn tiefer in den Wald gelockt hatten. Charles unterdrückte eine aufsteigende Panik. Noch war es früher Morgen. Er würde den Rückweg finden.

Nach einiger Zeit – er schätzte, es waren etwa fünf Minuten – begann der Boden, vor ihm anzusteigen. Erleichterung machte sich in ihm breit. Sicherlich war dies der Hang, den er zur Lichtung hinuntergestiegen war, sagte er sich, obwohl eine zweifelnde innere Stimme Charles darauf hinwies, dass er vielleicht von einer anderen Seite aus durch die Eiben gekommen war, dass er auf den Kamm eines anderen Bergkamms zugehe. Denn so lange hatte er für den Abstieg zur Lichtung nicht gebraucht, oder? Aber Charles kletterte weiter, und als der Boden schließlich wieder eben war, befand er sich wieder in einem Hain aus silbrigen Birken.

Sie schienen sich vor ihm zur Seite zu beugen, weidenartig, wie verspielte Baumgeister, Dryaden, die ihr Haar im Wind wiegen. Er blickte durch eine Lücke zwischen den Bäumen. Unter ihm erstreckte sich der Eorl-

Wald, so weit er sehen konnte. Hier hatte er heute schon einmal gestanden. Da war er sich sicher. Und der Berg schien zu seiner Rechten allmählich nach Süden hin abzufallen, genau, wie er es in Erinnerung hatte.

Diese Beobachtung bestätigte sich bald. Das muss *der* Weg sein, dachte er mit wachsender Zuversicht, und tatsächlich, fünfzehn Minuten später stieß er auf den Pfad – oder zumindest auf einen Pfad, der ihm bekannt vorkam. Er folgte ihm den Berg hinunter, und endlich tauchte der Wall zwischen den Bäumen auf. Bald darauf entdeckte er das Tor, trat in den dahinterliegenden Tunnel und durchschritt den Wall. Auf der anderen Seite tauchte er in die laue Luft des Vormittags ein, mit der friedlichen Wiese vor ihm und dahinter Hollow House.

41

Charles ließ die Bibliothek Bibliothek sein.

Im Laufe der nächsten Woche wandte er sich dem Keller zu und durchforstete die Kisten wie die Jahresringe eines Baumes, wobei jede Schicht eine weitere Epoche offenlegte. Die Arbeit ging nur langsam voran. Er sortierte und katalogisierte den Inhalt jeder Kiste, bevor er sie wieder einräumte, und drang mit jedem Karton tiefer er in die Geschichte von Hollow House ein: bis in die 1960er- und 50er-Jahre, bis zu den Weltkriegen und noch weiter zurück. Die Bibliothek war der Aufbewahrungsort für sentimentale Erinnerungsstücke und Fotografien gewesen; der Keller hingegen war ein

Lager für Gegenstände, die nicht ohne Weiteres in den oberen Räumen aufbewahrt werden konnten oder dort keine Funktion mehr hatten: ausrangierte Möbel, Spielzeug, von einem verrosteten Dreirad bis zu einem Segeltuchsack mit Miniatur-Bleisoldaten, die als Grenadiere des 19. Jahrhunderts verkleidet waren, sowie zahllose Kisten mit Finanzunterlagen – Bank- und Steuererklärungen, Immobilienanzeigen und Geschäftsbücher –, die alle sorgfältig aufbewahrt worden waren, obwohl Charles kein Ordnungssystem erkennen konnte.

Und hie und da fand er in einer dieser Kisten, wiederum ohne erkennbaren Grund, etwas, das ihn stundenlang ablenken konnte. Er verbrachte einen ganzen Tag auf einem zerschlissenen Sofa, nieste vom Staub und las das Tagebuch eines Dienstmädchens aus dem Zweiten Weltkrieg. Das Haus hatte während der Schlacht um Großbritannien als Zufluchtsort für Kinder gedient – eine weitere Geschichte. Immer mehr Geschichten, von denen sich jede mit tausend anderen überschnitt. Was war die Welt anderes als eine Geschichte?, fragte er sich – eine gigantische, unwahrscheinliche, unmöglich verschlungene Geschichte?

Charles legte das Tagebuch beiseite, stand auf und klopfte sich die Jeans ab. Er betrachtete den Lagerraum, der aus drei Gewölben bestand, von denen jedes durch eine genietete Eisenrippe vom nächsten abgetrennt war; er hätte im riesigen Brustkorb eines Wals stehen können, wie Jona im Bauch des Tieres.

Er griff in seiner Tasche nach dem rostigen Metallblatt und legte es auf den alten, abgenutzten Tisch, den er als Arbeitsfläche im Keller freigeräumt hatte, und legte es neben den entschlüsselten Text. Er studierte beide, Blatt und Text, zwei Rätsel. Bei Letzterem hatten sie minimale Fortschritte gemacht, er und Silva, hatten sich per Telefon ausgetauscht und Notizen verglichen. Keiner von ihnen wusste so recht, was sie mit den Anspielungen auf Dante, Shakespeare und De Quincey anfangen sollten, aber beide hatten die Bedeutung von »Zehnt« herausgefunden.

»Das ist ein Zehntel oder ein Tribut«, hatte Charles zu Erin beim Abendessen gesagt, nachdem er mit Silva gesprochen hatte.

»Also etwas Christliches?«

»Das glaube ich nicht. Das Wort taucht in dieser schottischen Ballade auf, *Tam Lin*. Das ist so ziemlich die *einzige* Stelle, an der es auftaucht.«

Erin legte ihre Gabel weg. Sie schien in diesen Tagen kein großes Interesse am Essen zu haben. Der Wein hingegen ... Er runzelte die Stirn, als sie einen Schluck aus dem halb leeren Glas neben ihrem Teller nahm.

»Wenn es nicht christlich ist«, sagte sie, »was ist es dann?«

»*Tam Lin* handelt von der Feenkönigin. Das Feenvolk verführt die Sterblichen und stiehlt ihre Babys. In *Tam Lin* und einigen anderen Folkloregeschichten müssen sie regelmäßig einen Tribut an die Hölle entrichten.«

»Warum?«

»Keine Ahnung. Für die Unsterblichkeit vielleicht, oder für die Gabe der Magie.« Er zuckte mit den Schultern.

»Und wie lautet die Zeile in dem verschlüsselten Text?«

»*Einen Zehnt, ganz und gar verderbt*«, sagte Charles.

»Das erinnert an den Satz aus *Hamlet:* ›ein ganz und gar verderbter Mord‹.«

»Ganz genau.«

»Du meinst also, dass Caedmon Hollow einen Zehnt bezahlt hat – an wen? Die Feen?«

»*Sprechen wir nicht von Feen und Elfen und ihren mitternächtlichen Gelagen*«, sagte er.

»Ist das auch aus dem Text?«

Charles nickte.

»Und um den Zehnt zu zahlen, muss er jemanden ermorden«, sagte Erin.

»Der Zehnt ist eine Seele.«

Erin nahm einen weiteren Schluck Wein. »Das macht den verschlüsselten Text zu einem fiktiven Werk. Oder zumindest einen Teil davon.«

»So scheint es«, hatte Charles gesagt.

Und so schien es tatsächlich zu sein, dachte er jetzt. Zumindest schien es so, wenn da nicht die Vision des Gehörnten Königs wäre.

Herne, Herne.

Eine weitere Zeile aus dem Text und eine weitere Shakespeare-Anspielung, diesmal auf *Die lustigen Weiber von Windsor,* auf den gehörnten Jäger von Windsor Forest – und vielleicht, durch Assoziation, auf Cernunnos, die Wilde Jagd, vielleicht sogar auf den Erlkönig, den Elfenkönig, den gehörnten Herrn des Elfenwaldes und seine Inkarnation. Wenn man anfing, sich mit diesen Dingen zu befassen, stieß man ziemlich schnell auf ein ganzes Netz heidnischer Mythen, Legenden und Folklore – das ist die Quelle oder ihr lokaler Ausdruck, auf die Caedmon Hollow für seine eigene Geschichte über den Nachtwald und seine Feenbewohner zurückgegriffen haben musste.

Das war alles schön und gut. Aber was hatte er, Charles, gesehen oder geträumt zu sehen? Denn es war mit Sicherheit nur ein Gedanke oder ein Traum gewesen; mit Sicherheit war er nicht verrückt. Charles strich mit dem Zeigefinger über das rostige Metallblatt. Es musste schon lange, lange Jahre dort gelegen haben, unendlich lange, rostend im Regen und im Schatten des kahlen Baumes. Doch wie es dorthin gekommen war, das blieb ihm ein Rätsel. Und so hatte er weder Silva noch Erin von seinem Erlebnis erzählt, noch hatte er ihnen das Blatt gezeigt.

Diese Gedanken gingen ihm durch den Kopf, während er auf die Tischplatte hinabstarrte.

Und er war nicht der Einzige, der Geheimnisse hatte.

Oben schlug Erin eine neue Seite in ihrem Skizzenbuch auf, nahm einen Bleistift zur Hand und widmete sich ihrer Obsession.

42

Charles rief Ann Merrow von dem alten Telefon in der Küche aus an.

»Es tut mir leid, Professor Hayden«, sagte sie, als sie sich meldete. »Ich wollte mich bei Ihnen melden, aber Sie wissen ja, wie es ist. Viel zu tun, viel zu tun.«

»Das kann ich mir vorstellen«, sagte Charles. »Danke,

dass Sie sich die Zeit genommen haben, sich die testamentarische Verfügung anzusehen.«

»Ich hoffe, Ihrer Frau geht es gut.«

»Sie wartet gespannt auf Ihren Bericht.«

»Ohne Zweifel«, sagte Merrow trocken. Sie zögerte. Ein sanfter Ton kam in ihre Stimme: »Professor Hayden, wie geht es ihr wirklich?«

Charles zog eine Grimasse. Er wickelte die Hörerschnur mit einem Finger auf. Ließ sie dann los und wickelte sie wieder auf. Dann sagte er zögerlich: »Es geht ihr den Umständen entsprechend.« Erins langsamen Zerfall ließ er unausgesprochen, die Pillen, den Wein, die Zeichnungen, die sie vor ihm verbarg. Und das Foto, natürlich. Das Foto von Lissa, mit dem er seine Tochter am liebsten wegschließen würde, während Erin immer fast zwanghaft versuchte, die Erinnerung an Lissa zu bewahren.

Merrow hatte etwas gesagt, das ihm entgangen war. »Was haben Sie gesagt?«

»Hat sie jemanden konsultiert? Jemanden, mit dem sie reden kann.«

»Nein. Sie hat jemanden …« *Zu Hause*, wollte er sagen. Stattdessen sagte er: »Sie war bei jemandem in den Staaten. Sie meint aber, dass es ihr nicht geholfen hat.«

Merrow hielt inne, als ob sie noch mehr zu diesem Thema zu sagen hätte. Sie seufzte. »Nun«, sagte sie, »wenn ich etwas tun kann …«

»Nein«, sagte er, und dann, als er merkte, dass er zu abrupt war: »Ich weiß das Angebot zu schätzen. Das tue ich wirklich. Wenn mir etwas einfällt, werde ich Sie anrufen. Ich verspreche es.«

Merrow schwieg einen Moment lang.

»Also zur Sache«, sagte sie dann. »Ich glaube, das wird Ihnen gefallen. Die Verfügung, nach der Sie sich erkundigt haben, geht auf Caedmon Hollow zurück. Er hat das Testament nur wenige Monate vor seinem Selbstmord geändert.«

Charles wickelte seine Finger aus der Telefonleitung. Er atmete hörbar aus. Hier kam also ein weiteres Rätsel. Der Text von Caedmon Hollow, gelöst und doch ungelöst, das rostige Silberblatt und die gehörnte Gestalt im Wald. »Harris' Familie steht also schon so lange im Dienst der Hollows?«

»Es ist noch ein bisschen komplizierter.«

»Wie das?«

»Die Verfügung nennt einen Mann namens Tom Sperrow.«

»Wie der Vogel? Sparrow?«

»Sperrow, mit einem e.«

Eine Brise wehte durch die offenen Fenster. Sein Mund war trocken. Charles nahm sich ein Glas Leitungswasser. Er nippte daran und stellte das Glas ab.

»Professor Hayden?«

»Ich bin noch dran. Bitte, sprechen Sie weiter.«

»Nun«, sagte Merrow, »die Verfügung garantiert dem ältesten Sohn jeder nachfolgenden Sperrow-Generation die Verwaltung des Anwesens. Falls es in der direkten männlichen Abstammungslinie keine Söhne gibt, geht das Recht auf den ältesten Sohn einer Sperrow-Tochter über. So wurde aus Sperrow Harris.«

»Wann ist das passiert?«

»Während des Ersten Weltkriegs. Es scheint, dass der

letzte Sperrow-Sohn nicht von der Front heimkehrte. Die Verwaltung von Hollow House ging auf seinen Neffen über und wurde so bis heute weitergeführt.«

»Ich verstehe. Und Sie wissen nicht, warum Hollow diese Verfügung erlassen hat?«

»Wie ich Ihnen bei unserem letzten Gespräch sagte, ist niemand verpflichtet, sein Testament zu begründen.«

»Was ist, wenn die Verfügung nicht eingehalten wird?«

»In diesem Fall geht der Nachlass auf den nächsten Verwandten jenseits der direkten Abstammungslinie über, unter der Bedingung, dass der Erbe oder die Erbin den betreffenden Verwalter weiter beschäftigt. Wenn die Hollow-Linie vollständig erloschen ist – und Ihre Frau ist der letzte Nachkomme –, wird Mr Harris seine Stellung weiter behalten, und Hollow House geht in eine Treuhandgesellschaft über, die von der Londoner Firma, die ich vertrete, verwaltet wird.«

»Und wer sind die Begünstigten?«

»Wohltätigkeitsorganisationen für Kinder. Konkrete Organisationen sucht die Treuhandgesellschaft aus.«

Charles griff in seine Tasche und nahm das Metallblatt so fest zwischen Daumen und Zeigefinger, als wolle er einen Stein zermahlen.

»Ich denke, es wäre allen am besten gedient, wenn Sie sich mit Mr Harris versöhnen könnten«, sagte Merrow.

»Wir befinden uns nicht im Krieg«, antwortete Charles, aber er musste an den Moment denken, als er in Harris' Haus die Augen geöffnet hatte und der andere Mann wie hypnotisiert über ihm stand; mit geballten Fäusten. So zumindest hatte es den Anschein gehabt.

»Ich bin nur besorgt.«

»Natürlich. Es ist nicht seine Art, zu viel zu trinken.«

»Kennen Sie ihn gut?«

»Wir haben gelegentlich zusammengearbeitet. Ich habe ihn als sachkundig, höflich und professionell erlebt. Ich weiß nicht, was mit ihm los ist. Ich denke, Sie sollten ihm etwas Zeit geben.«

»Und das Anwesen?«

»Die meisten seiner Entscheidungen laufen über mich. Ich hatte noch nie Grund, an seiner Arbeit zu zweifeln, aber ich werde ein Auge auf Harris haben. Sie brauchen sich keine Sorgen zu machen, das versichere ich Ihnen.«

Charles atmete tief ein. »Danke.«

»Gern geschehen«, antwortete sie und fügte, als er sich gerade verabschieden wollte, noch hinzu: »Wie kommen Sie mit Ihrer Forschung voran, Professor Hayden? Haben Sie den Text entschlüsseln können?«

»Das haben wir«, sagte er.

»Und der Text ist tatsächlich von Caedmon Hollow?«

»Wie es scheint, ja.«

»Das sind wirklich sehr gute Neuigkeiten«, sagte sie. »Wie aufregend! Was haben Sie herausgefunden?«

»Ich bin mir nicht ganz sicher«, sagte er. »Alles, was ich entschlüsseln konnte, wirft nur weitere Fragen auf.«

Merrow lachte. »So ist die Welt nun mal, nicht wahr? Die Dinge reichen oft viel tiefer, als man es sich vorstellt.« Und dann, ohne ihn weiter zu bedrängen, wünschte sie ihm viel Glück und legte auf.

43

»Also«, sagte Silva beim Mittagessen im Pub, »der Tom Sperrow, der im Testament genannt wird, ist Cillians direkter Vorfahre, sein Urururururgroßvater.«

»Zumindest auf dem Papier«, sagte Charles.

»Auf dem Papier?«

»Ich glaube, die Sache ist ein wenig komplizierter.« Er tippte auf den verschlüsselten Text auf dem Tisch. »Schau dir mal diesen Satz an.«

Silva las ihn laut vor: »›Süßer Kuckuck im Sperlingsnest‹ – und du denkst, Hollow hat ›Sperling‹ als Anspielung auf Tom Sperrow benutzt?«

»Das ist meine Theorie.«

»Was hältst du dann von dem Kuckuck?«

»Ehebruch«, sagte Charles. »Kuckucke legen ihre Eier in die Nester anderer Vögel. Daher kommt auch das Wort ›Kuckuckskind‹. Ein Kind, das von anderen Eltern als ihr eigenes aufgezogen wird.«

»Wenn Hollow also ›süßer Kuckuck‹ sagt, meint er damit sein Kind?«

»Seine Tochter, würde ich vermuten«, sagte Charles. »Es ist unwahrscheinlich, dass er einen Sohn als süß bezeichnet hätte.«

»Also seine Tochter von Sperrows Frau? Eine Tochter, die Sperrow wie seine eigene aufzieht.«

»Ich glaube schon.«

»Wie erklärt sich dann die seltsame Verfügung im Testament?«

»Das weiß ich auch nicht.« Charles schob seinen

Teller beiseite. »Caedmon Hollow war 1843 etwa Mitte vierzig?«

»So ungefähr.«

»Okay. Schau dir diesen Teil an: ›In meines Lebensweges Mitte ... abgeirrt vom rechten Wege‹. In der Mitte seines Lebens gerät er also in das moralische Dickicht des Ehebruchs. Er hat eine Tochter von der Frau eines anderen Mannes. Und was dann?«

Silva zeigte auf den Text und las einen weiteren Satz vor: »›Einen Zehnt, ganz und gar verderbt‹. Ein schmutziges Opfer«, sagte sie. »Eine Art Tribut.«

»Aber für wen?«

»Feen«, sagte sie. »Erinnerst du dich an *Tam Lin?*«

»Feen«, sagte Charles. »Warum nicht? Wenn Arthur Conan Doyle an Feen glauben kann, dann kann ich es zumindest versuchen.« Er schüttelte den Kopf. »Und wer wurde den Feen geopfert?«

»Die Tochter von Caedmon Hollow.«

Charles lachte. »Wir haben es also mit einem Opiumsüchtigen mittleren Alters zu tun, der sein uneheliches Kind als Tribut für den Elfenkönig ermordet hat. Das ist doch ziemlich haarsträubend, oder?«

»Ziemlich«, sagte Silva, »zumal ich im Gegensatz zu Conan Doyle nicht an Feen glaube. Außerdem ist alles noch viel komplizierter ...« Sie zählte die Punkte an ihren Fingern ab. »Erstens: Wir wissen nicht, ob er tatsächlich ein uneheliches Kind hatte. Zweitens: Selbst *er* weiß nicht wirklich, ob er jemanden ermordet hat, oder? Der einzige wirkliche Beweis, den er anführt, sind ein Paar verdreckte Stiefel und ein paar Zeilen, die er im Blackout hingekritzelt hat. Drittens: Er ist kein besonders glaubwürdiger

Zeuge. Wie du schon gesagt hast, ist der Mann opium-
süchtig. Wie hat er es formuliert?« Sie hob das Blatt auf.
»Er sagt, sein ›Geist ist verwirrt‹. Richtig? In der Tat« –
sie überflog den Text – »gibt er zu, dass er ›die Realität
nicht mehr von einer Phantasmagorie unterscheiden
kann‹.« Dann ließ sie das Papier auf den Tisch sinken:
»Außerdem könnte das Ganze ein Fragment eines fiktiven Werks sein, das verloren gegangen ist – falls es überhaupt jemals vollendet worden ist. Ich will damit sagen,
wenn man den Sperrow-Zufall beiseitelässt, haben wir
eigentlich überhaupt keine Beweise. Alles, was wir haben,
sind ein Haufen Vermutungen, die auf einem möglicherweise echten Geständnis beruhen oder auch nicht. Wir
brauchen eine Art externe Bestätigung.«

»Bestimmt«, sagte Charles und dachte an Mary Babbing, »gibt es irgendeinen Bericht über den Mord an
einem Kind.«

»Wo?«

»Kirchenbücher? Zeitungen? Sagtest du nicht, du hättest das Blatt in einer Kiste mit Zeitungen gefunden? In
der *Ripon Gazette*?«

»Nein, nicht in der *Ripon*. So alt ist die nicht. Es war
die *Yorkshire Gazette*.«

»Die *Yorkshire Gazette*?«

Sie wedelte ungeduldig mit der Hand und dachte
nach. »Eine Zeitung aus dem 19. Jahrhundert, die es
schon lange nicht mehr gibt.«

»Gibt es noch Kopien aus dieser Zeit?«

»Gibt es«, sagte sie lächelnd. Sie streckte die Hand aus
und drückte seine Hand, die flach auf dem Tisch lag.
»Die gibt es tatsächlich.«

44

Es dauerte auch nicht lange, die Ausgaben ausfindig zu machen.

Charles hatte sich vorgestellt, die Zeitungen Ausgabe für Ausgabe, Tag für Tag, Woche für Woche durchzuarbeiten und endlose Spulen von Mikrofilmen in die alten Lesemaschinen im Keller der Ripon Library einzufädeln. Stattdessen machten sie sich bei zunehmendem Regen auf den Weg zu Silvas Wohnung.

Etwas später saßen sie über Silvas Laptop am vollgestopften Küchentisch. Die *Yorkshire Gazette* war zusammen mit Dutzenden anderer Zeitungen digitalisiert, katalogisiert und als Teil einer Website namens British Newspaper Archive online gestellt worden. Für dreizehn Pfund im Monat konnte man hier nach Herzenslust recherchieren. Charles kramte eine Kreditkarte aus seinem Portemonnaie und spürte dabei Silvas Nähe. Er roch ihren schlanken Körper, den schwachen Blumenduft ihres Shampoos, und er spürte die Wärme ihrer Haut, während sich ihre Hände zufällig berührten, als sie beide nach der Tastatur griffen. Sie lachten, Charles gab Silva die Karte heraus, und sie tippte die Zahlungsdaten ein.

Das Online-Archiv machte es ihnen einfach. Sie konnten ihre Suche nach Jahren filtern und den Namen Tom Sperrow in das Suchfeld eingeben. Auf dem Bildschirm wurden drei Treffer angezeigt: alte digitalisierte Zeitungsartikel, die sich von ihren heutigen Nachfolgern völlig unterschieden. Keine Bilder, keine

Schlagzeilen, auch nur kein Anschein journalistischer Objektivität; nur schmale Spalten in winzigem Druck, gelegentlich von kurzen Überschriften unterbrochen. Weltgeschehen mischte sich mit regionalen Themen, von einem Artikel über Cholera bis hin zu einem faszinierenden Bericht mit dem Titel *Wundersame Flucht vor dem Tod.*

Silva stupste ihn an. Sie deutete auf einen Bericht über die Landwirtschaftsmesse in Yarrow. Charles las: *Der Preis für die beste Holzarbeit ging an Tom Sperrow, einen kräftigen jungen Stallknecht im Dienste von Mr Caedmon Hollow von Hollow House, in der Nähe des Dorfes Yarrow …*

Silva rief die nächste Zeitung auf: 30. Juni 1843. Charles überflog die Ausgabe mit größerer Aufmerksamkeit. Dann fanden sie den entscheidenden Artikel über den Mord in Yarrow und die Festnahme des Mörders:

Das Monster, das für einen der bestialischsten Morde verantwortlich ist, die das Antlitz der Erde jemals beschmutzt haben, ist erfreulicherweise verhaftet worden und befindet sich nun in sicherem Gewahrsam. In der Nacht zum Samstag, gegen 11 Uhr, wurde Tom Sperrow, der Vater des bedauernswerten Opfers, auf dem Anwesen von Hollow House in der Nähe von Yarrow festgenommen, und zwar aufgrund der Aussage von Mr Caedmon Hollow. Einige Tage zuvor hatte Hollow bei seinem morgendlichen Spaziergang im Eorl-Wald eine schreckliche Entdeckung gemacht, die die Bewohner von Yarrow in höchste Aufregung versetzt hat. Auf einer Lichtung im Wald fand er den leblosen

Körper von Sperrows jüngstem Kind, der fünfjährigen Livia. Der Kopf des Kindes war völlig vom Körper getrennt worden, ihre Gesichtszüge erstarrt in einem Ausdruck hilflosen Schreckens. Die Nachricht von der grausamen Tat verbreitete sich schnell in der friedlichen Stadt Yarrow, und die Einwohner ließen ihre Kinder nicht mehr aus dem Haus. Sowohl Sperrow als auch seine Frau Helen, ein Hausmädchen, das ebenfalls in den Diensten von Mr Hollow stand, zeigten sich nach der Entdeckung des toten Mädchens völlig verzweifelt. Sperrows zunehmende Verwirrung veranlasste seine Frau schließlich, zusammen mit ihrem zweiten Kind Cedrick, um Beistand und Schutz bei Caedmon Hollow zu bitten. Mr Hollow schickte nach dem Constable von Yarrow, und die Verhaftung erfolgte bald darauf im Schutz der Dunkelheit.

Hier war sie also. Die Bestätigung. Charles hatte erwartet, in lauten Jubel auszubrechen – triumphierend, hätte Erin gesagt. Aber den schalen Triumph über diesen Artikel konnte er mit seiner trauernden Frau nicht teilen.

Er lehnte sich zurück, fassungslos über die grausame Tat. »Mein Gott«, sagte er.

Silva reagierte nicht. Sie klickte eine andere Ausgabe an: 2. August 1843. Die Schlagzeile stand oben in der zweiten Spalte: *Hinrichtung des Mörders von Yarrow.* Die Justiz hatte offenbar schnell entschieden. Charles überflog den Artikel.

Heute Mittag wurde das Urteil an Tom Sperrow voll-
streckt, der in Yorkshire wegen des grausamen Mordes an seiner kleinen Tochter Livia zum Tode verurteilt
worden war. Der Prozess gegen den unglücklichen
Mann, der sein Leben so früh verwirkt hat, fand statt ...

Und dann, nach einer Rekapitulation des Mordes und
des Prozesses, ging es weiter:

Sperrow zeigte bis zum Schluss keine Reue, beteuerte
seine Unschuld und weinte bei den Gebeten, die für
ihn gesprochen wurden. Er wurde von Pfarrer J. Rat-
tenbury begleitet, der von Anfang an große Sorge um
das Wohlergehen des Unglücklichen in der jenseitigen
Welt zeigte.
Sperrows Gattin und sein kleiner Sohn besuchten ihn
am Montag. Man kann sich leicht vorstellen, unter
welch schweren Schicksalswolken sie sich endgültig
voneinander verabschieden mussten. Ihre Vergebung
sollte uns allen ein Vorbild sein ...
Als der Kaplan die letzte Messe vor der Hinrichtung
abhielt, verkündete Sperrow laut und mit fester
Stimme seine Unschuld. Selbst auf dem Gang zum
Schafott blieb Sperrow bei seinen Beteuerungen, bis
zum letzten Atemzug. Dann machte der Henker sich
an seine traurige Verrichtung und schickte Tom Sperrow in die Ewigkeit ...

Genug, dachte Charles.

»Er hat Tom Sperrow betrogen«, sagte Silva und
nahm seine Hand. »Er hat ihm Hörner aufgesetzt, sein

eigenes leibliches Kind ermordet und Tom Sperrow dafür sterben lassen. Aus Reue hat er dann die Verwaltung von Hollow House auf Sperrows Erben übertragen.«

»All das, um die Feen zu besänftigen«, sagte Charles. »Ich kann es nicht glauben.«

»Ich sage nicht, dass ich es glaube«, betonte Silva. »Ich sage nur, dass *er* es geglaubt hat. Hollow war zugedröhnt mit Opium. Er selbst hat niedergeschrieben, dass er Fantasie und Realität nicht mehr unterscheiden konnte.«

»Mein Gott«, sagte Charles, völlig erstarrt.

Sie hielt weiter seine Hand.

45

Draußen, in der Abenddämmerung, ging Charles die Hauptstraße hinauf zu seinem Auto und dachte an Helen Sperrow und Silva North. Er dachte an Syrah Nagle und an Lorna und Lissa, und er dachte auch an Erin, die allein durch die Gemächer von Hollow House schwebte. Vor allem aber dachte er an die unzähligen Möglichkeiten, die die Welt aufbot, um einen in den Ruin zu treiben.

Er hatte Erin nicht gesagt, dass er sich heute mit Silva treffen würde, hatte ihr lediglich erzählt, dass er mit dem Auto nach Ripon fahren würde, um in der dortigen Bibliothek zu stöbern – eine Lüge, die zu lahm war, als dass sie sie hätte hinterfragen wollen, was immer sie auch vermutet haben mochte. Und wenn er in dieser Täuschung das Gespenst vergangener Täuschungen oder den Vorboten noch kommender Täuschungen spürte, konnte er es nicht einmal sich selbst gegenüber zugeben. Wie hätte er auch anders handeln können? Caedmon Hollow ließ ihn nicht ruhen. Jede neue Entdeckung spornte ihn weiter an. Er stand, oder glaubte zu stehen, an der Schwelle zu einer fulminanten Enthüllung.

Charles griff in seiner Tasche nach dem rostigen Blatt: Auch das hatte er verschwiegen, eine Lüge unter einem anderen Namen. Eine weitere Täuschung.

Bring sie zu mir.

Nein, das wollte er nicht. Das würde er nicht tun.

Er steckte das Ding weg und sah auf.

Seine Hand kribbelte noch immer von Silvas Berührung.

46

Das Foto war verschwunden. Das Kindergartenporträt, das Lissa so gut einfing, ihr Lachen auf den Lippen und in ihren Augen, das die sittsam auf dem Tisch vor ihren gekreuzten Händen Lügen strafte. Lissa sah auf dem Bild so lebendig aus, als würde sie jeden Augenblick heraustreten.

Vor allem anderen war es dieses Bild, das ihm blieb. Ohne Lorna oder dieses Foto rückten die Gesichtszüge seiner Tochter immer mehr in die Ferne. Lissas Energie war grenzenlos gewesen. Sosehr er sie auch vermisste, so anstrengend war es damals gewesen. Wenn er ehrlich zu sich selbst war (was seine Schuldgefühle noch vergrößerte), musste er zugeben, dass er seine Tochter damals oft als lästig empfunden hatte.

Und obwohl er jeden Atemzug und jeden Herzschlag von Lissa vermisste, fragte er sich dennoch, ob er sie auch *genug* vermisste. Angesichts von Erins Sturzbach aus Trauer und Vorwürfen fühlte sich sein eigenes Verlustgefühl unzureichend an.

Erin konnte das Foto von Lissa keinen Moment aus den Augen lassen. Und obwohl Medikamente und Alkohol sie betäubten, begleitete Lissa sie bis in den Schlaf. Und Erin schlief jetzt öfter. Sie ging früh zu Bett, wachte spät auf, machte mitten am Tag ein Nickerchen. In den Stunden dazwischen stand sie am Fenster und wartete darauf, dass ihre Vision von Lissa zurückkehrte. Wenn dies nicht der Fall war, sah sie sich das Foto an.

Und dann war das Bild plötzlich verschwunden.

Einfach weg. Es lag weder zwischen den Fläschchen auf Erins Nachttisch noch zwischen den Bleistiften im Esszimmer.

»Das verstehe ich nicht«, sagte Charles. »Es kann doch nicht einfach weg sein.«

Erin hatte ihn im Frühstücksraum gefunden, mit einer Tasse Kaffee in der Hand.

Erin war aus einem Traum von Lissa aufgeschreckt. Sie hatten am Waldrand gestanden, den Wall und das Tor vor sich, dahinter die dunklen Bäume. Plötzlich erschien vor ihnen ein hagerer Schatten mit großen Hörnern. *Komm mit mir,* hatte sie gesagt und die Hand des Kindes genommen, und Lissa hatte geantwortet: *Geh ohne mich weiter.* Dann war Erin aufgewacht. Als sie nach dem Foto greifen wollte, war es verschwunden.

Aber auch im Esszimmer war es nicht zu finden.

Jetzt sagte sie lauter: »Es ist verschwunden.«

Sie setzte sich Charles gegenüber.

»Wie soll es verschwunden sein?«, fragte Charles. »Du verlässt ja nicht einmal das Haus.«

»Aber es ist weg«, sagte sie. »Darüber kann man nicht diskutieren, Charles.«

Er schob seinen Kaffee beiseite und seufzte. »Lass es uns suchen«, sagte er.

Sie rekrutierten Mrs Ramsden für diese Aufgabe und gingen gemeinsam durch das Anwesen, langsam, Raum für Raum. An jeder Ecke erwartete Charles das Foto – im Esszimmer, im Arbeitszimmer oder in Erins Schlafzimmer im Obergeschoss, das er zum ersten Mal seit Lissas Geburtstag betrat. Er schob die Vorhänge beiseite, sodass der Raum mit Licht durchflutet wurde. Auf Erins Nachttisch stand eine Batterie orangefarbener Plastikfläschchen, ihr weißes Nachthemd hing am Pfosten des noch ungemachten Bettes, aber das Bild war nicht da.

Und wenn Charles die vergebliche Suche frustrierte, so fühlte Erin etwas Tieferes und noch Beunruhigenderes, etwas, das einer Panik gleichkam. Obwohl sie das Bild längst in ihrem Gedächtnis abgespeichert hatte. Obwohl sie Dutzende anderer Fotos besaß, war der Verlust gerade dieses Bildes wie ein weiterer Schlag für Erin.

In der Woche nach Lissas Tod hatten die praktischen Entscheidungen, die sie treffen mussten, Erin abgelenkt. Ein Bestatter musste beauftragt, ein Nachruf geschrieben

werden. Sie mussten einen Sarg aussuchen, einen Grab-
platz kaufen, einen Pfarrer aufsuchen – und das, obwohl
beide schon lange keine Kirche mehr betreten hatten (in
den folgenden Monaten wünschte sie sich oft den Trost
des Glaubens). Und schließlich die Auswahl der Fotos
für die Gedenkfeier, die der Bestatter vorgeschlagen
hatte – eine Idee, die nie verwirklicht worden war.

Erin hatte zwar begonnen, die Bilder zu sichten, aber
dann wurde ihr klar, dass die ganze Sache unerträglich
war. Sollte sie irgendwelche Fotos von Lissa mit Charles
auswählen? Konnte sie angesichts seiner Affäre die Lüge
einer glücklichen Familie aufrechterhalten? Stattdessen
hatte sie sich für ein einziges Foto entschieden, das erste,
das ihr in die Hände fiel. Sie hatte es auf den kleinen
Tisch neben dem Sarg gelegt, geschmückt mit einer ein-
zelnen rosafarbenen Rose. Nach der Beerdigung nahm
sie es in die Hand, drückte es während der Trauerfeier
an ihre Brust und umklammerte es während der anstren-
genden Fahrt nach Hause, wo in den verlassenen Räumen nur Stille auf sie wartete. So war das Foto für sie zu
einer Art Talisman geworden. In Hollow House war es
eine letzte Verbindung zu allem, was sie verloren hatte,
hier an diesem fremden Ort, verheiratet, aber ohne
wirklichen Ehemann, eine Mutter ohne Kind, ihres Glü-
ckes beraubt.

Mit dem Foto hatte sie nun alles verloren.

»Es wird wieder auftauchen«, sagte Charles. »Ich verspreche es.« Er trat auf sie zu, und einen Moment lang
dachte sie, er würde sie umarmen. Einen Moment lang
wünschte sie sich fast, er würde es tun.

Doch dann wandte er sich ab.

Allein in der Küche, schüttete Erin sich zwei Alprazolam in die Handfläche und schenkte sich ein Glas Wein ein.

Es war zwei Uhr nachts.

Unbemerkt stand Mrs Ramsden in der Tür, und Erin ärgerte sich.

47

In der darauffolgenden Woche kehrte Charles nicht in den Wald zurück. Doch das Gespenst des Gehörnten Königs verfolgte ihn noch immer. Er spürte den hageren Schatten, der sich über sein Bett lehnte, bevor er einschlief, und er erwachte in der stillen Dunkelheit vor dem Morgengrauen, erschöpft bis in die Knochen von unruhigen Träumen, und mit dem Satz …

– *bring sie zu mir* –

… der in seinen Gedanken widerhallte.

Dann stieg er aus dem Bett, zog sich Jeans an und stapfte auf Strümpfen die Treppe hinunter in den Frühstücksraum, wo er am Fenster stand, Kaffee trank und über den Wald grübelte, bis Mrs Ramsden eintraf. Jeden Morgen fragte sie ihn, was er frühstücken wolle, und erkundigte sich im nächsten Atemzug, ob Mrs Hayden ihm heute Gesellschaft leisten würde. Nein, sie würde nicht kommen, antwortete Charles, ein ritueller Ruf und eine rituelle Antwort, die alles umfassten, was unausgesprochen zwischen ihnen lag, ein Kürzel für Mrs Ramsdens offensichtliche, aber stumme Besorgnis und

Charles' ebenso stummes Entsetzen darüber, dass Erin kurz davor war, unwiederbringlich in einen Abgrund zu rutschen.

Das Verschwinden des Fotos schien eine Krise ausgelöst zu haben. Sie fing an, früher am Tag und immer mehr zu trinken; die Tabletten stumpften das Leben in ihren Augen ab; sie aß wenig und schlief viel. Doch eine weitere Woche lang sprachen Charles und Mrs Ramsden nicht darüber. Dann, eines Tages, drang das Thema endlich an die ruhige Oberfläche ihres Gesprächs, wie ein warziges Ungeheuer aus den tiefsten Meeresgräben, das lange verborgen geblieben war und sich nun endlich offenbarte.

»Wird Mrs Hayden Ihnen Gesellschaft leisten?«, fragte Mrs Ramsden von der Küchentür aus, und Charles, der mit seinem Kaffee am Fenster stand, drehte sich um und sah ihr in die Augen.

»Was soll ich denn machen?«, fragte er.

»Ich bin mir nicht sicher, ob ich Ihre Frage verstehe, Mr Hayden.«

Charles stellte seine Tasse auf den Tisch. »Bitte«, sagte er.

»Also, ich denke, ich würde Dr. Colbeck aufsuchen, wenn ich Sie wäre. Und ich würde auch mit Mrs Hayden sprechen.«

»Das mag sein«, sagte er.

»Wie Sie wünschen, Mr Hayden.« Mrs Ramsden zögerte. »Lieber früher als später, würde ich sagen.«

Kein Zweifel, dachte Charles. Doch eine Art von Lähmung befiel ihn. Er vermochte sich nichts vorzustellen, was sie retten könnte. Er fühlte sich hilflos, wie eine

Figur in einem Märchen, ohnmächtig, die Dynamik der Ereignisse zu ändern, die ihn mitgerissen hatten – Erin und Silva, Lissa, Lorna, die Erscheinung im Wald.

Also rief er weder Colbeck an, noch sprach er mit Erin. Er suchte Trost in der Überzeugung, dass sich ihr Zustand irgendwann bessern würde; es war nur eine Frage der Zeit. Bis dahin zog er sich in den Keller zurück, in seine Forschung, wenn man das Sortieren von anderthalb Jahrhunderten angesammelten Mülls Forschung nennen konnte. Damit hatte er nicht gerechnet, als er an die Universität gegangen war. Aber er hatte mit vielem nicht gerechnet.

Er kam voran oder auch nicht, was so viel heißt wie: Er hatte noch nichts gefunden, was für sein Projekt von Wert gewesen wäre, und seit er das Tagebuch des Hausmädchens entdeckt hatte, war er nicht ein Mal auf etwas von allgemeinem Interesse gestoßen. Andererseits bot der Keller inzwischen einen akzeptablen Anblick, mit dem ramponierten Sofa und dem Tisch, die ihm als Arbeitsplatz dienten, den ordentlichen Stapeln von Kisten (zum Wegwerfen und zum Aufbewahren) an beiden Wänden.

Staub und Schweiß machten ihm zu schaffen. Er war jeden Abend von Kopf bis Fuß verdreckt und hatte eine verstopfte Nase, wenn er nach oben ging. Er arbeitete oft lange und verließ den Keller erst nach acht Uhr, um zu duschen und sich umzuziehen. Er wärmte das Essen auf, das Mrs Ramsden im Kühlschrank für ihn vorbereitet hatte, und aß allein.

Und eines Nachts entdeckte er die Bilder.

Mrs Ramsden war schon weg, als er in die Wohnung

zurückkehrte. Er duschte den Schmutz ab und nahm seine einsame Mahlzeit in der Küche ein. Während Erin sich am Esstisch ihrer Obsession hingab, saß Charles, der für seine eigenen Obsessionen empfänglich war, im Arbeitszimmer und las den verschlüsselten Text wieder und wieder. Er kannte ihn inzwischen so gut wie auswendig; es gab dort sicher nichts mehr zu finden. Dennoch hatte er das Gefühl, dass er etwas übersehen hatte.

Er überflog den Text erneut, seufzte und legte ihn beiseite.

Er stand auf.

Am Bücherregal neben dem Kamin ließ er seinen Finger über die Buchrücken gleiten und zog wahllos ein Buch heraus – Sir Thomas Brownes *Urn Burial*. Er betrachtete kurz die römischen Ziffern auf dem Titelblatt und versuchte festzustellen, wie alt es war – alt jedenfalls. Büttenpapier, die Seiten von der Zeit zerfurcht. Er blätterte es durch und schob es zurück ins Regal, während er daran zurückdachte, wie er das erste Mal in einer richtigen Bibliothek gestanden hatte, an die Stille dort, abseits der Familie, der Kit schon vor seiner Geburt abgeschworen hatte, weg von den aufgetakelten Tanten und den streitlustigen Cousins. Und an *Im Nachtwald*, natürlich. Welche Laune des Schicksals hatte ihn veranlasst, innezuhalten und es aus dem Regal zu ziehen, als er mit dem Finger die Bücherreihe entlanggefahren hatte? Und warum hatte er es gestohlen?

Etwas, das möglicherweise eine Erinnerung war, kam zum Vorschein. Ein Vorhang, der sich in der Luft teilte und für einen Moment ungeahnte Kronen und Schätze offenbarte. Ein Chor von Geflüster … Aber im selben

Atemzug entglitt ihm die Erinnerung – wenn es überhaupt eine Erinnerung gewesen war – und ließ ihn mit dem Gefühl zurück, dass er nur eine Figur in einer Geschichte war – dass er das Buch gestohlen hatte, weil die Geschichte es von ihm verlangt hatte. Wie kann man Ödipus für seine Verbrechen verantwortlich machen, hatte ein Student von Charles einmal protestiert, wenn er von Anfang an zum Tode verurteilt war?

Charles hatte keine Antwort parat, aber der Gedanke, sich einer größeren Erzählung zu unterwerfen, war nicht tröstlich. Vielleicht war auch sein Schicksal auf einem Schicksalswebstuhl gewoben worden, den er weder begreifen noch verstehen konnte; vielleicht war er nicht viel mehr als ein wandelnder Schatten, der seine Stunde auf der Bühne verbringt und sich aufregt. *Ein Märchen ist's, erzählt von einem Idioten, das nichts bedeutet.* Warum eigentlich nicht? Selbst, wenn es am Ende nichts bedeutete, war es immer noch eine Geschichte, die jemand anderes erfunden hatte: ein kalter Trost, aber dennoch ein Trost. Vielleicht war es nicht seine Schuld. Vielleicht war nichts davon seine Schuld. Der Gedanke verlockte ihn. Gib auf. Gib auf.

Er schlenderte an einem Regal entlang und fuhr mit einem Finger müßig neben sich her, der dumpf von Buchrücken zu Buchrücken hüpfte, bis ihn ein hoher, stattlicher und dünner Band ansprach. Er zog ihn aus dem Regal und studierte den Titel, der in Gold auf ein Feld aus weichem, glänzendem Braun geprägt war. *Sir Gawain und der grüne Ritter.*

Er schlug das Buch irgendwo auf und blickte auf eine Strophe des mittelalterlichen Verses.

For wonder of his hwe men hade,
Set in his semblaunt sene;
He ferde as freke were fade,
And oueral enker-grene.

Charles hatte während seines Studiums nur ein einziges
Chaucer-Seminar besucht, und seine Kenntnisse von
Chaucers Mittelenglisch waren mehr als dürftig; der
Dialekt des unbekannten Gawain-Dichters stellte ihn
vor deutlich größere Schwierigkeiten. Aber er konnte
sich den Kern der Passage zusammenreimen, oder
glaubte dies zumindest:

Wunderlich war die Farbe seiner Haut,
wie man's in seinem Antlitz sah;
handelte wie ein Elfenritter,
und war grün ganz und gar.

Charles holte tief Luft. Hier war also eine weitere Inkarnation des Waldes, ein weiterer Elfenkönig aus Fleisch
und Blut, der gekommen war, um einem Ritter zu sagen,
dass sein Schicksal auf ihn wartete. Unter dem oberflächlichen Glanz des Christentums, so erinnerte er sich,
gemahnte die Handlung des Gedichts an heidnischen
Aberglauben. Wieder einmal hatte er das Gefühl, eine
Welt zu betreten, die unendlich viel älter und fremder
war als seine eigene.

Er blätterte die Seite um.

Hier waren zwei vergilbte Leinenpergamente in das
Buch geschoben worden. Darauf zwei Bilder, die mit
sicherer Feder und Tinte ausgeführt und mit pastell-

farbenen Strichen überzogen waren. Das eine zeigte einen gehörnten Mann im Dreiviertelprofil: ein Gesicht aus verwobenen Blättern in herbstlichen Farben, mit stechenden Augen und hohen Wangenknochen und einer grausamen Hakennase, wie der Schnabel eines Raubvogels. Das zweite war ein weiteres Bild des gehörnten Mannes, diesmal kaum mehr als eine vage Silhouette, die auf der großen Mauer stand und auf das Hollow House hinabblickte. Hinter der Gestalt die unermessliche Weite des Waldes, darüber, hinter dünnen Wolkenfetzen, eine aufgehende rote Sonne.

Der Gehörnte König.

Charles atmete langsam aus, blätterte zurück zur ersten Zeichnung und dann wieder zurück. Auf beiden Seiten unten derselbe Satz: *Ich habe ihn gesehen,* stand da, und darunter die Initialen: *CH 1843.* »Himmel«, flüsterte er.

Erschüttert – Gott, war er verrückt geworden? – schob Charles den Band zurück an seinen Platz im Regal. Er betrachtete die Reihen der Bücher und wunderte sich, dass er die Bilder überhaupt entdeckt hatte. Doch das Gefühl der Unausweichlichkeit blieb – das Gefühl, dass das Buch mit seinem Elfenkönig ihn irgendwie herbeigerufen hatte. Es war wie etwas, das in einer Geschichte passieren könnte, und er hatte wieder einmal das Gefühl, dass er nicht wirklich ein freier Akteur war, dass er Teil einer größeren Geschichte war, die sich immer weiter fortspann. Und dann, immer noch mit den Bildern in der Hand, ging er durch das Foyer hinaus ins Esszimmer.

»Erin?«

Sie sah auf. Ihr Blick war distanziert und unscharf, als käme sie aus einem fernen Land zu sich selbst zurück. Wie Harris, dachte er – Harris im Haus des Verwalters, verzaubert oder entrückt, derselbe ferne Blick, das Gefühl der langsamen Rückkehr.

Sie schloss ihr Skizzenbuch. Schluckte. »Charles?«

»Schau mal, was ich im Arbeitszimmer gefunden habe«, sagte er.

Er hielt die Zeichnungen hoch, schob ihr halb leeres Weinglas beiseite und legte die Bilder wie Spielkarten vor sie hin: der Gehörnte König, in Nahaufnahme und als Silhouette auf der Mauer.

Erin sog scharf die Luft ein.

»Caedmon Hollow hat sie gemacht«, sagte Charles und tippte auf das Porträt des Gehörnten Königs.

Erin studierte die Zeichnungen. Sie streckte die Hand aus und berührte leicht die Initialen am unteren Rand der zweiten Seite. Als sie wieder sprach, hatte sie die Tonlage gewechselt. Sie klang heiser vor … was? Verwunderung? Furcht? »Charles«, sagte sie. Als sie zu ihm aufsah, war ihr Gesicht weiß.

»Was ist los?«

Sie antwortete nicht. Stattdessen öffnete sie das Skizzenbuch.

Charles erschrak über das, was er dort sah: eine Skizze des Gehörnten Königs im Dreiviertelprofil. Abgesehen von der fehlenden Farbe – Erin arbeitete mit Bleistift –, war das Bild identisch mit dem Pastell von Caedmon Hollow: dieselben stechenden Augen, dieselbe Hakennase, die verwobenen Blätter.

Erins Finger zitterten, als sie die Seite umblätterte.

Der Gehörnte König als Silhouette auf der Mauer, die Morgensonne im Rücken.

Sie blätterte in ihrem Skizzenbuch die Seite um: hier der Gehörnte König im Profil. Und hier wieder, auf der nächsten, der König auf der Mauer. Seite für Seite wiederholte sich die Abfolge, die Linien so scharf und präzise, dass die Bilder Fotokopien hätten sein können, bis Erin endlich bei dem Bild ankam, an dem sie gerade gearbeitet hatte, als Charles ins Zimmer gekommen war: ein weiteres Porträt des Gehörnten Königs, diesmal halb fertig, die Augen und der Nasenbogen nur grob angedeutet, aber ansonsten identisch mit den Vorgängern, als ob sie nicht so sehr die monströse Kreatur zeichnete, sondern das zwanghafte Diktat einer dämonischen Muse abschrieb. Oder, schlimmer noch, als würde sich das Ding seinen Weg durch das Blatt bahnen, jede mit dem Bleistift gezogene Linie ein Riss im Gewebe der Realität selbst, so dünn war die Membran zwischen der alltäglichen Welt der Staus und Teetassen und dem entsetzlichen Ort auf der anderen Seite, der äußeren Dunkelheit, voller Heulen und Zähneklappern, wo der Gehörnte König herrschte.

»Ich kann nicht damit aufhören«, sagte Erin. »Ich kann nicht aufhören, ihn zu zeichnen. Alles, was ich tun muss, ist, einen Stift in die Hand zu nehmen und ...« Sie schüttelte den Kopf. »Ich fange an, sage mir, dass ich etwas anderes malen werde, und dann ist es, als ob ich mich selbst verliere, und wenn ich zurückkomme, stelle ich fest, dass ich ...« Sie deutete mit der Hand auf die unfertige Seite. »... das gemacht habe.«

»Automatisches Schreiben«, sagte Charles.

»Was?«

»Das klingt wie automatisches Schreiben. Wenn ein Medium in Trance geht und das Diktat eines Geistes aufschreibt.«

»Gott«, sagte sie. »Was für eine furchtbare Vorstellung.«

Er setzte sich neben sie, die Ecke des Tisches zwischen ihnen, aber als er zu sprechen begann, unterbrach sie ihn. »Ich sage mir, dass ich mich fernhalten werde«, sagte sie. »Ich sage mir, ich bin fertig damit, und dann sitze ich wieder hier. Die Pillen, der Wein – ich dachte, das würde vielleicht den Zwang abtöten. Aber nichts hilft.«

»Wir müssen Colbeck anrufen.«

»Colbeck? Du glaubst, ein Arzt kann helfen, Charles?« Sie lachte bitter auf. »Wir brauchen eher einen Exorzisten.«

»Erin ...«

»Das lässt sich nicht wegrationalisieren oder wegdiskutieren.«

»Hör zu, du bist nur verärgert«, sagte er. Aber er war ebenfalls verärgert. Seit Wochen hatte er sich alles schöngeredet: das rostige Metallblatt, das er wie einen Talisman in der Tasche trug, den Gehörnten König im Wald und auf der Mauer.

Ja.

Und die Gesichter in den Bäumen, und die Träume, und diese kalte Stimme in seinem Kopf. Und jetzt das.

Aber das konnte nicht sein. Solche Dinge existierten nicht.

»Vielleicht sind die Medikamente die Ursache, Erin. Wenn du vielleicht einfach ...«

Clean, wollte er sagen, aber sie unterbrach ihn wieder.

»Ich habe ihn gesehen.«

»Was?«

»*Ich habe ihn gesehen.*«

»Wen?«

Sie nickte auf das Porträt des Gehörnten Königs. »Ihn.«

»Wo? Du hast dich wochenlang hier drin eingeschlossen ...«

»Auf der Mauer«, sagte sie. »In der Nacht, als der Strom ausgefallen ist. Ich habe ein Kind auf der Mauer gesehen. Ich dachte, es sei Lissa, und vielleicht war sie es auch. Ich weiß nicht, wer sie war. Aber ich habe sie auf der Mauer gesehen, und dieses Ding war da – ein dünner, dunkler Schatten, wie das Schicksal oder die Verdammnis. Und dann erhob sich der Wind, und sie wurden beide zerfetzt und weggeweht.«

Und Charles dachte an das Ding, das im Wald über ihm gestanden hatte, und dass er es dreimal geleugnet hatte. Er dachte an die Klinge, die sich zur Vergeltung herabsenkte, und wie der Wind, selbst als die Klinge sein Fleisch küsste, sich erhob, um das Ding in Stücke zu reißen, und die Fetzen in die warme Morgenluft trug.

Erin, die ihn schon immer mit fast übernatürlicher Genauigkeit hatte lesen können, sagte: »Du hast ihn auch gesehen, nicht wahr?« Sie streckte die Hand aus und nahm seine Hände, die auf dem Tisch lagen. »Charles, bitte. Bitte sei ehrlich zu mir.«

Ja, ich habe ihn auch gesehen, sagte Charles fast. Es war so lange her, dass sie ihn berührt hatte; ihre Hände waren warm auf den seinen. Auch ich habe ihn gesehen, dachte er. Ich habe ihn auf der Mauer gesehen. Ich habe ihn im Wald gesehen.

Aber dann – er war nicht Caedmon Hollow, er würde nicht so verrückt sein – verdrängte Charles das Eingeständnis, leugnete es sogar vor sich selbst. Er zog sich von ihr zurück. Er stand auf. Seine Hände schlossen sich zu Fäusten und entfalteten sich wieder. Er würde nicht wütend werden. Er würde keine Angst haben.

»Ich habe nichts gesehen«, sagte er ihr.

Erin weinte.

»Ich will nach Hause«, sagte sie.

48

Hatte er Angst?

Gab es dafür einen Grund?

Immerhin konnte er die Erscheinung des Gehörnten Königs als Illusion abtun. Er konnte die schlauen Gesichter im Wald erklären (seine überbordende Fantasie, eine Lichtspiegelung), ebenso die dünne Stimme in seinem Kopf (das anhaltende Flüstern eines Traums). Er konnte sich sogar das rostige Metallblatt erklären, das er im Wald gefunden hatte. Wer wusste schon, wie lange es dort in seinem Moosbett gelegen haben mochte? Jahre, vielleicht. Jahrhunderte.

Gut.

Aber wie konnte er sich Erins Reproduktion der Pastellbilder von Caedmon Hollow erklären? Vielleicht war sie im Vollrausch über die Originale gestolpert (obwohl sie sich daran nicht mehr erinnern konnte). Vielleicht hatte sie sie in ihrem Kopf fixiert, war auf irgendeiner unbewussten Ebene von ihnen besessen, was auch immer – aber eine exakte Kopie, Strich für Strich?

Er konnte nicht umhin, sich an Sherlock Holmes zu erinnern: Wenn man das Unmögliche eliminiert hat, muss das, was übrig bleibt, wie unwahrscheinlich es auch sein mag, die Wahrheit sein.

Was aber, wenn das, was übrig blieb, *selbst* unmöglich war?

Charles seufzte.

Auf dem Tisch im Keller legte er die Teile des Rätsels aus wie eine Uhr: Caedmon Hollows Pastelle um Mitternacht und Erins Duplikate um sechs, das rostige Metallblatt um drei, den verschlüsselten Text um neun. Die Ausdrucke der drei Zeitungsartikel legte er quadratisch in die Mitte. Er starrte lange auf diese Anordnung, aber er konnte das darin verschlüsselte Geheimnis nicht enträtseln.

Er studierte die Bilder noch einmal. Er strich mit der Spitze seines Zeigefingers über den Talisman. Er las den Text und las ihn wieder und wieder.

Beim dritten Mal blieb sein Blick am ersten Absatz hängen.

Aber heute Morgen wachte ich auf und fand ange- trocknete Erde an meinen Stiefeln und die folgenden Zeilen in mein Tagebuch gekritzelt. Ich habe sie hier ver- schlüsselt und zusammen mit dem Schlüssel aufbewahrt, in der Hoffnung, dass ein zukünftiger Leser in diesem un- zusammenhängenden Widerhall Beweise für eine post-

*hume Absolution finden möge, die ich selbst nicht sehen
kann.*

Widerhall, dachte er. Unzusammenhängender Wider-
hall. Er hatte angenommen, dass Hollow sich auf das
Anspielungsmuster in dem verschlüsselten Text bezog,
und das war sicherlich ein Teil davon. Aber was,
wenn …?
Charles zog einen Stuhl heran und setzte sich.
Waren Erins mit Bleistift gezeichnete Duplikate von
Caedmon Hollows Pastellen nicht eine Art Widerhall?
Ich habe ihn gesehen, lautete die Überschrift. Und das
hatten er und Erin auch, so viele albtraumhafte Visionen, die über die Jahre hinweg riefen.
Ouroboros, dachte er. Die Zeit war eine Schlange, die
sich selbst in den Schwanz biss.
Das kosmische Rad drehte sich, und Charles Hayden
hatte Angst.

49

»Es war einmal«, begann Fergus Gill und brachte eine
seiner Figuren ins Spiel. Charles und der alte Mann
saßen mit dem Damebrett zwischen ihnen an einem
Tisch in der Nähe des Kamins im Pub.
Hinter der Bar polierte Armitage, der Charles ein Bier
gezapft und ihm die Richtung gewiesen hatte, Gläser. Es
war drei Uhr, und das *Horned King* war in der Zeit zwischen Mittag- und Abendessen fast leer: ein paar enga-

gierte Trinker an der Bar; ein junger Mann mit einem Taschenbuch, der in einer der Sitznischen an der hinteren Wand über seinem Bier las; eine Handvoll älterer Semester, die über ihren Schachbrettern kauerten. Als Charles herüberkam, um sich vorzustellen, hatte Fergus Gill, groß und kräftig, mit einem Schopf eisengrauer Haare, ein heiß umkämpftes Spiel beobachtet, seine eigene Ausrüstung unter einen Arm geklemmt und ein Pint auf dem Tisch. Das Gesicht des alten Mannes war pferdeartig, fleischig und vom Alter gezeichnet; seine Hand, als Charles sie schüttelte, voller Arthritisknoten. In seiner Stimme lag ein starker Yorkshire-Akzent.

»Ich habe mich schon gefragt, wann Sie vorbeikommen«, sagte er und ließ sich Charles gegenüber nieder. Er löste die Verriegelung seines Brettes und begann, die Figuren aufzustellen. Anscheinend würden sie spielen.

»Wie das?«, fragte Charles.

Gill ignorierte die Frage. »Schwarz oder Weiß?«

»Weiß, denke ich.«

»Schwarz zieht zuerst.«

»Okay.«

»Sie kennen die Regeln?«

»Mehr oder weniger.«

»Das muss genügen.« Gill sah von der Tafel auf. »Sie wollen etwas über den Wald wissen, nehme ich an.«

»Ann Merrow hat mich an Sie verwiesen.«

»Ich weiß noch, als Ann ein Mädchen war. Es scheint so, als ob ich mich daran erinnere, wie *jeder* hier noch ein Kind war.« Und dann: »Es war einmal, vor langer Zeit, da war ich selbst noch ein Kind. Sie waren damals noch nicht einmal geboren. Das war vor dem Krieg –

dem zweiten, meine ich, mit den verdammten Hunnen und ihren Bomben über London. Kaum zu glauben, dass schon so viel Zeit vergangen ist. Haben Sie vor umzuziehen?«

Charles schaute auf das Brett. Er zog einen Stein.

Fergus Gill schüttelte den Kopf, als ob Charles einen fatalen Fehler gemacht hätte. Wahrscheinlich hatte er das auch.

»Mrs Merrow sagte, Sie wüssten mehr über den Wald als jeder andere in Yarrow.«

»Altweibergeschichten«, sagte Gill. »Die habe ich von meiner Urgroßmutter, die in den 1930er-Jahren älter war als ich jetzt. Wir Gills stammen aus einer langlebigen Familie, Mr Hayden. Ich bin einundneunzig. Ich fühle es in meinen Knochen. Aber warum interessieren Sie sich für diese alten Geschichten?«

Charles flüchtete sich in eine Lüge, die keine Lüge war. »Ich schreibe, ich habe vor, eine Biografie über Caedmon Hollow zu schreiben. *Im Nachtwald.*«

»Das habe ich schon gehört.« Gill dachte über seinen Zug nach und schob dann einen Stein.

»Haben Sie es gelesen?«

»Vor langer Zeit.«

»Ich interessiere mich für Überschneidungen zwischen der lokalen Folklore und dem Buch selbst. Der Name des Pubs, *Horned King*, zum Beispiel. Oder auch die Mauer, die das Anwesen umgibt. In den Eisenbeschlägen der Tore findet sich das Motiv eines gehörnten Mannes.«

»Ich wäre an Ihrer Stelle vorsichtig mit dem Wald. Menschen verirren sich.«

»Oder werden von Feen entführt«, sagte Charles.

»Das sagen die Leute ihren Kindern, damit sie sich nicht verlaufen.«

»Wie Mary Babbing?«

»Mary war ein süßes Kind. Aber ich glaube nicht, dass es eine Fee war, die sie entführt hat, oder?«

»Nein«, sagte Charles.

»Sie sind dran.«

Charles schob eine weitere Figur ins Spiel.

Gill übersprang ihn und noch einen weiteren. Er stapelte seine besiegten Gegner auf der Seite. Das erste Blut. »Sie wollen also etwas über den Gehörnten König und seine Feen-Untertanen wissen.«

»Vor allem, was der Gehörnte König mit den Kindern will.«

»Ah. Also, er hat einen Pakt mit dem Teufel geschlossen. Die Geschichte des Waldes ist eine Geschichte von zwei unheiligen Abmachungen, pflegte meine Oma zu sagen. Der Gehörnte König schloss einen Pakt mit dem alten Unhold, um seine Jugend zu erneuern, wenn der Brunnen der Jahre versiegt. Und er bezahlte seinen Anteil mit Münzen in der Währung des Teufels.«

»Mit seiner Seele?«

»Die Feen haben keine Seelen, mit denen sie verhandeln können, hat mir meine Oma immer gesagt, und der Teufel spielt ein fieseres Spiel. Der alte Hunne stellte Bedingungen, um den Gehörnten König zu ärgern.«

Gill hob sein Bier. »Sie sind dran.«

Charles warf einen Blick auf das Brett, ging seine Optionen durch und schob eine weitere Figur vor. »Was für Bedingungen?«

»Der Teufel verlangte die Seele eines Kindes als Gegenleistung für seine Dienste, und er hielt ein gestohlenes Kind für unannehmbar. Um den Handel zu erfüllen, musste der Gehörnte König ihm ein Kind bringen, das seinerseits als Tribut aufgegeben worden war. So bekam der alte Hunne zwei Seelen für den Preis von einer – das Kind und den Vater des Kindes, der es abgegeben hatte. Ein schlauer Teufel.«

Gill trank sein Bier aus. Charles ging an die Bar, um eine weitere Runde zu holen. Als er zurückkam, hatte der alte Mann einen weiteren seiner Steine übersprungen und ihn vom Brett genommen. Doch diesmal hatte er Charles eine Lücke gelassen. Er revanchierte sich – und erkannte zu spät, dass Gill ihm eine Falle gestellt hatte. Nachdem er zwei weitere Steine verloren hatte, schob Charles einen weiteren ins Spiel. »Sie sagten, es gäbe zwei Abmachungen.«

»Ah. Da kommen die Hollows ins Spiel. Meiner Oma zufolge tauschte ein Hohlkopf vor mehr als tausend Jahren seine Tochter gegen eine Belohnung aus Feengold ein. Der Handel war für seine Söhne und deren Söhne bindend und sollte jedes Mal erneuert werden, wenn der Gehörnte König wieder einmal alt wurde.«

»Warum keinen Sohn?«

»Töchter waren entbehrlich. Söhne waren Erben.«

Charles lehnte sich zurück. Hier war also eine weitere Geschichte. Geschichten innerhalb von Geschichten innerhalb von Geschichten, wie Kreise in einem Teich, in den ein Stein geworfen wurde, jeder sich erweiternde Ring ein Korrelat des Ringes, der ihm vorausging, jeder Akt ein Widerhall, die Erneuerung eines früheren Aktes:

die Zeit eine Schlange, die sich selbst in den Schwanz beißt. Hatte Caedmon Hollow, trunken von Laudanum und Angst, sich selbst in diese albtraumhafte Fantasie hineingeschrieben? Hatte er seine uneheliche Tochter in den Wald geführt und ihr den Kopf abgeschlagen? Hatte er zugelassen, dass ein anderer Mann für das Verbrechen gehängt wurde? *Ich habe ihn gesehen,* hatte er geschrieben, und Charles dachte: Auch ich habe ihn gesehen, und Erin auch, und er hörte den Befehl …

– bring sie zu mir –

… in seinem Kopf widerhallen.

»Glauben Sie diese Geschichte, Mr Gill?«

»Glauben ist eine komische Angelegenheit, Mr Hayden«, sagte Gill. »An einem sonnigen Nachmittag hier im Pub zu sitzen, mit einem Bier in der Hand und einer Partie Dame vor mir – tja, es ist schwer, so was zu akzeptieren, nicht wahr?«

»Aber unter anderen Umständen?«

»Unter anderen Umständen …« Gill zuckte mit den Schultern. »Was haben Sie da in der Hand, Mr Hayden?«

Charles blickte nach unten und stellte fest, dass er das Blatt aus rostigem Metall aus seiner Tasche gefischt hatte und es zwischen Daumen und Zeigefinger rieb. Er zögerte, und dann beugte er sich über das Schachbrett, um es in die Handfläche des alten Mannes fallen zu lassen, obwohl er nicht sagen konnte, warum. Aber Gill streckte nicht die Hand aus, um es zu empfangen. Er saß einfach nur da, den Blick auf Charles gerichtet. Charles legte das Blatt auf den Tisch, neben den Stapel Steine des alten Mannes.

Gill schwieg. Nach einer gewissen Zeit – einer sehr langen Zeit, wie es Charles vorkam – seufzte Gill. Er griff in seine Tasche und holte ein identisches Blatt hervor – silbrig und makellos, aber ansonsten identisch.

Er legte es auf den Tisch. Ohne den Rost wurde die feine Verarbeitung des Stücks noch deutlicher. Das filigrane Geflecht aus Adern schien fast vor Leben zu pulsieren.

»Er ist also auch alt geworden«, sagte Fergus Gill.

»Was meinen Sie?«, fragte Charles.

Gill antwortete nicht. Sein Blick war in die Ferne gerichtet. Er hatte das Damespiel vergessen oder es aufgegeben. »Meine Oma hat mir immer erzählt, dass es einen Wald im Wald gibt«, sagte er, »oder einen, der direkt daneben liegt – einen Ort, der nicht von dieser Welt ist, sondern sozusagen durch einen Vorhang in der Luft von ihm getrennt ist. Nichts, was man sehen oder anfassen kann, dieser Vorhang, aber er trennte den Eorl-Wald vom anderen Wald, dem Wald im Wald oder neben dem Wald.«

»Der Nachtwald«, sagte Charles.

»Und sie sagte mir einmal – ich muss fünfzehn oder so gewesen sein, als es so aussah, als würde England an die blutigen Hunnen fallen –, sie sagte mir damals, dass ich im Wald vorsichtig sein muss, denn der Vorhang zwischen den beiden Wäldern sei an manchen Stellen dünn. An einer solchen Stelle konnte er sich ungesehen in der Luft vor dir teilen. Du könntest deinen Fuß im Eorl-Wald heben und ihn im Nachtwald absetzen, und dann« – er breitete die Hände aus – »könnte sich der Vorhang hinter dir schließen, und du hättest dich gewissermaßen verirrt. ›Sei vorsichtig, Fergus‹, pflegte sie zu sagen, ›der Wald ist tiefer, als du denkst. Der Wald ist innen größer als außen.‹ Und wissen Sie, was ich getan habe, als sie mir das gesagt hat, Mr Hayden?« Er wartete nicht auf eine Antwort von Charles. »Ich habe gelacht«, sagte er. »Ich war fünfzehn und kannte den Wald wie meine Westentasche, und ich habe sie ausgelacht.«

»Sie *kannten* den Wald?«

»Das dachte ich«, sagte der alte Mann. »Ihr Amis habt gezaudert und die Hände gerungen, und die Hunnen waren in der Offensive. Es waren magere Zeiten. Und der junge Fergus Gill war dazu übergegangen, die Familienspeisekammer aufzufüllen.«

»Sie haben gewildert?«

»Meistens Kaninchen. Einmal ein Reh, aber das war kaum der Mühe wert. Ich hatte keine Ahnung, wie man ein Reh ausnimmt. Und es ist nicht leicht für einen fünfzehnjährigen Jungen, ein solches Tier aus dem Wald zu holen, vor allem, wenn er dabei nicht erwischt werden will.«

Fergus Gill nahm einen langen, nachdenklichen Zug von seinem Bier.

»Haben Sie sich mal im Nachtwald verirrt, Mr Gill?«, fragte Charles leise.

Der alte Mann nickte. »Das habe ich«, sagte er. »Das habe ich. Manchmal frage ich mich, ob ich jemals wirklich den Weg nach draußen gefunden habe.«

»Was ist passiert?«

»Das kann ich nicht sagen. Ich weiß nur, dass ich im Wald war, und der Wald war, wie er immer war, und dann nicht mehr. Ich begann, Gesichter in den Bäumen zu sehen, Mr Hayden. Ich sagte mir, dass ich sie mir nur einbilde. Aber sie waren da – listige, fuchsartige Gesichter, immer in meinen Augenwinkeln. Wenn ich versuchte, sie direkt anzuschauen, verschwanden sie, nur um dann wieder aufzutauchen, tiefer in den Bäumen. Und sie flüsterten, flüsterten immer miteinander.«

»Sie haben den Gehörnten König im Wald gesehen, nicht wahr?«

»Vielleicht habe ich ihn nur geträumt.«

»Aber Sie haben eine Schuppe von seiner Rüstung.«

»Aye, Mr Hayden. Ich hatte mich verirrt, wurde in die Irre geführt. Ich weiß nicht, wie lange ich umherirrte und versuchte, den Weg zurückzufinden. Aber ich war müde, als ich endlich zu einer Lichtung zwischen den Eiben kam, wo eine uralte Eiche stand. Fünfhundert Jahre oder mehr muss dieser Baum alt gewesen sein. Ich dachte, wenn ich mich dort ein wenig ausruhe, würde mir der Tag vielleicht weniger seltsam vorkommen. Ich war müde, und der Schatten unter dem Baum betörte mich. Ich habe mich in ein moosiges Bett zwischen zwei großen Wurzeln gelegt, mein Gewehr neben mich. Vielleicht döste ich, vielleicht auch nicht. Aber als ich wieder zu mir kam, war der helle Juninachmittag kalt geworden, eine stechende, unnatürliche Kälte, wie ich sie noch nie zuvor gespürt hatte. Und still war es auch. Keine Vögel, kein Windhauch war zu hören. Ich sprang auf und griff nach meinem Gewehr, dann fiel ich zurück in die Arme der alten Eiche, denn eine Gestalt hatte sich aus den Schatten erhoben – ein großer Mann oder etwas, das wie ein Mann aussah, in Grün gekleidet und mit einem ledernen Wams bekleidet ...«

»Mit Eisenschuppen wie die hier auf dem Tisch«, sagte Charles.

Der alte Mann nickte. »Und dann kam ein Wind auf und löste ihn auf wie Rauch.«

»Ich war auch da«, sagte Charles. »Auf dieser Lichtung, meine ich. Und ich habe ihn auch gesehen. Ich dachte, ich wäre verrückt geworden.«

»Ja, und vielleicht sind Sie das auch. Vielleicht sind wir beide verrückt.«

Gill trank sein Bier aus. Diesmal stand Charles nicht auf, um ein neues zu holen.

»Wie hat er ausgesehen, Mr Hayden?«, fragte Gill.

»Grausam«, antwortete Charles. »Er sah grausam aus. Er hatte die Hörner eines Hirsches und eine Hakennase und hohe Wangenknochen, scharf wie Messer. Kalte gelbe Augen.«

»Und seine Haut?«

»Seine Haut war aus Blättern«, sagte Charles. »Rote und goldene Blätter, zusammengewebt wie ein Flickenteppich.«

Fergus Gill seufzte. »Es ist, wie ich befürchtet habe«, sagte er. »Er war noch grün, als ich ihn gesehen habe, sein Gesicht trug noch keine Herbstfärbung, sein Kettenhemd war noch nicht verrostet. Und jetzt hat ihn der Winter seines Alters eingeholt.«

Charles lehnte sich zurück und dachte an die Bilder, die er zwischen den Seiten von *Sir Gawain und der grüne Ritter* gefunden hatte, an das Gefühl, dass das Buch ihn dazu aufgefordert hatte, es aus dem Regal zu holen. Gills Worte hallten in seinem Kopf nach: *Und jetzt hat ihn der Winter seines Alters eingeholt.*

»Es ist also an der Zeit, den Pakt mit dem Teufel
zu erneuern«, sagte Charles. Er lachte, ein kurzes un-
gläubiges Grunzen. »Wo sind denn all die toten Töchter von Hollow?«, fragte er und dachte an Livia, die
enthauptet im Wald lag. Wenn an dem, was Gill sagte,
etwas Wahres dran war ... »Es gäbe Dutzende«, sagte
Charles.

»Vielleicht sind es nicht so viele. Meine Großmutter
sagte immer, dass der Gehörnte König nicht so altert wie
die Menschen. Die Zeit läuft im anderen Wald nicht so
wie bei uns. Man weiß nicht, wann der Gehörnte König
zurückkehren wird. Aber die Schuld muss beglichen
werden, wenn sie fällig ist.« Gill holte tief Luft und
schien von einem fernen Ort zurückzukommen. »Kin-
dergeschichten, nicht wahr?«, sagte er. »Es war einmal ... Nichtsdestotrotz, Mr Hayden, würde ich an Ihrer
Stelle wohl heimkehren.«

50

Doch wohin sollten sie heimkehren?

Ihr Zuhause war in Ransom gewesen. Sie hatten es
gemeinsam aufgebaut, eine neue Geschichte ohne Geschichte, die aus der schieren Entschlossenheit entstanden war, ihrem Kind das Leben zu bieten, das sie selbst
nie gehabt hatten. Sie hatten unumstößliche Regeln und
Traditionen aufgestellt (sie aßen jeden Abend als Familie zu Abend, schauten samstagsmorgens *Bugs Bunny*
und *SpongeBob* und öffneten an Heiligabend jeweils ein

Geschenk). Anstelle ihrer Familien hatten sie starke Freundschaften gesetzt (auch wenn diese Charles' Ehebruch und das darauf folgende Grauen nicht überlebt hatten). Vor allem hatten sie versucht, Lissa an einem Ort zu verwurzeln, an dem sie die Erde tief in sich aufnehmen konnte – vertraute Straßen, die immer auf sie warteten, ganz gleich, wie weit sie wanderte, und ein Zimmer, das sie für immer ihr Eigen nennen konnte. Sie erfuhren zu spät, dass sie ihren Palast aus Sand gebaut hatten. Mit einem Atemzug war alles weg. Solange Lissa gelebt hatte, war Ransom ihr Zuhause gewesen. Nach ihrem Tod war es nur noch der Ort, an dem sie begraben worden war.

An Ihrer Stelle würde ich wohl heimkehren, hatte Gill gesagt, und Charles antwortete:

Ich habe kein Zuhause.

Und dann:

Wenn es ein solches Monster gäbe, was nicht der Fall ist, hätte ich keine Tochter, die ich ihm geben könnte. Und wenn ich eine hätte …

Und wenn er eine hätte, was dann? Und so überfiel ihn alles, das Grauen und die Trauer – um Lissa und auch um Erin, und um alles, was er verloren oder aufgegeben hatte, und was er stattdessen gewonnen hatte, diese verfluchte, eingeengte Existenz, die Jagd nach dem Geheimnis des Todes eines anderen Kindes in Gesellschaft einer Frau, in die er sich halb verliebt hatte, und eines Kindes, das sein eigenes hätte sein können.

Wenn ich eine hätte, sagte er, würde ich nicht zahlen. Das Vorhandensein einer Schuld ist nicht ausschlaggebend für ihre tatsächliche Erfüllung.

Das stimmt, sagte Fergus Gill. *Aber die Zahlungs-unwilligkeit verhindert auch nicht die Eintreibung einer Forderung.*

Er hielt Charles' Blick einen Moment lang fest und widmete dann seine Aufmerksamkeit wieder dem Spiel. Er hob einen weiteren Stein auf – eine weitere uralte Geschichte, die sich nach Regeln abspielte, die Jahrhunderte zuvor festgelegt worden waren –, nahm zwei Steine und setzte einen sanft in Charles' hinterer Reihe ab. Der Reihe des Königs.

Gewonnen, hatte er gesagt. Als Charles aufstand, schob der alte Mann die beiden Blätter über den Tisch. *Die gehören Ihnen,* sagte er, und Charles nickte und steckte sie ein.

Ich danke Ihnen für Ihre Zeit, Mr Gill, sagte er.

Gern geschehen, sagte der alte Mann, und dann zögernd: *Mein Beileid, Mr Hayden, für Ihren Verlust.*

Charles nickte noch einmal und wandte sich ab. An der Bar bestellte er Gill noch ein Pint und verabschiedete sich von Armitage, dann war er im hellen Nachmittagslicht draußen, wo er innehielt, um die Hauptstraße hinunterzuschauen, vorbei an dem Blumenladen und dem Zeitungskiosk und Mould's Hardware, zu dem großen Gebäude, das die Yarrow Historical Society beherbergte. Silva würde da drinnen sein und sich über ihre Kisten hermachen. Warum ging er nicht zu ihr, fragte er sich, und legte alles vor ihr auf den Tisch: Erins Bilder und die Metallblätter und die Figur im Wald, die leise Stimme in seinem Kopf und ihr furchtbarer Befehl. Ich schlage vor, dass wir Partner werden, hatte sie gesagt, in diesem gemeinsamen Unterfangen.

Doch dann fielen ihm die Worte von Caedmon Hollow wieder ein …

– Ich kann die Realität nicht mehr von einer Phantasmagorie unterscheiden –

… und er wandte sich ab.

Er war nicht verrückt. Und er würde es auch nicht werden.

Dieselbe Leugnung hallte in seinem Kopf wider, als er nun im Keller von Hollow House stand und die beiden Metallblätter, von denen eines glänzte und das andere verrostet war, auf den Tisch legte.

Nicht verrückt, nicht verrückt, nicht verrückt.

Er blickte auf den Schrott, der sich im dritten Gewölbe des Lagerraums stapelte. Und dann machte er sich an die Arbeit. Er arbeitete dort den Rest des Tages und bis tief in den Abend hinein, kehrte gegen zehn Uhr in die stille Wohnung über ihm zurück, um den Schmutz abzuduschen und den Teller, den Mrs Ramsden im Kühlschrank bereitgestellt hatte, in die Mikrowelle zu schieben.

Er aß allein.

Oben in ihrem Bett strampelte Erin in ihren Laken und träumte unruhige Träume.

51

An den folgenden Tagen verzichtete Charles auf sein Frühstücksritual mit Mrs Ramsden und entschied sich stattdessen für Kaffee und Toast in der Dunkelheit vor dem Morgengrauen. Als sie kam, war er bereits in den Keller hinabgestiegen. Erin schlief lange und trank am Nachmittag Wein. Sie schwebte wie ein Gespenst durch die Wohnung, ätherisch und blass, brütete jedoch nicht mehr über ihren Skizzenbüchern, öffnete sie nicht einmal. Ihr Abendessen nahm sie allein ein (sie aß kaum), und wenn Mrs Ramsden mit ihr sprach, voller falscher Fröhlichkeit, als ob sie allein durch ihre Tapferkeit den Anschein von Normalität wiederherstellen könnte, antwortete Erin lustlos und monoton.

Mrs Ramsden machte sich Sorgen, und zwar nicht nur wegen Erin.

Eines der Hausmädchen hatte in der Woche zuvor gekündigt – sie wollte Mrs Ramsden nicht sagen, warum –, und dann kündigten zwei weitere. Die eine weigerte sich, wie ihre Vorgängerin, ihre Gründe zu nennen. Die andere war auskunftsfreudiger. *Ich schlafe nicht gut,* vertraute sie an. *Ich habe seltsame Träume.* Mrs Ramsden erkundigte sich nicht weiter. Ihre eigenen Träume waren in letzter Zeit immer seltsamer geworden. Sie schlief in einem Irrgarten aus Bäumen und wachte unruhig auf. Sie mochte den Anblick des Eorl-Waldes nicht, der hinter den Fenstern von Hollow House brütete. Wäre Erin nicht gewesen, die ihr inzwischen wie ihre eigene Tochter ans Herz gewachsen war, hätte sie aufgegeben.

Kurz gesagt, ein Schatten hatte sich allem Anschein nach über das gesamte Anwesen gelegt, eine Krankheit des Geistes oder der Seele, die noch tiefer war als die Angst, die die Haydens befallen hatte, als sie zum ersten Mal nach Hollow House gekommen waren. Die Spannung hielt eine Woche lang an und wurde immer größer.

Und dann, als die Sonne an einem langen, heißen Nachmittag unterging, wurde die Luft still, erfüllt von einem drohenden Sturm. Es war schon nach Mitternacht, als der erste Donnerschlag über die Bäume schallte. Charles rührte sich und schlief wieder ein, aber dann streifte etwas seine Wange und weckte ihn aus einem Traum von Lissa, die sich in einem Wald verirrt hatte, und einem gehörnten Schatten und einer leisen Stimme, die ihn aufforderte. *Bring sie zu mir,* befahl sie ihm, aber Charles lehnte dreimal ab, und dann war er müde und wach, und der Sturm hatte sich verzogen, und es gab nur noch die Nacht und einen sanften Regen, der vor seinem offenen Fenster trommelte, und einen weißen Nachtfalter, der durch die Schatten über seinem Kopf flatterte.

Charles hielt die Hand hoch. Die Motte landete auf seinem ausgestreckten Finger, mit feengepuderten Flügeln, die zum erneuten Flug ansetzten, und büschelartigen Fühlern, die die regenverhangene Luft prüften. Charles griff nach ihr und schloss seine andere Hand um sie. Sie flatterte in seiner Faust herum, als er aus dem Bett stieg, zum Fenster ging und sie in die Nacht entließ. Einen Moment lang stand er noch da, aber es gab nichts zu sehen, nur den Regen und den wolkenverhangenen Mond, also wandte er sich ab und schlüpfte zurück ins

Bett. Als er die Augen schloss, fand er Lissa, die ihn in der Dunkelheit auf der anderen Seite erwartete. Sie standen zusammen vor einem verrosteten Tor, den Wald im Rücken. Charles streckte die Hand aus, um es zu öffnen.

Du kommst auch mit, sagte er.

Geh ohne mich weiter, sagte das Kind.

Und am nächsten Tag fand Charles die Kiste.

52

»Kiste« war nicht ganz das richtige Wort. Es war eigentlich eine Truhe, vielleicht einen halben Meter tief und noch einmal so lang.

Charles' Arbeit im Keller wurde immer mühsamer, denn die staubigen Pappkartons wichen schlichten Holzkisten, die er meist nur mit einem Brecheisen oder einem Hammer öffnen konnte. Inzwischen hatte er von Trevor Mould ein kleines Arsenal an Werkzeugen erworben: eine elektrische Bohrmaschine, eine Reihe von Schraubendrehern, eine Handvoll Schraubenschlüssel. Er fühlte sich wie ein Tresorknacker, ein besonders glückloser, denn die Kisten schienen nie etwas von unmittelbarem Interesse zu enthalten: ledergebundene Geschäftsbücher mit stark verblassten krakeligen Zahlenkolonnen vielleicht, oder ein wildes Durcheinander aus losen Papieren, und einmal, das ist ihm besonders im Gedächtnis geblieben, eine tote Ratte – oder das, was von ihr übrig war, ein vertrocknetes Stück Fell, ein Haufen gelber Knochen und Zähne.

Charles hatte also keine wirklichen Erwartungen, als er eine zerfledderte Wolldecke beiseitezog, die vor langer, langer Zeit über einen Stapel von Kisten drapiert worden war. Ihm war auch nicht klar, dass er über etwas Interessantes gestolpert war, bis er die Truhe bewegte – und feststellte, dass die Holzoberfläche unter der dicken Staubschicht von einem komplexen Netz geschwungener Rillen durchzogen war.

Er strich mit der Hand über den Deckel. Als er sah, was zum Vorschein kam – zwei sich kreuzende Blätter und ein listiges Elfengesicht, das daraus hervorlugte –, holte Charles tief Luft und ließ sie zwischen zusammengepressten Lippen wieder entweichen.

Sein Herz schlug schneller.

Er strich mit einem Finger über den gezackten Rand eines anderen Blattes und betrachtete den sauberen Streifen, den er im Staub hinterlassen hatte. Dann hob er die Schachtel auf und schleppte sie zum Arbeitstisch am anderen Ende des langen Raums.

Er setzte sie ab und griff nach einem Lappen. Er nahm sich die Zeit, die Truhe sauber zu wischen, ging mit dem Lappen in jede winzige Rille und studierte das Bild, das Zentimeter für Zentimeter entstand: nicht genau der Holzschnitt, der als Titelbild von *Im Nachtwald* diente, aber zumindest eine Variante und vielleicht die Inspiration: ein Labyrinth aus verwobenem Laub, aus dem die dämonischen kleinen Gesichter von Kreaturen lugten, die weder menschlich noch tierisch waren, aber irgendwie, undefinierbar, von beidem etwas hatten, fuchsartig und feenhaft.

Und noch etwas, halb verdeckt von einem Kranz aus

Zweigen in der unteren rechten Ecke: ein kleiner Singvogel.

Charles warf einen Blick auf seine geheimnisvolle
Uhr – der verschlüsselte Text und die Metallblätter und
die originalen Pastelle von Caedmon Hollow. Und in
der Mitte, im Herzen von alldem, der Tod eines Kindes.

Einen Zehnt. Einen Zehnt, ganz und gar verderbt,
während über mir der Mond Gericht hielt.

Der Tod könnte kaum grausamer sein, dachte er.

Seine Hand zitterte leicht, als er nach den Zeitungs-
artikeln aus der *Yorkshire Gazette* griff. Er schob die
Berichte über die Verhaftung und die anschließende
Hinrichtung beiseite und überflog die Überschrift des
dritten Artikels: die Landwirtschaftsmesse in Yarrow.
Er hatte den entscheidenden Satz markiert, in der unteren Hälfte der drei langen Absätze: *Der Preis für die
Schnitzarbeit ging an Tom Sperrow, einen kräftigen jungen Knecht im Dienste von Mr Caedmon Hollow von Hollow House in der Nähe von Yarrow.*

Er legte die Zeitungsartikel beiseite und betrachtete
die kunstvoll geschnitzte Truhe: das verworrene Blattwerk und die listigen Gesichter und, in der Ecke versteckt, wie eine Signatur, der Singvogel.

Ein Kuckuck oder ein Sperling, dachte Charles.

Oder beides.

53

Er hatte die Zeit völlig vergessen. In Hollow House war es ruhig, es war kurz vor fünf Uhr. Mrs Ramsden hatte sich (insgeheim erleichtert) für den Tag verabschiedet, und Erin …

Wo war Erin?

Charles stieg die Treppe hinauf und klopfte an ihre Tür. Als er keine Antwort erhielt, öffnete er sie und trat in den dämmrigen Raum: ein schmaler Streifen Abendlicht zwischen den Vorhängen, das Rauschen des Windes in den Bäumen vor dem offenen Fenster.

»Erin?«

Sie lag still da, die Augen geschlossen, und atmete tief. Ein leeres Weinglas stand auf dem Nachttisch, neben einem offenen Plastikfläschchen mit – was? Er hob es auf und drehte die Flasche so, dass er das Etikett lesen konnte. Clonazepam. Fast leer. Was würde sie tun, wenn sie den letzten Rest verbraucht hatte?

Charles verschloss die Flasche und stellte sie ab.

Früher hätte er sie geweckt, um ihr von seinem Fund zu berichten, aber jetzt …

Er strich ihr eine Haarsträhne zurück, die ihr über die Wange gefallen war, und steckte sie ihr hinters Ohr.

Lass sie schlafen.

Unten in der Küche nahm er das schwere Telefon mit der aufgewickelten Leitung ab und wählte Silvas Nummer. Als sie nach dem fünften Klingeln ranging – er wollte gerade auflegen –, klang sie leicht erschöpft. Im Hintergrund schmetterte Elsa den Refrain von *Let It Go*.

»Was machst du da?«

Silva lachte. »*Frozen*-Party«, sagte sie fast schreiend, und Charles, der selbst mehr als einmal atemlos auf einer improvisierten *Frozen*-Party getanzt hatte, schloss die Augen und dachte an Lissa.

»Moment mal«, sagte Silva, und einen Augenblick später war es schlagartig ruhiger.

»Mum!«

»Ruhig, Lorna, ich bin am Telefon.«

Die Lautstärke wurde wieder hochgedreht.

»Lorna!«

Dann wurde ein Kompromiss ausgehandelt, und Elsa stimmte wieder ihre Hymne an.

»Alles klar?«, meldete sich Silva zurück.

»Sicher«, sagte er. »Es klingt, als hättest du eine gute Zeit.«

»Megamäßig«, sagte sie. »Was gibt's, Charles?«

»Kannst du nach Hollow House kommen?«

»Jetzt?«

»Ja.«

»Hast du etwas gefunden?«

»Ich bin mir nicht sicher«, sagte er, obwohl er vor Gewissheit regelrecht pulsierte. »Ich würde es dir lieber zeigen.«

Sie schwieg und dachte darüber nach. »Wie spät ist es?«

»Erst sechs.«

»Okay«, sagte sie und legte auf, ließ Charles allein in der Küche zurück, mit dem schwindenden Sommerlicht in den Fenstern und dem alten Telefon in der Hand und Lissa in seinem Herzen.

Charles legte den Hörer auf und ging nach unten, um zu warten.

54

»Was ist da drin?«, fragte Silva.

»Ich habe sie noch nicht geöffnet.«

»Was soll das heißen, du hast sie noch nicht geöffnet?«

»Ich habe sie noch nicht geöffnet.«

»Warum nicht?«

Ja, warum nicht?, fragte er sich. Und was ihm einfiel, war die Berührung ihrer Hand auf der seinen und der Rhythmus ihres und seines Atems, als sie sich über ihren Laptop gebeugt hatten, um Caedmon Hollows entschlüsseltes Geständnis zu studieren. Wenn er sie jetzt ansah – ihr kurz geschorenes Haar, ihre Augen, die Sommersprossen auf ihrer Nase –, spürte Charles, wie ein Schwindelgefühl der Freude durch ihn hindurchströmte. Er vermutete, dass er ihr, unbewusst, ein Geschenk machen wollte, wie handgezüchtete Rosen oder Wasser aus einer verborgenen Waldquelle, ein Präsent, das nur zu ihrem Vergnügen bestimmt war.

Dies war eine Offenbarung für ihn.

Alles ist tiefer, als du denkst. Alles ist im Inneren größer als außen.

Warum nicht?, hatte sie gefragt.

»Wegen unserer Vereinbarung«, sagte er.

»Vereinbarung?«

»Weil wir Partner sind«, sagte er, und er sah, wie ihr Blick über die Uhr glitt, die er auf dem Tisch angefertigt hatte, über die Beweise, die in jeder Himmelsrichtung angebracht waren: die Metallblätter, die wie Eichenblätter geformt waren, und die Pastellzeichnungen von Caedmon Hollow und Erins exakte Reproduktionen.

»Ich glaube eher, dass du mir etwas vorenthalten hast«, sagte Silva. Sie fuhr mit einem Finger über die Oberseite der Truhe, zeichnete die Rille zwischen zwei Blättern nach und berührte leicht die Signatur eines Singvogels, eines Kuckucks oder eines Spatzen oder beides: das Werk von Tom Sperrow (dachte er), einem anderen stummen, unrühmlichen Milton, dessen Zeichen in eine Ecke geschnitzt war: die Truhe ein Geschenk des Knechts an seinen Herrn, vielleicht in gutem Glauben dargebracht, ohne zu wissen, dass sein Herr ihn verraten hatte und ihn noch einmal verraten würde, um ihn vom Galgen zu stürzen, mit gebrochenem Genick für ein Verbrechen, das er nicht begangen hatte.

Silva hob die silberne, nicht verrostete Schuppe auf.

»Was ist hier los, Charles?«, fragte sie, und er wusste nicht, was er darauf antworten sollte, bis er es sagte.

»Was, wenn es wahr ist?«

»Was, wenn *was* wahr *ist?*«

»Alles«, sagte er.

55

Was wäre, wenn die Zeit eine Schlange wäre, die sich selbst in den Schwanz beißt, sagte er, oder ein Rad, das sich unaufhaltsam um die Achse des Schicksals dreht? Was wäre, wenn das, was war, schon einmal war und wieder sein wird? Was wäre, wenn man in einer Geschichte lebt und die Geschichte bereits geschrieben wäre?

Was wäre, wenn der Gehörnte König echt wäre?

»Wirklich?«, sagte Silva.

»Ich habe ihn gesehen«, sagte Charles.

Silva drehte das Metallblatt in ihren langen Fingern. Sie legte es auf den Tisch und tauschte es gegen sein rostiges Gegenstück aus. Dann sagte sie: »Du hast den Gehörnten König gesehen?«

»Dreimal«, sagte er. Im Wald, auf der Mauer und unter der großen Eiche auf der Lichtung, bevor der Wind sich erhob und es zu Fetzen riss und wegwehte. Ja, und er hatte sie auch gehört, in seinen Gedanken und in seinen Träumen, eine leise, böse Stimme, hasserfüllt wie eine Klinge, die ihn beschwor: *Bring sie zu mir,* sagte sie, und Silva …

»Wen sollst du bringen?«

»Lissa.«

Lissa, die letzte Erbin eines uralten Fluchs, wurde über den Ozean gerufen, um ihre Rolle im tödlichen Ritual des Gehörnten Königs zu spielen. Doch der Ruf kam zu spät, Lissa war bereits tot.

Silvas Gesicht wurde weicher, ihr Ausdruck bewegte

sich zwischen Mitleid und Trauer. Plötzlich sah er sich selbst so, wie sie ihn sehen musste: Ein Vater, der vor Kummer wahnsinnig geworden war und nicht mehr in der Lage war, die Realität von den verrückten Visionen eines Mannes zu unterscheiden, der seit mehr als eineinhalb Jahrhunderten tot war. Und vielleicht hatte sie ja recht. Vielleicht war er ein Narr, blind, in einem dunklen Wald in die Irre gegangen. Er hatte Geister gejagt, während seine Frau, Atemzug um Atemzug, in einem Morast aus Alkohol, Medikamenten und Verzweiflung versank.

Silva nahm seine Hand und führte ihn zu dem alten Sofa, das er aus dem Müll geholt hatte, als er im Keller angefangen hatte. Sie setzte sich zu ihm, und in der kühlen Stille, während Erin in ihrem Schlafzimmer weit über ihnen lag und in einen unruhigen Schlaf versunken war, fragte Silva: »Was ist mit Lissa passiert, Charles?«

»Ich habe sie sterben lassen«, sagte er ihr.

»Erzähl's mir«, sagte sie.

56

Aber wo sollte er beginnen?

Wo hatte sie begonnen, Lissas Tragödie? Als er in der Universitätsbibliothek kopfüber in Erin gestolpert war? Oder noch früher, als er *Im Nachtwald* aus dem Regal seines Großvaters gestohlen hatte? Und warum erst dort? Warum nicht noch weiter zurückgehen, bis zu dem Tag, an dem der zum Tode verurteilte Mann, der das höllische Buch geschrieben hatte, sich hinsetzte und es mit einem Federstrich begann? Oder noch weiter zurück, tief in die Vergangenheit, als ein uralter Vorfahre von Hollow House einen Abgesandten der Feen im Wald zu einem Gespräch traf? Geschichten, die sich kreuzen, endlose Erzählungen, die sich entfalten. Aus dem Flügelschlag des Schmetterlings entsteht der Taifun, aus der Eichel die Eiche.

Aber nein.

Causa proxima non remota spectatur.

Eine zufällige Bemerkung im Büro der englischen Fakultät, das war alles: Syrah Nagle am Kopierer, und er, der hinter ihr wartete, bis er an der Reihe war, sah zu, wie die Maschine Kopien von *Markt der Kobolde* ausspuckte und sagte:

»Zurück die moosbewachsene Schlucht hinauf,
drehten sich die Kobolde um und zogen los.«

Die Erinnerung an ein Gedichtfragment aus einem Seminar über die Präraffaeliten, eine völlig harmlose Bemerkung (so würde er sich später sagen), doch Syrah Nagle lachte entzückt. Sie war neu an der Fakultät, eine Assistentin im zweiten Semester an der Ransom University, und obwohl er dem Komitee angehört hatte, das sie eingestellt hatte, hatte Charles sie damals gesehen, als wäre es das erste Mal: ein Schluck Wasser, hätte Kit sie genannt, ein großer, blonder Kontrast zu Erin, die schlank, kompakt und dunkel war.

»Das ist ein wunderbares Gedicht«, hatte sie gesagt.

»All diese kaum unterdrückte Erotik. Meine Studenten kapieren das nie, bis ich sie darauf hinweise.« Sie lachte und schnappte sich ein Exemplar, noch warm aus den Eingeweiden der Maschine, und las ein Verspaar laut vor:

> »*Sie saugte und saugte und saugte,*
> *je mehr Früchte dieser unbekannte Obstgarten barg.*«

Charles lachte und wurde rot – er konnte die Hitze in seinem Gesicht spüren –, und sie lachte mit ihm. »Ich weiß«, sagte sie. »All das Saugen … ›Sie saugte, bis ihre Lippen wund waren.‹ Man liest es laut vor, und dann geht einem ein Licht auf.«

Da ging ihm in der Tat ein Licht auf. Er musste an Erin denken, die sich oft zierte, wenn es ums Saugen ging. Syrah Nagle, so stellte sich heraus, war da anders. Aber das würde er erst etwa einen Monat später herausfinden, nach einem sorgfältig inszenierten akademischen Flirt. Bevor der Tag zu Ende war, hatte er einen Grund gefunden, in ihr Büro zu kommen. Ob sie zufällig ein Exemplar der *Biographia Literaria* habe, wollte er wissen. Er suche nach der Passage über die »willentliche Aussetzung der Ungläubigkeit«.

»Das ist das Glauben des Fiktiven«, sagte sie, ohne von ihrem Laptop aufzublicken. Und dann sah sie doch noch lachend auf. Sie dachte, diese Stelle stehe im *Norton,* sagte sie, und so landeten sie vor ihrem Bücherregal, blätterten in der *Norton Anthology of English Literature* und standen näher beieinander als unbedingt nötig.

Und was Charles von diesem Moment in Erinnerung behielt (und er fühlte einen Ruck schuldbewusster libidinöser Energie, wenn er sich daran erinnerte), war der saubere Duft nach *Ivory Soap* ihrer Haut und das Flüstern ihres Atems. Schon bald – eigentlich schneller, als ihm lieb war – hatte sie ihn mit dem Buch in der Hand in sein Büro zurückgeschickt. Aber sie hatte sich auf dem Weg nach Hause an seiner Tür angelehnt, um sich zu verabschieden, und sie war am nächsten Morgen noch einmal vorbeigekommen, diesmal mit Kaffee. Auf dem Weg ins Büro hatte man ihre Bestellung bei Starbucks verpfuscht, sodass sie noch einmal zum Drive-in-Fenster zurückmusste. Warum sollte er nicht der Nutznießer ihres Unglücks sein?, fragte sie, ließ sich in den hässlichen grünen Ohrensessel fallen, der für studentische Besucher reserviert war, und kreuzte ihre langen, langen Beine vor sich.

Daraus entwickelte sich eine tägliche Verabredung zum Kaffee, die dazu führte, dass sie ein (größtenteils fadenscheiniges) gemeinsames Projekt erfanden, um mehr Zeit miteinander verbringen zu können, und die mehr oder weniger buchstäblich ihren Höhepunkt fand, als sie eines Morgens die Tür zuschob und sich hinkniete, um ihn in den Mund zu nehmen.

Charles hatte an diesem Morgen mehr als nur ein wenig Mühe, sich auf sein Englisch-Seminar zu konzentrieren. In der Tat gelang es ihm in den folgenden zwei Monaten nicht besonders gut, sich auf etwas anderes als Syrah zu konzentrieren. Vor Erin hatte er nie viel Glück bei den Frauen gehabt – er hatte überhaupt selten den Mut aufgebracht, sein Glück zu versuchen. Er war ein

Bücherwurm und schüchtern und hatte in seinem ganzen Leben nur mit zwei Frauen geschlafen, und die erste, mit der er zu Highschool-Zeiten auf dem Rücksitz eines klapprigen Ford Taunus rumgemacht hatte, zählte kaum, so verfrüht hatte sie geendet.

Allein die schiere Neuartigkeit war überwältigend. Die beträchtliche Bandbreite von Syrahs fleischlicher Fantasie (sie war, soweit er das beurteilen konnte, völlig hemmungslos) und ihre scheinbar grenzenlose Energie taten ihr Übriges. Er war dem Untergang geweiht, und zwar von dem Moment an, als sie sich lachend vom Kopierer abgewandt hatte. Doch als sich das Semester dem Ende zuneigte, kam eine neue Spannung in die Beziehung – eine Spannung, die größer war als die, die durch ihre heimlichen Intimitäten auf dem abscheulichen Ohrensessel entstanden war. Die Sommerferien standen vor der Tür. Was dann?

Vielleicht war es an der Zeit, einen Schlussstrich zu ziehen, sagte Syrah.

Einen Schlussstrich?, hatte er gefragt.

Mit Erin, sagte sie, als hätten sie einen solchen Bruch von Anfang an geplant, *Fait accompli,* und das Ausmaß der Schwierigkeiten, in die er sich gebracht hatte, brach über Charles mit voller Wucht herein. Er war nicht davon ausgegangen, dass ein Bruch notwendig sein würde, und wenn ein kleiner Teil von ihm – der sexuelle Neuling, der sich über das Abenteuer freute, in das er hineingestolpert war – dem Gedanken durchaus etwas abgewinnen konnte, so schreckte sein größeres Selbst zurück. Er hatte absolut keine Lust, Erin zu verlassen, ihre angenehme Harmonie auf dem Altar seiner Libido

zu opfern, und er wollte auch nicht die materiellen An-
nehmlichkeiten seines Lebens für ein schäbiges Apartment in einem der billigen Wohnkomplexe am Stadt-
rand aufgeben. Und dann war da noch Lissa. Allein der
Gedanke, Lissa zu verlassen, löste in ihm eine Achter-
bahnfahrt der Gefühle aus.

Also bat er um Zeit.

Doch die Zeit brachte keine Klarheit. Er wusste nicht,
wie er das tun sollte, was er zu tun hatte. Er fürchtete die
Konsequenzen. Ganz zu schweigen von den beruflichen
Folgen – die angespannten Abteilungsbesprechungen,
die peinlichen Begegnungen auf dem Flur. Was würde
zu Hause passieren? Würde Erin seine Untreue bemerken? Würde sie ihn verlassen und Lissa mitnehmen?
Das würde sie tun, vermutete er, beides. Er würde mit
nichts dastehen.

Syrah drängte.

Am Vorabend zu Lissas Geburtstag beschloss er, die
Affäre zu beenden, sich wieder seiner Ehe zu widmen –
ein heimliches Geschenk an seine Tochter.

Vierundzwanzig Stunden später war Lissa tot.

Meine Schuld, sagte er zu Silva. Es war meine Schuld.

Und hoch oben im Labyrinth des Hauses über ihnen
bauschte ein böiger Wind die Vorhänge von Erins
Schlafzimmer auf und legte kühle Finger auf ihre Wange,
weckte sie aus einem Traum von Lissa und einem dür-
ren, gehörnten Schatten und einem endlosen Meer aus
Bäumen.

57

Okay, hatte Syrah geantwortet, als er endlich den Mut gefunden hatte, es ihr zu sagen.

Ein kühles Hinnehmen, nichts weiter – und das bei einem Kaffee im Speisesaal, der während der Pause inmitten der Abschlussprüfungen überfüllt war. Er hatte sie gebeten, ihn dort zu treffen, in der Hoffnung, auf diese Weise eine Szene zu vermeiden.

»Ich hoffe, wir können Freunde bleiben«, sagte er.

»Natürlich«, sagte sie.

Sie stand auf und streckte eine Hand aus. Charles nahm sie, verblüfft von der Absurdität dieser Geste, einem Händedruck zum Abschluss einer so langen körperlichen Intimität, und dann schritt sie auf ihren langen Beinen durch die überfüllte Cafeteria, um sich in den hellen Frühlingsnachmittag hinauszudrängen, und ließ ihn seinen Kaffee allein austrinken.

War das alles?, fragte er sich. Okay – und sonst nichts?

Die Frage begleitete ihn durch eine weitere endlose Abschlussprüfung, während der er vorne im Raum die Arbeiten benotete und seine Studenten sich an ihren Schreibtischen abmühten, die Feinheiten der Hochmoderne zu erläutern. Sie lenkte ihn von einem Geburtstagsessen ab (gefüllte Paprika, Lissas Lieblingsessen) und begleitete ihn nach oben, während Erin unten das Geschirr abräumte. Badezeit für das Geburtstagskind, die »große Wanne«, der Whirlpool im elterlichen Badezimmer, ein besonderes Geburtstagsvergnügen. Und die

Frage war noch im Raum, als er das Wasser einstellte und Lissa beim Ausziehen half.

Dann surrte das Handy in seiner Tasche, Syrahs Name erschien auf dem Display. Ihm drehte sich der Magen um.

»Daddy!«, rief Lissa, die eifersüchtig seine Aufmerksamkeit einforderte.

Charles schickte den Anruf auf die Mailbox und steckte das Telefon weg. Er hatte das Geburtstagskind gerade quiekend in die Wanne gehievt, als das Festnetztelefon wie eine Sirene losging. Charles stürzte ins Schlafzimmer und riss das Telefon aus seiner Halterung auf dem Nachttisch. Mitten im dritten ohrenbetäubenden Klingeln nahm er ab und betete, dass er Erin zuvorkam, dass sie nicht unten am Apparat war und die folgende Tirade mit anhörte: Syrah – also doch nicht okay. Syrah in Rage, Syrah in Tränen aufgelöst, abwechselnd drohend und beschwichtigend, zerrissen von Widersprüchen. Sie wollte ihn sehen (sie konnte es nicht ertragen), sie wollte reden (was gab es zu sagen?), sie wollte sterben (sie wollte, er wäre tot). Charles erinnerte sich an jede Wendung des Gesprächs, an jedes schmutzige Klischee. Er erinnerte sich an die Panik, die wie ein Gitarrenakkord in ihm widerhallte. Er erinnerte sich daran, wie er die Badezimmertür zuzog und sich über den Tumult auf der anderen Seite ärgerte – das Wasser, das immer noch aus dem Wasserhahn kam, Lissa, die plätscherte, ihre hohe, süße Stimme, die sich zu einem Lied erhob, *let it go, let it go*.

Woran er sich nicht erinnerte – woran er sich nicht erinnern konnte, weil er nicht anwesend war –, war das andere Verhängnis, das bereits über sie alle hereinbrach. Es war dieses Verhängnis, das sich für immer in seinen Gedanken festsetzen würde. Es war das Verhängnis, das sich vor ihm in seiner albtraumhaften Fantasie abspielte.

Und dieses Unheil sprach er Silva North gegenüber aus.

Selbst jetzt konnte er es sich nur vorstellen (er konnte nicht aufhören, es sich vorzustellen): das Wechselbad der Gefühle auf Lissas Gesicht, als er nicht auf ihren Gesang reagierte – zuerst Enttäuschung und Verärgerung, gefolgt von zähneknirschender Akzeptanz und dann Ablenkung. Zuletzt Ablenkung. Er stellte sich vor, wie es abgelaufen sein mochte: erst der Schwamm, eintauchen und auspressen, Wasser, das über den Wannenrand auf die Kacheln am Boden spritzt; und dann die Seife, wie Lissa aufsteht, um sie zurück ins Wasser flitschen zu lassen, dann ein Tauchgang, um sie wieder zu holen, während sie die ganze Zeit sang. Er erinnerte sich, ihre Stimme als Kontrapunkt zu Syrahs Panik gehört zu haben ...

– *let it go, let it go* –

... und, lieber Gott, wie konnte es sein, dass er es nicht bemerkt hatte, als der Gesang aufhörte?

Sechs Jahre alt. Das Geburtstagskind.

Himmel.

Sie musste ausgerutscht sein, das war alles, was man mit Sicherheit wusste. Aber er konnte sehen, wie es gewesen sein musste: Ihre klaren blauen Augen weiteten sich, als ihre Füße den Boden unter den Füßen verloren, ihre Arme schlugen um sich, und dann – ein verhängnisvoller Zufall – traf sie mit dem Hinterkopf auf die gefliese Kante der Wanne. Es muss ein scharfer Schmerz gewesen sein – die Kante hatte einen tiefen Schnitt verursacht –, und dann gar nichts mehr, nur noch ein Eintauchen in absolute und endgültige Dunkelheit. Sie war ertrunken, das ist alles, ertrunken in einer verdammten Badewanne.

Und er hatte es nicht einmal bemerkt, als sie aufgehört hatte zu singen.

Das Geräusch des donnernden Wassers aus dem Wasserhahn – sie war dabei, die Wohnung zu überfluten – zog ihn zurück ins Badezimmer, das Telefon immer noch am Ohr.

Und hier trafen sich Fantasie und Erinnerung wieder, denn Charles war Zeuge des restlichen Geschehens. Er sah mit seinen eigenen Augen die vom Wasser glitschigen Fliesen, den Spiegel und die Wände, die wie von tausend Regentropfen benetzt waren. Mit seinen eigenen Augen starrte er in das seifengetränkte Wasser, von wo seine Tochter durch die gewundenen Medusenschlingen ihres eigenen rot-schwarzen Blutes zurückstarrte, ihr blaues, ersticktes Gesicht war vor Entsetzen erstarrt, ihre Augen leer und tot.

Er muss das Telefon fallen gelassen haben, muss geschrien haben. Daran konnte er sich nicht erinnern, auch nicht daran, dass Erin ins Bad gestürzt war. Er wusste nur, dass sie da war, dass sie sich aus der feuchten Luft materialisiert hatte. Von den rasenden Augenblicken, die folgten, hatte Charles nur ein Kaleidoskop von Erinnerungsfetzen: Lissas schlaffer Körper, als er sie aus dem Wasser zog, Erins vergeblicher Versuch, sie wiederzubeleben, und das Telefon, das in seiner Hand glitschig war, als er es aufhob. Er unterbrach die Verbindung und tippte 911 ein, mit ungelenken Fingern, das erbarmungslose Tuten – falsch gewählt –, und tippte wieder, ein Mann im Nichts, der sich drehte. Die übernatürlich ruhige Stimme in der Notrufstelle …

– *was ist passiert?* –

… schleuderte ihn zurück in die Schwerkraft seines eigenen Körpers.

Zu spät.

Lissa war tot.

Er war tot, als er das Badezimmer betrat.

Sie war tot, als er sie aus der Wanne fischte.

Er war tot, als die Sanitäter eintrafen, hastig und geschäftig.

Zu spät.

Sie war tot, sagte er, und Silva gab ein wortloses Geräusch des Trostes von sich und schlang ihre Arme um ihn. Er sackte in ihrer Umarmung zusammen, und eine Zeit lang herrschte nichts als Stille, der Wald beruhigte sich um sie herum, und Erin war oben, unruhig in ihrem Schlaf.

58

Eine Lacuna also. Eine Leerstelle in der Seele.

59

Nach einiger Zeit küsste Silva ihn sanft auf den Scheitel, wie sie ein Kind küssen würde, wie sie Lorna geküsst hätte. Charles sah auf, und sie neigte ihr Gesicht, um ihm entgegenzukommen. Seine Lippen berührten die ihren. Sie bewegten sich am Rande eines Abgrunds.

Und dann dachte er an Syrah Nagle und zog sich zurück.

Silva stand auf. »Es tut mir leid«, sagte sie. »Ich hätte nicht …«

Charles lachte, ob aus Bitterkeit oder Kummer. Manchmal tut man das Richtige. Manchmal tut man es zu spät.

Er saß auf dem Sofa und sah zu, wie sie auf und ab ging. Sie hielt am Tisch inne und spielte mit den Metallblättern herum.

»Du musst mir nicht glauben«, sagte er.

»Ich weiß nicht, was ich glauben soll.«

Sie nahm eine von Erins Zeichnungen in die Hand, studierte sie schweigend und legte sie wieder auf den Tisch.

»Was nun?«, fragte er.

»Ich nehme an, wir öffnen die Kiste.«

60

Leichter gesagt als getan.

Der Riegel und die Scharniere waren verrostet. Charles wollte einen Hammer nehmen.

»Nicht so brutal«, sagte Silva. »Halt!« Sie legte den Hammer zur Seite. »Wie wäre es mit einem Schraubenzieher?«

Sie schob die Spitze des Schraubenziehers unter den Riegel und verwendete ihn wie einen Keil, wobei sie mit vorsichtigen Hammerschlägen nachhalf.

»Jetzt habe ich dich«, sagte sie.

Der Riegel löste sich von dem alten Holz.

»Gut gemacht«, sagte Charles.

»Ich hätte Handwerker werden sollen«, sagte sie. »Machen wir es auf?«

»Ich überlasse dir die Ehre.«

Sie nickte und holte tief Luft, strich mit den Händen über die Ränder des Kästchens und hob dann beinahe ehrfürchtig den Deckel an, der sich mit knirschenden Scharnieren öffnete.

In der Truhe lag eine Puppe, deren Porzellankopf mit feinen Rissen übersät war. Das Haar war strohtrocken, das viktorianische Kleidchen vergilbt. Als Silva den Staub abwischte, kam ein rosafarbener Mund zum Vorschein, die kleinen Glasaugen waren immer noch blau. Sie starrten Charles kalt an. Charles erschauderte, als er sich an Lissas gebrochenen Blick erinnerte.

Er seufzte. Sollte das alles sein?

»Das war's also«, sagte er. »Eine Puppe. Tut mir leid, dass ich deine Zeit verschwendet habe.«

Silva legte die Puppe behutsam auf den Tisch. » Nicht so schnell«, sagte sie. »Da ist etwas drin. Ich kann es fühlen.«

Charles sah zu, wie sie die Puppe umdrehte und das Kleidchen aufknöpfte. Der Körper darunter bestand aus Leder, das auf dem Rücken zusammengeschnürt war. Silva löste die Bänder, griff in die Füllung, und …

»Jetzt geht's los.«

… zog ein Papierbündel heraus, das mit einem Bindfaden zusammengehalten wurde.

Als Silva den Knoten löste, fiel ein verrostetes Metallblatt …

Er ist also auch alt geworden.

… klingend auf den Tisch.

Charles griff ungläubig danach. »Sieh dir das an«, sagte Silva. Sie nahm eines der Blätter. In Caedmon Hollows krakeliger Handschrift stand dort ein Gedicht:

Wenn Gänseblümchen und blaue Veilchen
Und Marienkäfer
Und gelbe Kuckucksknospen
Die Wiesen mit Wonne färben,
So singt auf jedem Baume Kuckuck
Verspottet verheiratete Männer; denn so singt er:
»Kuckuck.«
Oh, Wort der Angst,
Für jedes Heiratsohr!

Charles tastete nach dem Rätseltext. »Diese Passage«, sagte er. »Er spielt darauf an in …«

»Charles …«

»Was …?«

Und dann sah er sie.

»Lissa«, sagte er.

»Lorna«, stieß Silva hervor.

Das Kinderporträt auf dem nächsten Blatt erschütterte sie beide. Die Ähnlichkeit zwischen den drei Mädchen war erschreckend. Unter dem Bild stand: *Livia, meine Süße, mein Liebling, mein Kuckucksvogel.*

Lissa.

Lorna.

Livia.

Und auch Laura, so vermutete Charles, die Heldin aus Caedmon Hollows seltsamer Fantasie, die durch den finsteren Wald irrte.

Charles hob das Metallblatt auf, das aus dem kleinen Päckchen gefallen war.

Was, wenn es wahr wäre?

Und dann sah er auf dem letzten Blatt, das Silva auf den Tisch gelegt hatte, ein weiteres Porträt. Ein Junge mit struppigem Haar, der Livia ähnlich sah … Darunter stand:

Cedrick
Süßer Kuckuck im Sperlingsnest

»Ihr Bruder?«, sagte Silva.

»Der Artikel über die Hinrichtung …«

»Es wurde ein Sohn erwähnt.«

»Ein weiteres Kuckucksei im Nest von Tom Sperrow«, sagte Charles. »Eine weitere Abstammungslinie.«

»Cillian?«, sagte sie.

»Wo ist Lorna?«, fragte er.

»Bei ihrem Vater.«

»Bei *Cillian*? Warum?«

Aber seine Gedanken eilten ihrer Antwort voraus. Warum? Weil die Geschichte *es erforderte*. Weil die Zeit eine Schlange war, die sich selbst in den Schwanz biss. Weil die Stunde des Gehörnten Königs gekommen war.

Es war einmal, dachte er.

In diesem Moment öffnete Erin die Augen.

61

Der Wald wuchs bis in den Vorgarten. Der Wind teilte den Vorhang. War ein Jahr vergangen? Ein Zeitalter? Der Vollmond warf seinen Schein auf die herbstlichen Bäume, deren Äste durch die Nacht zu raunen schienen. Erin stand hoch oben an einem Fensterflügel, in den Ruinen von Hollow House. Sie hatte Angst.

Es ist ein Traum, flüsterte ihr Verstand. Ein Albtraum.

Der Wald vor dem Fenster schien sich aufzulösen. Aber dann wurde die Umgebung wieder vertraut.

Erin beugte sich weiter vor, ihr kalter Atem dampfte.

Vor ihrem Fenster sah sie ein Kind. Ein Kind, das in den Wald floh.

Lissa, dachte sie.

Lissa … und ein hagerer Schatten, der sie verfolgte.

62

Silva sagte: »Meine Eltern waren unterwegs, deswegen habe ich Lorna mitgenommen. Dann sind wir Cillian im Vorgarten begegnet. Lorna hat sich so gefreut, ihn zu sehen.« Sie schwieg für einen Moment. »Warum sollte Lorna nicht für eine Weile bei ihm bleiben?« Dann lachte sie nervös. »Es ist schon spät. Ich hole sie am besten ab.«

»Ich begleite dich«, sagte Charles.

Sie sprachen kein Wort, als sie den Keller verließen und nach draußen gingen. Die Dämmerung war hereingebrochen, ein dünner Mond schob sich hinter der Wolkendecke hervor. In Harris' Häuschen war alles dunkel. Sie gingen schneller, ohne ein Wort zu sagen.

»Cillian!«, rief Silva, als sie die Hütte erreichten. »Lorna!«

Als Charles gegen die Tür klopfte, schwang sie auf. Ein finsteres Déjà-vu-Gefühl durchfuhr ihn.

Sie nahmen all ihren Mut zusammen, so wie Kinder in einem bösen Märchen. Schon bevor sie das Haus betraten, bemerkten sie den Gestank. Eine Mischung aus Whiskydunst und verdorbenen Lebensmitteln. Im Wohnzimmer wurde der Geruch fast unerträglich. Charles knipste das Licht an. Auf dem Couchtisch stapelten sich schmutzige Gläser, verkrustetes Geschirr und leere Schnapsflaschen, Zeitungsausschnitte und Hochglanzmagazine waren auf dem Boden verstreut.

»Mein Gott«, flüsterte Silva. »Sieh dir das mal an, Charles.«

Sie hielten vor dem Wandteppich inne. Das Motiv war angsteinflößender, als Charles es in Erinnerung hatte: die mutierten Bäume des Nachtwaldes, das verängstigte Kind, der Gehörnte König auf seinem Pferd. Die Augen des Königs waren gelbe Schlitze, seine Finger verknotete Krallen, das Kettenhemd aus silbernen Schuppen gefertigt.

Und dann, aus einem irrationalen Impuls heraus, riss Charles den Wandteppich runter. Dahinter kam eine riesige Collage aus Zeitungspapier zum Vorschein: fünfhundert Gesichter, fünfhundert lächelnde Münder, tausend porzellanblaue Augen, die in einer grotesken Anordnung auf den Putz geklebt worden waren. Hier ein einzelnes Auge, das zwischen dem gezackten Schnittpunkt zweier mädchenhafter Kiefer hervorschaute. Dort eine Nase zwischen blassen, makellosen Wangen.

Und in der Mitte drei perfekte Gesichter, makellos bis auf die Schrägstriche aus schwarzem Textmarker, die ihre Augen verdeckten: ein Schulporträt von Lorna – Charles hatte dasselbe Bild auf Silvas Küchentisch gesehen –, das verschwundene Foto von Lissa, und …

»Mary«, flüsterte Silva.

Mary Babbing. Dasselbe Zeitungsfoto, das Charles an seinem ersten Tag in Yarrow gesehen hatte. Charles dachte an Inspektor McGavick. An ihr Gespräch über das verschwundene Mädchen. Und über den Wald.

Und an noch etwas anderes erinnerte er sich: Die beiden Detectives, die mit Cillian Harris sprechen wollten, hatten vor verschlossener Tür gestanden.

»Und wenn es wahr ist?«, sagte Charles, und diesmal fragte Silva nicht, wovon er sprach. »Was, wenn Cillian sie entführt hat?«, sagte er. »Was, wenn dieses Ding verlangt hat, dass er ihm ein Kind bringt. Verstehst du denn nicht? Diese Stimme in seinem Kopf konnte er nicht ertragen. Ich selbst habe sie gehört. Erin hat sie gehört. Eine Stimme, die man nicht ausblenden kann. Aber für ihn muss es noch viel unerträglicher gewesen sein.«

Charles hielt inne und fragte sich, wie es Harris ergangen sein musste, als er die Beschwörung des Gehörnten Königs in seinen Träumen hörte. Was von ihm verlangt wurde, musste ihn um den Verstand gebracht haben.

»Warum?«, fragte Silva.

»Es geht um die direkte Abstammungslinie.«

Jetzt hatte Silva seinen Gedankengang erfasst. »Also versuchte er, diese Stimme mit Alkohol zu betäuben«, sagte sie.

»Und vielleicht hat das eine Zeit lang funktioniert. Aber als er die Stimme gar nicht mehr loswurde …«

»Er hat Mary entführt«, sagte Silva.

»Aber auch das war nicht genug. Der Gehörnte König verlangte ein Kind aus direkter Abstammungslinie.«

Dann Stille, nichts weiter, Silva so kalt und blass.

»Er hat sie in den Wald gebracht«, sagte sie. »Wir müssen die Polizei anrufen.«

»Zu spät«, sagte Charles, von einer düsteren Vorahnung erfüllt.

»Was sollen wir tun?«

Charles nahm ihre kalte Hand in die seine. Er führte sie aus dem Zimmer, vorbei an den ungläubigen Augen der bizarren Collage, in das dunkle Foyer, wo die Tür noch immer einen Spalt weit offen stand, nach draußen, wo ein geschwollener, orangefarbener Mond schien. Harris' behagliches Häuschen kam ihnen jetzt vor wie die Höhle eines Unholds, moosbewachsen und feucht.

Sie gingen in den Wald. In den Nachtwald.

III

Im Nachtwald

Endlich trat Laura aus dem unheilvollen Wald in eine neblige Allee aus Immergrün. Sie schniefte und wischte sich die Nase. Sie hatte große Angst gehabt und war sehr tapfer gewesen, und jetzt war sie wirklich sehr müde. Ihre Füße waren blutverschmiert von Steinen und Dornen, ihr spitzenweißes Nachthemd hing in schmutzigen Fetzen an ihr herunter (wie wütend würde ihre Mutter sein!), und ihre Schultern schmerzten von den Ästen, mit denen die monströsen Bäume sie geschlagen hatten. Aber vielleicht würde ja doch noch alles gut werden. Sie war auf einen geraden Weg gelangt, auf dem ein kleines Mädchen gehen konnte.
Aber auch ein gerader Weg hat viele Abzweigungen. Und so beging die Geschichte einen Verrat, wie es Geschichten eben tun, und führte Laura zu dem Ende, das sie am meisten gefürchtet hatte. Der Nebel kräuselte und teilte sich und enthüllte im kalten Mondlicht das Schicksal, das sie im Seelenteich gesehen hatte: den Gehörnten König auf seinem Ross. Er wendete das Pferd, sein Mantel wogte, und er schwang sein großes Schwert.
Laura sah ihn an, wie erstarrt vor Entsetzen.
Was konnte sie nur tun?, fragte sie sich, als der böse König sein Pferd zu einem Galopp anspornte und auf sie zustürzte. Zu spät erinnerte sie sich an die Worte, die der Ritter aus dem Eis ihr mitgegeben hatte: *Wenn*

du am Ende deiner eigenen Geschichte angelangt bist,
hatte er gesagt, *musst du dich an das erinnern, was du*
vergessen hast. Aber wie sollte man sich an etwas erinnern, das man vergessen hatte?, fragte sie sich.
Und dann hatte der Gehörnte König sie erreicht.

Caedmon Hollow, *Im Nachtwald*

1

Erin stolperte über einen Büschel drahtigen Grases, als sie einen hügeligen Pfad entlanglief. Uralte, blattlose Bäume säumten den Weg. Ihr Atem dampfte in der Luft. Sie fror.

Wieder einmal dachte sie, dass sie sich in einem Traum befand – in einem Albtraum, verstärkt durch Wein und Pillen. Oder vielleicht, besser noch, dass *alles* ein Traum war, das ganze lange Jahr und noch mehr. Vielleicht hatte ihr treuloser Ehemann recht gehabt. Vielleicht würde sie zu Hause in Ransom aufwachen und Lissa unter ihrer Bettdecke eingekuschelt vorfinden, ihren Geburtstag noch vor sich.

Also wach auf!, sagte sich Erin und kniff sich in den Unterarm.

Aber sie wachte nicht auf.

Stattdessen stolperte sie weiter, nachtblind und verloren.

Als Erin das Kind gesehen hatte …

Lissa, es war Lissa.

Sie hatte sich die Kleider übergeworfen, die sie über dem Bettpfosten drapiert hatte – ein altes Ransom-College-Sweatshirt, ein Paar zerschlissene Jeans. Dann war sie die brüchige Treppe hinunter in den großen Salon geeilt, der von Unkraut überwuchert war. Die Mauern waren eingestürzt, und der große, wolkenverhangene

Mond schien durch das zertrümmerte Dach. Draußen, vor der zerstörten Eingangshalle, bahnte sie sich ihren Weg durch den Wald. Sie wusste nicht, wie lange sie gegangen war – fünf Minuten? Länger? Aber als sie schließlich stehen blieb, hatte sie jegliche Orientierung verloren.

Wohin sollte sie jetzt gehen? Wohin könnte Lissa vor ihrem gefürchteten Verfolger geflüchtet sein?

Kostbare Sekunden verstrichen. Wie lange dauerte es, bis der Gehörnte König auf seinem fahlen Pferd das fliehende Kind einholte? Konnte Lissa sich verstecken? Wie weit konnte sie rennen? Wie schnell? Erin fuhr sich mit dem Unterarm über die Nase und merkte, dass sie weinte. (Wie lange hatte sie schon geweint?)

Vergeblich suchte sie nach einem Zeichen, das ihr den Weg ihrer Tochter weisen könnte. Sie brüllte Lissas Namen.

Dann hörte sie etwas in der Ferne.

War es der Angstschrei eines Kindes?

Nein. Ja. Sie wusste es nicht.

Erin ging in die Richtung, aus der der Schrei kam, falls es ein Schrei war, und nach einer Weile gelangte sie auf einen schmalen Pfad, der kaum ein Pfad war.

Hinter Erin schienen sich die Bäume zu schließen.

2

Charles ließ Silvas Hand los und drehte sich um. Bäume und noch mehr Bäume, ein Labyrinth von Bäumen, durch das er im Mondlicht die Mauern von Hollow House sah.

Erin, dachte er und stolperte davon.

»Charles.«

Er drehte sich um und sah Silva. Ihr Gesicht war verhärmt, blass. Sie hielt eine schlammgraue Jacke in der Hand, auf die eine Disney-Prinzessin gedruckt war.

»Die ist von Lorna«, sagte sie. »Der Reißverschluss ist zerrissen.«

»Ich will nicht …«

»Vielleicht ist sie ihm entkommen. Vielleicht ist sie …«

Verloren, dachte er, und dann stellte er sich Lorna vor, wie sie sich losriss und ihre Jacke in den Händen ihres mörderischen Vaters zurückließ. Noch ein Kind, das sich im finsteren Wald verirrt hatte. Noch eine Laura, die vor ihrem schrecklichen Verfolger fliehen musste.

Noch eine Lissa, die dem Tod geweiht war.

Nicht auch noch Lorna. Nicht noch ein Kind. Er musste sie retten! Und so eilte er mit Silva den bewaldeten Hang hinauf.

Völlig außer Atem kamen sie an einen verfallenen Teil des Walls, den die Zeit und die Elemente nahezu zerstört hatten. Mit düsteren Gedanken stiegen sie über die umgestürzten, moosgeschwärzten Steine, tiefer in das albtraumhafte Baumlabyrinth. Durch die kahlen Äste über ihnen leuchtete der Mond in einem fahlen, geisterhaften Glanz. Silva umklammerte die zerrissene Jacke und weinte.

»Wir werden sie finden«, sagte er.

»Aber wie?«

Charles wusste nicht, was er antworten sollte, und stolperte einfach weiter, tiefer in den Wald hinein. Umgefallene Bäume versperrten ihnen den Weg. Steine ragten aus der Erde. Der Wind peitschte durch die Nacht. Vereinzelte Regenböen wehten durch die Bäume.

Sie kletterten über einen Felsvorsprung, Charles übernahm die Führung. Als er Silva hochziehen wollte, rutschte sie ab. Er verlor den Halt, taumelte und kämpfte um sein Gleichgewicht.

Schließlich rutschte er den Felshügel hinunter und kniete sich neben Silva. Er hatte ein Déjà-vu: Silva und Erin, die sich den verstauchten Knöchel hielten.

»Alles in Ordnung?«

»Ich weiß es nicht.«

»Lass mich schauen.«

»Hilf mir auf.«

»Lass mich zuerst einen Blick darauf werfen.«

»Dafür haben wir keine Zeit, Charles.«

Also zog er sie stattdessen auf die Beine.

Silva machte einen Schritt, verzog das Gesicht und sackte wieder zu Boden. Sie lachte bitter auf. »Ich kann meinen Fuß nicht belasten.«

»Vielleicht, wenn ich dir helfe«, sagte er. »Wenn du dich auf mich stützt, können wir …«

»Was? Auf den verdammten Felsen klettern?« Sie schüttelte den Kopf. »Wir haben keine Zeit.«

Sie schwieg für einen Moment.

»Geh ohne mich weiter.«

»Silva, ich kann dich nicht einfach hier zurücklassen.«

Ihre Stimme wurde laut: »Lorna ist irgendwo da draußen, Charles! Du musst sie finden.«

»Aber …«

»*Bitte*«, sagte sie.

Charles seufzte. »Okay«, sagte er, und als er sich gerade abwenden wollte, nahm Silva seine Hand. »Lass sie nicht im Stich, Charles«, sagte sie. »*Rette sie.*«

»Das werde ich«, sagte er. Noch ein Versprechen, das er mit Sicherheit brechen würde.

3

Das war die Frage, über die Charles nachdachte, als er sich weiter durch den Wald kämpfte.

Natürlich hatte Lorna kein Zeichen hinterlassen, um ihren Weg zu markieren. Charles wusste nicht, wie er sie finden, geschweige denn retten sollte. Der Wald war weit und tief, und als er innehielt, um nach ihr zu rufen …

»*Lorna! Lorna!*«

… dröhnte ihr Name als spöttisches Echo zurück.

Sonst nichts.

Nur das ferne Rufen einer Eule.

Nur das Geräusch der Bäume, die ihn wie stumme Zeugen umstanden. Der Weg hatte fast unmerklich seine Richtung geändert. Charles fragte sich, nicht zum ersten Mal, ob der Wald ihn von Lorna wegführte.

Vielleicht waren die Bäume mit ihrem König im Bunde. Vielleicht wäre es klug, den Weg zu verlassen. Aber der Wald war zu dicht, das Gelände zu unwegsam.

Charles kämpfte sich durch Brombeer- und Dornengestrüpp und rief immer wieder Lornas Namen. Die kurzen Regenschauer kamen in immer kürzeren Abständen, aufziehende Wolken verdeckten den Mond.

Die Luft wurde kälter, die dunklen Bäume kamen ihm bösartig vor. Einmal – Charles' Herz krampfte sich in seiner Brust zusammen – flatterte ein riesiger Vogel aus seinem Nistplatz hoch über ihm.

Plötzlich stolperte er und rutschte eine tiefe Schlucht hinunter. Vergeblich versuchte er, den Hang wieder hinaufzuklettern. Irgendwann gelang es ihm, sich einen Weg durch das Gestrüpp zu bahnen und auf der anderen Seite aus der Schlucht zu kommen.

Charles hielt erschöpft inne.

Auf der Böschung ihm gegenüber stand ein großer Hirsch – zehn, vielleicht fünfzehn Meter entfernt. So nah, dass er seinen wilden Moschusgeruch riechen konnte. So nah, dass er den Ausdruck in seinen Augen sehen konnte: traurig und stolz.

Der Hirsch stand völlig still, sein riesiges Geweih schimmerte in der Nacht. Charles hielt den Atem an, ergriffen von der Schönheit des Tiers.

Eine Wolke verdeckte den Mond, und dann war der Hirsch plötzlich verschwunden.

Charles fühlte, wie seine Kräfte zurückkehrten. Er

würde weitermachen. Er würde einen Weg durch den Wald finden.

Und dann erblickte er im Mondlicht ein kleines Gesicht, das ihn aus den Tiefen des Gestrüpps anstarrte, ein kleines dämonisches Gesicht, wie das einer Katze. Im nächsten Augenblick war es wieder verschwunden. Die geheimnisvollen Bewohner des Waldes schienen ihn weiter in das Dickicht locken zu wollen.

Charles ging weiter.

4

Er konnte nicht sagen, wie lange er schon über Felsvorsprünge kletterte und sich durch das Dickicht arbeitete, als er das letzte der listigen kleinen Gesichter sah. Die Zeit schien sich endlos zu dehnen. Das Einzige, was er mit Sicherheit sagen konnte, war, dass er durchnässt und müde war, todmüde. Seine Füße und Beine schmerzten, seine Augen waren schwer.

Der Wald war hier lichter, die Bäume standen weiter auseinander. Der Boden, glitschig vom nassen Laub, fiel vor ihm sanft ab. Charles sah eine dunkle Wand aus Eiben vor sich, deren Äste miteinander verwachsen schienen.

Er war schon einmal hier gewesen. Und obwohl sein Instinkt ihm sagte, so schnell wie möglich von diesem Ort zu fliehen, blieb er. Die unheimlichen Waldbewohner schienen ihn aus einem bestimmten Grund hierhergelockt zu haben. Also ging er weiter bergab, und als er sich dem Wall aus Bäumen näherte, hörte er den leisen, verzweifelten Schrei eines Kindes – hoffnungslos, verloren.

Lorna. Es war Lorna –, und beinahe hätte er den Namen laut gerufen. Aber dann dachte er an Cillian Harris und, schlimmer noch, an den Gehörnten König, hager und grausam. Charles hatte Angst.

Dennoch ging er weiter.

Äste peitschten nach ihm. Der Wind hatte inzwischen aufgefrischt und jagte Wolkenfetzen über den Nachthimmel. Im fahlen Mondlicht erkannte Charles die Lichtung mit der großen Eiche.

Immer noch hörte er Lorna schluchzen.

Wo war sie?

Er rief laut ihren Namen, trotz aller Angst.

»*Lorna!*«

Charles stürmte auf die Lichtung. Die Welt um ihn herum schien zu schwanken. Er stolperte über etwas – vielleicht eine Wurzel – und schlug mit dem Kopf auf einen im Gras verborgenen Stein. Schmerz flammte an seiner Schläfe auf, und für einen Moment lag er wie betäubt auf der nassen Erde.

Mühsam richtetet Charles sich wieder auf. Auf seinem Gesicht spürte er etwas Feuchtes. Und dann öffnete der Himmel seine Schleusen. Der Regen prasselte auf ihn nieder und spülte ihm Blut in den Mund, bitter und warm. Er hustete und spuckte, taumelte einen Schritt zurück und sah wie durch einen Schleier, worüber er gestolpert war. Es war keine Wurzel, sondern der Körper eines Kindes.

Lissa, dachte er unbewusst, aber laut sagte er: »Lorna!«

Das Kind – ein Mädchen, ein blondes Mädchen, nicht älter als fünf oder sechs Jahre – reagierte nicht. Zusammengekrümmt lag es vor ihm.

Immer noch benommen ging Charles auf die Knie. Er streckte eine Hand aus, um ihre Schulter zu berühren.

»Lorna«, sagte er und schüttelte das Kind. Als es nicht reagierte, drehte er das Kind auf den Rücken. Er zuckte zurück. Die Haut des Mädchens war blass und stellenweise von Fäulnis zerfressen. Sein Mund stand offen, die leeren Augen starrten in den Himmel. Ein Tausendfüßler kroch über die Wange der Toten.

Abgrundtiefes Entsetzen stieg in ihm auf.

»Lorna«, keuchte er und erkannte im nächsten Atemzug, dass es nicht Lorna war, nicht sein konnte, obwohl die beiden Mädchen sich zum Verwechseln ähnlich sahen. Vor ihm lag ein anderes Kind, die verschwundene Mary, deren Bild er an Cillian Harris' Wand gesehen hatte. Sein Gespräch mit McGavick kam ihm in den Sinn. *Ob* McGavick glaube, dass Mary tot sei.

Noch ein Kind?, dachte Charles und erstarrte.

Er bildete sich ein, immer noch ein Schluchzen zu hören.

Die Wolken verdeckten wieder den Mond, die Herbstluft wurde eiskalt.

Plötzlich durchschnitt ein unmenschlicher, triumphierender Schrei die Stille.

Instinktiv warf Charles sich nach links, auf den Boden. Er spürte, wie etwas ihn streifte.

Dann sah er es. Eine schwarze Gestalt stand über ihm – hager, unmenschlich, mit riesigen Hörnern. Eine hasserfüllte Kälte ging von dem Ding aus. Charles sah die Augen – die schrecklichen Augen. Verzweifelt kroch er durch den Schlamm.

Der Gehörnte König hob sein Schwert zum nächsten Schlag. Die Klinge zischte durch die Luft. Charles warf sich nach rechts. Der Schlag, der ihn hätte enthaupten können, ging daneben, die Klinge fuhr in seine Schulter. Charles rappelte sich auf, verlor den Halt und ging erneut zu Boden. Panik durchfuhr ihn. Er kroch weiter durch den Schlamm, bis er an die alte Eiche kam. Mit dem Rücken kauerte er sich an den gewaltigen Baum.

Dann spürte er die kalte Klinge unter seinem Kinn.

5

Charles kniff die Augen zusammen und bereitete sich auf den tödlichen Schlag vor.

Das Schluchzen wurde zu Schreien: »*Nein! Nicht! Nein!*« – aber der Schlag blieb aus.

Schweigen.

Immer noch kein Schlag.

Charles hörte nichts als den Regen, fühlte nichts als den Pulsschlag seines Herzens und den eisigen Druck der Schwertspitze an seiner Kehle.

»Nein«, flehte Lorna schluchzend. »Bitte!«

Charles öffnete die Augen. Der Mond trat aus den Wolken hervor. Charles konnte das Schwert und die blätterartige, tote Haut des Gehörnten Königs genau sehen. Vor allem aber konnte er Lorna sehen – Lorna, auf der anderen Seite der Lichtung, im Schatten des

Waldes. *Lauf weg!*, wollte er schreien. *Lauf weg!* Aber sie konnte nicht weglaufen. Die Bäume, mein Gott, die Bäume ...

Die Bäume – der Wald, der wispernde Wald, der Nachtwald – hatten sie ergriffen. Dicke Ranken wanden sich aus dem Blätterdach einer jahrhundertealten Eibe. Sie schlangen sich um Lorna, umklammerten sie und pressten sie fest an den flechtenbewachsenen Stamm des Baumes. Um sie herum beugte sich der Wald im Wind und murmelte unheilvoll.

»Nein«, flüsterte er, und der Gehörnte König regte sich.

Peitschender Regen zerschnitt die Luft wie silberne Dolche, die von einem zerrissenen und mürrischen Himmel herabgeschleudert wurden.

Charles holte tief Luft. Er konnte seinen Angreifer überdeutlich sehen, erfasste jedes Detail, von den ramponierten Lederstiefeln bis zur Tunika, die mit rostigen Metallblättern versehen war, und darüber das Gesicht dieses Dings – und mit einem Mal wurde alles kalt und still in seinem Kopf.

Das Ding hatte sein Gesicht.

Unter den ausladenden Hörnern war das Gesicht des Gehörnten Königs deutlich zu erkennen. Es war sein Gesicht.

Die bekannten Bilder suchten ihn wieder heim: Wasser, das in die Wanne sprudelte, das schrille Läuten des Telefons, die wütende Stimme von Syrah Nagle. Und dann, als hätte es sich in sein Hirn eingegraben, das dunkle Blut seiner Tochter.

Ein Zehnt, ganz und gar verderbt.

Welch unfassbares Opfer hatte er gebracht? Und was hatte er dafür bekommen?

Ein oder zwei Monate heimliche Vergnügungen auf dem hässlichen grünen Ohrensessel in seinem Büro. Ein kurzes Zucken, mehr nicht.

Und der Preis?

Alles. Job, Frau, Kind. Alles.

Jede Hoffnung.

Und dann die Stimme von Lissa in seinem Kopf: *Keine Hoffnung.*

Es war Hoffnung, die ihn nach Hollow House geführt hatte, Hoffnung, dass er seine Karriere, seine Ehe, sein Leben retten könnte. Es war Hoffnung, die ihn zu dieser Lichtung im Wald geführt hatte, die Hoffnung, dass er das Kind retten würde, das sein eigenes hätte sein können. Sie sahen sich so ähnlich, Lissa und Lorna-Livia. Eine unheimliche Ähnlichkeit, die vielleicht auf viele lange Zeitalter zurückging. Ein Ouroboros. Die Zeit war eine Schlange, die sich selbst in den Schwanz biss. Die alte Geschichte vom Rad des Schicksals.

Doch er hatte die Hoffnung nie aufgegeben. Nicht wirklich. Er hatte nur vergessen, sich an sie zu erinnern, und als er sich dann wieder erinnerte, wollte er sie zurückhaben. Man musste verzeihen. Man musste sein Gesicht von der Vergangenheit abwenden. Man musste weiterkämpfen. Vielleicht konnte man den Kreis durchbrechen, dem Schicksal entsagen, seine Geschichte neu schreiben.

Sie brauchten einen Neuanfang.

Es war einmal … eine Beschwörung gegen die endlose Nacht.

Das war es. Es musste ein Ende haben.

Charles zuckte zur Seite, die Spitze der Klinge ritzte eine Blutspur über seine Kehle. »Nein«, schrie er, als er auf die Beine kam. »Es ist genug!« Er sprang auf das Ding zu, packte es und riss es zu Boden. Einen Moment lang dachte er, er könne es überwältigen. Aber das Wesen war zu stark. Mit einem einzigen Schlag seiner Hand schüttelte es ihn ab. Dann standen sie sich wieder gegenüber. Das Ding trieb ihn zurück an den Rand der Lichtung, sein Schwert schnitt blaue Bögen in die Luft. Der Regen peitschte weiter in die Nacht. Das Ding trieb ihn zurück, bis Charles im Schlamm ausrutschte und gegen einen Stein von der Größe eines Schädels fiel. Dann packten ihn die Bäume, Ranken zischten von oben herab und zerrten ihn gegen den Stamm einer knorrigen Eibe. Charles war völlig hilflos, als der Gehörnte König sich vor ihm erhob. Eine Kälte, eine schreckliche Kälte umhüllte ihn. Charles riss seinen Kopf herum, um dem Blick der monströsen Kreatur zu begegnen. Mit einer Hand holte der König zum tödlichen Schlag aus.

Der Regen prasselte Charles ins Gesicht, er konnte nichts mehr sehen. Dann drehte sich die Windrichtung. Der Mond tauchte die Lichtung in helles, klares Licht. Erin erhob sich hinter dem Gehörnten König. Sie umklammerte mit beiden Händen den Stein, gegen den Charles gefallen war, und ließ ihn, während Charles fassungslos zusah, auf den Kopf des Gehörnten Königs fallen. Das Ding taumelte, drehte sich im Kreis und ging in die Knie. Erin schrie.

»Es ist genug! Nie wieder!«

Sie schlug wieder zu, und dann noch einmal. Die dunkle Kreatur warf sich zuckend auf den Boden. Erin stürzte sich auf sie. Der Stein hob und senkte sich, hob und senkte sich, hob und senkte sich, und die ganze Zeit schrie Erin ihre Wut und ihren Kummer heraus.

Es ist genug! Genug! Genug!

Und dann rührte sich das Ding nicht mehr.

Die Ranken, die Charles festhielten, zerrissen. Der Wind trug eine letzte verzweifelte Silbe in die Dunkelheit, ein Wort, oder etwas, das ein Wort hätte sein können.

NEIN!

… und dann war es vorbei.

Der Wind war nur Wind. Die Bäume waren nur Bäume.

Die Ranken ließen Charles frei, falls sie ihn jemals festgehalten hatten. Er fiel auf die Knie und legte seinen Kopf auf die Erde, und das Weinen von Erin erfüllte die Luft. Irgendwie brachte er die Kraft auf, zu ihr zu gehen. Er kämpfte sich auf Händen und Knien durch den Schlamm und das Unkraut, während der Regen wie ein Segen auf ihn herniederfiel.

Beide standen voreinander, unsicher, auf wackligen Beinen.

Er fuhr mit den Fingern durch ihr Haar, hob ihr Kinn an und küsste sie. Er hielt sie fest, bis ihr Schluchzen aufhörte, und dann noch länger, bis sie aufblickte und seinem Blick begegnete. Ihre Augen waren klar. Ungetrübt.

»Es tut mir leid«, sagte er, obwohl er nicht genau sagen konnte, wofür er sich entschuldigte. Für alles, nahm er an. »Es tut mir so, so …«

»Sei still«, sagte sie und legte ihm einen Finger auf die Lippen. Gemeinsam blickten sie in das Gesicht des Gehörnten Königs. Aber es war kein König, es war nur ein Mann. Es war nur Cillian Harris, sein Gesicht zerschunden und blass und leer. Es lag nichts als Trauer darin.

Mit einer ausgestreckten Hand umklammerte er ein rostiges Metallblatt. Charles bückte sich, um es aufzuheben.

»Was ist das?«, fragte Erin.

»Es ist nichts«, sagte Charles und schloss seine Hand darum. »Es ist nichts.«

Dann kam Lorna zu ihnen. Auch sie weinte, und sie zogen sie wortlos in ihre Umarmung. Eine Zeit lang wiegten sich alle drei zusammen, und es war, als ob Lissa zu ihnen zurückgekehrt wäre. Aber nein, es war nicht Lissa. Lissa war weg, sie war in einer anderen Welt, waldverloren und allein.

Vor ihnen stand Lorna. Charles sprach ihren Namen laut aus. »Hallo, Lorna.«

»Lorna«, sagte Erin, und dann zog sie das Kind noch näher an sich. »Ist schon gut, Lorna, es ist vorbei« – eine notwendige Lüge. Denn es war nicht vorbei, das wusste Charles. Es würde nie vorbei sein. Es würde nie wieder gut werden. Es gab Wunden, die nicht heilten, Brüche, die nicht zu kitten waren. Aber er wusste auch noch etwas anderes: dass es mit der Zeit, mit viel Liebe, ein wenig besser werden konnte, und dann, nach einer Weile, sogar noch ein wenig besser. Selbst verwundet, selbst gebrochen fand man einen Weg, sich nicht zu verlieren. Du hast weitergemacht. Das ist alles. Du hast weitergemacht.

Sie bahnten sich einen Weg durch die alten Eiben und in den Wald, wo ein großer Hirsch Wache hielt. Er starrte Charles einen Moment lang an, dann ergriff er erschrocken die Flucht.

Vielleicht, so dachte Charles, enthielten die Geschichten doch einen wahren Kern. Im wahren Leben gab es zwar oft kein glückliches Ende, aber zumindest konnten viele in einer oft bösartigen Welt bestehen, sich versöhnen und Bitterkeit und Leid hinter sich lassen.

Vielleicht.

Wer wusste das schon? Charles hatte Schmerzen, und die Schmerzen vernebelten seine Gedanken. Nichts schien klar und sicher, außer den schrecklichen Schmerzen in seiner Schulter und Erins Wärme neben ihm. Lorna riss sich von ihnen los, und er sah, wohin sie rannte. Silva humpelte ihnen entgegen. Hinter ihr, am Waldrand, stieg das erste graue Licht der Morgendämmerung über den Bäumen auf.

Anmerkung des Autors

In seinem verschlüsselten Text und an anderen Stellen spielt Caedmon Hollow oft auf die Werke seiner Vorgänger an. Er nimmt viele Anleihen bei William Shakespeare und in geringerem Maße auch bei John Milton, Dante, Thomas De Quincey, Goethe und der schottischen Ballade *Tam Lin*. Auch Charles Hayden denkt sehr anspielungsreich, und im Laufe des Romans zitiert er Samuel Taylor Coleridge, Ralph Waldo Emerson, William Faulkner, Thomas Gray, William Blake, Christina Rossetti, Arthur Conan Doyle, Lewis Carroll, W. H. Auden und Alfred Lord Tennyson, leiht sich Phrasen oder spielt auf sie an. Die meisten dieser Passagen sind im Text mit ihren Urhebern angegeben, einige jedoch nicht, weshalb ich sie hier erwähnen möchte. Sollte ich andere ausgelassen haben, so geschah dies aus Versehen, nicht aus Absicht, und ich bitte den Leser um Verzeihung.

Danksagung

Das Schreiben dieses Buches war, wie diejenigen, die dabei waren, bestätigen können, wie eine Wanderung durch den Nachtwald. Ich hatte mich lange Zeit verirrt, und nur durch die Hilfe vieler, vieler Menschen konnte ich wieder auf den rechten Weg zurückfinden. Zu den Freunden und Lesern, die mir den Weg geebnet haben, gehören Jack Slay, Nathan Ballingrud und Durant Haire. Ohne ihre sorgfältige Prüfung des Manuskripts und ihre Güte wären diese Seiten niemals fertiggestellt worden. Mein Agent Matt Bialer und mein Freund Barry Malzberg lasen ebenfalls frühe Entwürfe und gaben überzeugende und hilfreiche Ratschläge; Matt ist außerdem für seine schier endlose Geduld zu loben. Ich bin meinem Lektor, John Joseph Adams, dankbar, dessen Fleiß und Auge fürs Detail den Roman im Großen wie im Kleinen unermesslich verbessert haben. Auch Larry Cooper bin ich zu Dank verpflichtet, der das Manuskript lektorierte und mich dabei oft vor mir selbst rettete; Robert Canipe, der mir schon früh bei der Lösung einiger Schwierigkeiten in der Handlung half; und der Lenoir-Rhyne University, die mir das Sabbatical gewährte, das ich zur Fertigstellung des Manuskripts benötigte. Steve Sanderson sprach mit mir über einige der Probleme, die durch Trauer und Sucht entstehen. Tim Goldberg war für die Mathematik zuständig. Es versteht sich von selbst, dass ich für alle Fehler und Ungenauigkeiten, die hier stehen, selbst verantwortlich bin. Schließlich wäre es unentschuldbar, wenn ich nicht vor allem meiner Familie danken würde. Mein Vater hat mich vor vielen, vielen Jahren auf diesen Weg gebracht; meine Mutter hat mich auf diesem Weg ermutigt. Ich wünschte, sie hätten die Verwirklichung dieses Projekts miterleben können. Ich bin froh, dass meine Schwestern, Pam und Sally, dies konnten. Vor allem aber gilt meine tiefste Liebe und Dankbarkeit meiner Frau, der hinreißenden und talentierten Jean Singley-Bailey, und meiner Tochter Carson für ihre unermüdliche Liebe und Unterstützung selbst in den dunkelsten Stunden.

Ein Herrenhaus und sein düsteres Geheimnis

Laura Andersen
Das Haus der tausend Fenster
Roman
Aus dem amerikanischen Englisch
von Sabine Schulte
Piper Taschenbuch, 384 Seiten
€ 11,00 [D], € 11,40 [A]*
ISBN 978-3-492-31730-6

Juliet ist überwältigt, als sie das alte Familienanwesen Havencross zum ersten Mal sieht. Die junge Historikerin wurde von den Eigentümern beauftragt, das riesige Haus zu entrümpeln, bevor es in ein Hotel verwandelt werden soll.

Doch eines Nachts hört Juliet Schritte und glaubt, die Gestalt eines Kindes zu erkennen – sieht sie Geister? Um sich abzulenken, stürzt sich Juliet in die Geheimnisse von Havencross und stößt auf die Legende vom verschollenen Jungen.

Leseproben, E-Books und mehr unter www.piper.de

Grandios düstere Spannung aus England

Michelle Paver
Teufelsnacht
Roman
Aus dem Englischen von
Karin Dufner
Piper, 384 Seiten
€ 15,00 [D], € 15,50 [A]*
ISBN 978-3-492-06294-7

Suffolk, 1913. Das einsame Herrenhaus Wake's End steht am Rande eines düsteren Moors, dessen flüsterndes Schilfrohr uralte Geheimnisse hütet. Die junge Maud wächst hier ohne Mutter auf und leidet unter ihrem herrischen Vater. Als dieser ein fürchterliches Verbrechen begeht, schweigt sie beharrlich. Dabei hat sie heimlich die Tagebücher ihres Vaters gelesen und weiß mehr, als sie zugibt. Doch auch Maud ist nicht frei von Schuld. Es wird Zeit, dass die ganze Wahrheit ans Licht kommt …

Leseproben, E-Books und mehr unter www.piper.de

Wo Liebe ist, gibt es immer Hoffnung

Rowan Coleman
Du und ich und tausend Sterne über uns
Roman

Aus dem Englischen
von Marieke Heimburger
Piper Paperback, 512 Seiten
€ 16,00 [D], € 16,50 [A]*
ISBN 978-3-492-06189-6

Als ihr Mann mit dem Flugzeug abstürzt, bricht Trudys Welt zusammen. Mittellos zieht sie mit ihrem kleinen Sohn Will zurück nach Ponden Hall, in das verwunschene Haus ihrer Kindheit. Während Trudy mit der Trauer ringt, spenden die alten Mauern und ein geheimnisvolles Schriftstück ihr Trost. Doch erst als sie sich den Geistern der Vergangenheit stellt, erkennt sie, dass es mehr gibt zwischen Himmel und Erde, als man sehen kann. Und dass die Hoffnung selbst in der dunkelsten Nacht leuchtet …

Leseproben, E-Books und mehr unter www.piper.de